KB147986

독서의 맛(味)

독서의 맛(味)

무엇이 당신의 독서를 가로막는가
5가지 맛으로 알아보는 인생 독서법

| 김경태 지음 |

프로방스

프롤로그

이제 독서가 즐겁다고 느껴지기 시작했습니다

2020년이 시작된 지도 어느덧 2개월이 지나가고 있다. 새해가 시작되면 우리는 새로운 목표를 정하고 "올해는 꼭"이라며 목표를 달성하기 위해 행동을 시작한다. 이렇게 새해가 되면 정하는 목표의 TOP3는 바로 운동, 다이어트 그리고 독서다. 여러분도 2020년을 시작하면서 이 세 가지 목표 중 적어도 한두 가지는 해내겠다고 마음속으로 결심하지 않았을까?

20년 전. 2000년 1월 1일 새벽. 나는 새로운 천년의 시작을 알리는 태양을 보기 위해 친구들과 함께 해운대 달맞이 언덕을 오르고 있었다. 1999년 마지막 날 지구가 멸망한다는 외침도, Y2K 버그로 컴퓨터 시스템이 붕괴되어 전 세계가 혼란에 빠질 거라는 공포도 모두 잠들어 버린 채 시곗바늘은 유유히 1999라는 숫자를 넘어 2000에 안착했다. 나는 지구가 멸망할지도 모르는 순간에 제정신으로 있을 수 없다며 실컷 마셔댄 술 덕분에 숙취가 가시지 않은 상태였다.

언덕 위에 도착한 시각은 새벽 4시였다. 해는 아침 7시가 넘어서 떠오르는데 벌써 이곳은 수많은 인파로 북적이고 있었다. 빰을 때리는 차가운 바람을 맞으며 우리는 자판기 커피와 담배 그리고 이런저런 영양가 없는 이야기로 일출을 기다렸다.

새해가 되면 모두가 저마다 마음속에 감춰두었던 소원을 빈다. 미리 준비해 둔 목표를 하나씩 되짚는 사람이 있는가 하면, 준비 없이 그 순간 머릿속에 떠오르는 희망을 쏟아내는 사람도 있다. 나는 후자의 경우였다. 당시 나는 아무런 목표가 없었다. 어떻게 하루를 즐겁게 보낼 수 있을까에 대한 고민은 있었지만, 10년 뒤 그리고 20년 뒤의 내 인생에 대한 청사진을 준비할 깜냥은 안됐다. 고등학교 졸업 후 다음 순서가 대학이었고, 나는 순서에 따라 당연하다는 듯 대학을 갔고, 또 때가 되어 입대했다. 군 생활을 마치고 복학을 준비하던 1999년, 나는 아무런 걱정 없는듯 세상을 관조하고 있었다. 대한민국은 IMF라는 초유의 경제위기를 지나고 있었지만, 매서운 한파는 다행히 우리 집을 살짝 비켜 간 것 같았고, 나는 복학을 준비한다는 명분으로 부모님이 주시는 따뜻한 밥과 용돈으로 친구들과 이것저것 세상을 구경하며 시간을 보내고 있었다.

2000년 1월 1일 새벽, 친구들과 함께 떠오르는 해를 바라보며 함성을 지르고 포옹하고 악수하며 현실로 다가온 새천년을 멋지게 출발하자 의기투합했지만, 사실 나는 일출을 보며 가족의 건강과 행복을 비는 것이

전부였다. 앞서 말했듯 나는 미래에 대한 진심 어린 고민이 없었다. 딱히 되고 싶은 것도 하고 싶은 것도 없이 그냥 현재가 계속되었으면 했다. 그리고 계속될 줄 알았다.

그때 내가 메고 다니던 가방에는 토플 책 한 권, 영어사전, 연습장 그리고 하루키와 이외수의 책이 들어있었다. 대학 도서관과 시내 도서관을 돌아다니며 영어 공부를 한다는 핑계로 열람실에서 열심히 소설을 읽었다. 군 생활 동안 푹 빠져버린 하루키 덕분에 일본 문학에 관심이 생겨 그들의 책을 읽어가고 있었고, 이외수 작가의 한국인다운 상상력이 좋아서 그의 작품들을 연대순으로 읽고 있었다. 지금처럼 스마트폰이나 태블릿이 출시되기 전이라 도서관 열람실 안에서 시간을 보내기에는 소설책만 한 게 없었다. 주인공에게 벌어지는 사건들과 그로 인해 변해가는 인물들의 생각을 관찰하면서 '나라면….'이라는 상상으로 시간을 보냈다. 당시 도서관 열람실에서 소설책을 읽는 것은 마치 수업시간에 만화책을 보는 것처럼 눈치 보이는 일이었다. 훔쳐 먹은 사과가 더 맛있다고 했듯, 나는 금지된 장난 같은 기분에 그 시간 더욱 책에 몰입했었던 것 같다.

어릴 때부터 책을 읽긴 했지만, 대학생이 되면서 나는 점점 독서의 맛을 알아가기 시작한 것 같다. 대학생이라는 자격은 그동안 나를 꽁꽁 묶었던 사슬 여러 개를 동시에 풀어주었다. 부모의 품을 떠나 누구의 구속도 없는 독립된 공간, 어떤 시간적 제약도 무시해버린 방종 같은 자유 덕분에 나는 마음껏 내가 시도해보고 싶었던 것을 해보면서 시간을 보냈다. 그 시간 가운데 독서가 많은 부분을 차지했다. 즐겁고 행복해서 책을 읽었다는 기억보다는 그냥 할 게 없어서 책을 읽었던 것 같다. 학교는 가기 싫었지만, 등록금을 생각하니 부모님께 미안해서 학교에 가기는 했는데 수업은 듣기 싫었다. 그래서 거의 모든 수업을 빼먹고 도서관에서 자료실을 돌아다니며 서고를 구경하고 책을 읽으며 시간을 보냈다.

그리고 20년이 흘렀다. 가끔 상상해본다. 그때 내가 소설책 대신에 가방에 있던 토플 책으로 영어 공부를 했다면 지금 내 인생이 얼마나 달라졌을까? 분명 지금과는 다른 지역에서 다른 직업으로 살고 있을 것이다. 지금 이렇게 독서를 주제로 글을 쓰고 있는 나는 없을 것이다. 하지만 상상도 되지 않는 또 다른 위치에 존재할 나는 지금 현재의 나보다 더 낫고 더 만족스럽고 더 행복할까?

인간은 매 순간 최선을 선택하면서 산다. 최선을 알지만, 차선을 선택했다고 말하는 사람이라면 차선을 선택해야 하는 이유가 있었을 것이다. 아마도 그건 지금 자신의 상황에서 최선보다 낫다고 판단하거나 옳다고 스스로를 이해시켰기 때문에 선택한 차선이었을 것이다. 그렇다면 차선이 바로 자신이 선택할 수 있는 최선이다. 그래서 인간은 매 순간 최선을 선택하며 살아간다고 말할 수 있다.

나 역시 마찬가지다. 20년 전 내가 가졌던 생각과 뱉었던 말과 취했던 행동은 그 순간 내가 할 수 있는 최선의 선택이었다. 그 후로도 지금까지 수천 번, 수만 번의 선택의 갈림길에서 나는 항상 최선을 선택하며 하나의 길을 걸어왔다. 타인의 관점에서는 잘못된 선택이었을지 몰라도 적어도 나에게는 최고의 선택이었다. 그리고 그 결과가 바로 지금의 나다. 돌이켜보면 철없고 망나니 같았던 그때의 방황이 없었다면, 도서관에서 도둑질하듯 숨어서 소설책을 읽던 그때의 내가 없었다면 지금처럼 매일 아침 책을 읽고 글을 쓰는 나는 없었을 것이다. 20년 전, 새천년의 해를 보며 무언가 야심 찬 포부를 가슴에 품었던 나였다면 지금 이 글을 쓰는 나는 없었을 것이다.

나는 지금의 내가 참 좋다. 사랑하는 아내와 밝고 건강한 아이들이 있다. 든든한 부모님이 계시고 함께 일하는 좋은 동료들이 있다. 또, 나를 지지해주는 친구들과 팬이 있다. 이들과 함께 살아온 시간이 행복하다고 느끼고 있고, 앞으로 살아갈 시간도 즐거울 수 있다고 믿는다.

무엇보다 기쁜 것은 어린 시절 할 게 없다는 핑계로 사서 읽었던 책들이 수북이 서재에 쌓였고, 이제는 그 책들이 앞으로 내가 무엇을 하면 행복할 수 있는지 안내해주는 안내자이자 동반자가 되었다는 것이다. 마흔이 훌쩍 넘은 이제서야 독서가 정말 즐거워졌다고 말할 수 있을 것 같다.

2020년이 시작된 지금, 여러분들도 나와 함께 독서의 즐거움에 살짝 발을 들여보는 건 어떨까? 고민해봐야 할 정도로 힘들고 어려운 일도 아니다. 제법 시간을 투자해야 할지는 모르지만 지루하지는 않은 과정일 것이다. 그리고 무엇보다 스스로 갖게 될 뿌듯함과 생각의 변화에 놀랄 것이고, 그 변화를 남들이 눈치채는 순간에 활짝 웃을 수 있을 것이다. 자, 그럼 함께 시작해보자.

차례

프롤로그 005
이제 독서가 즐겁다고 느껴지기 시작했습니다

제1장
독(讀)한 맛 : 당신은 원래 책을 좋아합니다

01 당신은 원래 책을 좋아합니다 017
02 왜 하필 책인가 024
03 무엇이 당신의 독서를 가로막는가 030
04 읽지 않고 어떻게 발전할 수 있는가 036
05 어떤 책을 읽을 것인가 043
06 어떻게 읽을 것인가 049
07 누구를 위하여 책을 읽는가 055
08 자신이 얼마나 대단한 사람인지 알고 있는가 062

제2장

색다른 맛 : 책에 로그인되셨습니다

01 한 권의 책은 하나의 인생입니다 073
02 책에 로그인되셨습니다 080
03 지식은 외우는 것이 아니라 깨닫는 것이다 086
04 내가 주인공이라면 어떻게 할까 092
05 질문은 나를 집중하게 합니다 098
06 질문이 틀렸다 105
07 정답보다는 해답을 찾자 111
08 사색하지 않으면 사색 된다 118

제3장

행동하는 맛 : 닥치고 독서하라

01 독서는 습관이 아니다 127
02 눈보다는 손이 책을 읽는다 133
03 필사, 책을 머릿속에 통째로 넣는 방법 140
04 책을 읽은 후 무엇을 해야 하는가 146
05 이제 진짜 공부가 시작된다 151
06 책에서 배운 교훈을 일상에서 실천하라 157
07 닥치고 독서하라 163
08 결국 꾸준함이 이긴다 170

제4장
묘한 맛
: 취하지 않으면 독서가 아니다

01 내 시간의 주인으로 살아라 177
02 조금씩 매일 성장하는 나를 발견하라 184
03 꿈꾸는 사람은 지치지 않는다 190
04 나에게 전성기는 아직 오지 않았다 196
05 꿈을 꾸고 있다면 여전히 청춘입니다 202
06 취하지 않으면 독서가 아니다 208
07 파랑새는 책 속에 있다 214
08 나는 나의 꿈을 응원한다 220

제5장
변하는 맛
: 단언컨대 독서입니다

01 단언컨대 독서입니다 227
02 훌륭한 삶보다 나다운 삶을 위해 233
03 내 인생의 저자가 되어라 239
04 남들이 밑줄 그을 내 삶을 위하여 244
05 어제의 나와 경쟁하라 250
06 성장판은 아직 닫히지 않았다 256
07 매일매일 가슴 뛰는 삶을 위하여 261
08 한 번 더 일 년만 닥치고 독서 268

에필로그 275
또 한 번의 도전을 정리하면서…

제 1 장

독(讀)한 맛

: 당신은 원래 책을 좋아합니다

01

당신은 원래 책을 좋아합니다

내 머릿속 첫 도서관은 유년시절 내 공부방이다. 당시 우리 집에는 방이 세 개였다. 부모님이 쓰시는 방, 할머니가 쓰시던 방, 그리고 누나와 내가 공부하는 방. 이렇게 세 개의 방 중 책상 두 개가 놓여 있던 공부방이 바로 그 도서관이다. 그곳에는 누나 책상과 내 책상이 있었고, 책상 밑으로는 서랍장이, 책상 위에는 작은 서랍과 책꽂이가 놓여 있었다. 그리고 책상 뒤편에는 내 키보다 훨씬 큰 책장이 있었다. 그곳에는 많은 책이 꽂혀있었다. 세계문학 전집, 한국문학 전집, 왕비열전, 계몽사에서 나온 어린이 동화책과 시집들, 크고 두꺼운 사전들, 피아노 악보 수십 권, 그리고 내가 즐겨 읽던 디즈니 그림책 10권. 그때가 초등학교 1학년 즈음이었을 거다.

그 시절 나는 매일 친구들과 밖에서 뛰어놀았다. 학교를 마치고 동네 형들과 함께 구슬치기, 딱지놀이, 술래잡기로 바쁜 하루를 보냈다. 해 질 녘이면 엄마는 공터로 나와 놀이에 흠뻑 빠져있던 누나와 나를 집으로 데려갔고, 우리는 씻고 밥 먹고 숙제하고 TV 보며 하루를 보내는 지극히 평범한 일상을 보냈다.

비 오는 날이나 가끔 함께 놀 친구가 없던 날이면 나는 방에서 디즈니 그림책을 읽었다. 항상 10권을 통째로 뽑아서 곁에 두고 한 권씩 읽었다. 100번은 넘게 읽었을 거다.

아이들은 어른들과 달리 반복을 지겨워하지 않는다. 같은 내용을 10번, 100번 읽어도 항상 새롭다. 매번 같은 곳에서 웃고, 같은 장면에서 흥분한다. 나 역시 그 책을 수없이 읽었지만 지루하지 않았다. 항상 새로웠고 재미있었다. 디즈니 그림책을 읽을 때마다 나는 왜 우리 집에는 이 책이 10권밖에 없는 것인지 안타까워했다.

어머니는 그때 내가 그렇게 좋아하며 열심히 읽었던 그림책을 왜 10권만 사주셨는지 아직 물어보지 못했다. 아마도 비싸서 그랬을 거라 짐작만 하고 있다. 나는 그 책을 정말 열심히 읽었고, 책 맨 뒤 페이지에 소개되어 있는 나머지 50권의 제목을 보면서 매번 그리워했고, 내 방에 전집이 다 꽂혀있는 상상을 하곤 했다. 어느 날 친구 집에 놀러 갔을 때 전집이 있는 것을 보고 몇 권 빌려 가면 안 되는지 친구에게 물어봤던 기억이 난다. 그때 나는 그 책이 미치도록 갖고 싶었다.

분명 여러분도 이와 비슷한 경험이 있을 것이다. 소재가 비단 책이 아닐지는 몰라도 어릴 때 미치도록 갖고 싶었던 그 무엇 말이다. 우리는 모두 이런 절절한 간절함을 품은 채로 태어났다. 마트의 장난감 판매대에서 떼쓰며 부모와 실랑이를 벌이는 아이들이 한두 명이 아닌 걸 보면 알 수 있다. 이런 상황을 스칠 때면 나는 그 시절의 내가 떠오른다.

난 욕심이 참 많은 아이였다. 무엇이든 관심을 가지기 시작하면 그것을 가져야 했다. 그래서 어머니는 나와 함께는 문방구를 지나가기가 힘겨워 먼 길로 돌아가시곤 했다고 지금도 얘기하신다. 어릴 때는 그 관심이 장난감이었는데 점점 나이를 먹어가면서 학용품, 옷, 신발, 워크맨 등으로 바뀌었다. 이런 관심의 변화가 나를 무언가에 몰입하게 했고 그 결과가 지금의 나다.

지금 나는 책을 좋아한다. 책 사는 것을 좋아하고, 빌리는 것을 좋아하고, 읽는 것을 좋아한다. 그 덕분에 지금 내 서재에는 책장, 책상 그리고 바닥에까지 책이 가득하다. 책을 좋아해 가까이 두다 보니 이제는 글을 쓰는 것까지 좋아하기 시작했다. 언제부터 책을 좋아했는지는 잘 모르겠다. 기억을 되짚다 보니 계몽사의 디즈니 그림책이 처음이 아닐까 생각했다. 그래서 나는 그때부터 책을 좋아했던 것으로 하기로 했다. 즉, 나는 7살 유치원생 때부터 책을 좋아했다.

생각나는 책이 몇 권 있다. 최영재 선생의 『별난 국민학교』, 에릭 시걸의 『닥터스』, 베르나르 베르베르의 『개미』, 스우 타운센드의 『아드리안 몰의 비밀일기』, 이우혁의 『퇴마록』, V.C 앤드류스의 『다락방 시리즈』. 모두 학창시절 내 관심을 책에 묶어둘 수 있게 해준 소설책이다. 읽은 시기는 달랐지만, 이 책들이 나를 꿈꾸게 했고, 나를 흥분시켰고, 때로는 나를 위로하기도 했다.

고3 때 좋아했던 여학생이 있었다. 짝사랑에 들떠있던 그 시절, 그녀가 내게 이젠 공부하라며 학생의 본분을 일깨운 그날 나는 서점에서 에릭 시걸의 『프라이즈』를 샀다. 그리고 온종일 독서실에서 그 책을 읽었다. 그때 왜 나는 서점에 들러 책을 샀을까? 수십 년이 지나도 생생한 그 순간을 돌이켜보면, 그때 나는 혼란스럽고 허탈했던 기분을 어떤 방법으로든 다독이고 싶었는데, 그때 생각난 곳이 서점이었고 거기서 에릭 시걸의 글을 통해 폭발할 것 같은 감정을 삭일 수 있거나 어쩌면 위로받을 수도 있을지 모르겠다고 생각했던 것 같다.

시간이 흘러 대학에 입학했고 교재를 사러 들렀던 구내서점에서 최영미 시인의 『서른, 잔치는 끝났다』를 샀다. 그전까지 내 기억에 내 돈으로 시집을 산 기억은 없다. 내가 산 첫 시집이기 때문에 유달리 이 책이 기억에 남는다. 나는 왜 계획에 없던 이 책을 샀을까? 아마 처음으로 부모님 곁을 떠나 어른이 된 것 같은 내 모습과 이 시집의 제목이 뭔지 모를 끌어당김으로 작용하지 않았나 싶다.

몇 년 후, 지금은 아내가 된 그녀를 만나면서 이영도의 『드래곤 라자』를 읽었다. 그때까지 무협지는 자주 읽었어도 판타지는 아주 가끔 들춰

드래곤
라자
DRAGON
RAJA
개미
2

보는 정도였는데, 그녀가 판타지를 좋아한다는 이유로 또 내가 그녀를 좋아한다는 이유로 그녀가 읽었던 책들을 답습해갔다. 그녀를 만나기 위해 부산 행 기차를 타는 날이면 내 가방에는 항상 몇 권의 판타지 소설이 자리했다. 그녀가 들려주는 판타지 소설의 이야기에 흥분했고, 내가 이해하기 시작한 판타지 세계관을 그녀의 것에 맞춰 그려낼 수 있도록 열심히 읽었다. 그러면서 우리는 함께 할 미래를 그리게 된 것 같다.

이렇듯 내 삶의 곳곳에는 책이 함께하고 있다. 여러분도 자신의 과거를 한번 돌이켜보라. 무엇이 자신의 삶을 이끌어왔고 지금까지 함께 해오고 있는가? 분명 여러분들도 생각나는 책이 몇 권 있을 것이다. 물론 책이 아닐 수도 있다. 가장 중요한 것은 그것이 무엇인지 발견하는 것이다.

"알아차림"

여러분 중 대다수는 자신의 삶에 무엇이 가장 큰 의미가 되고, 소재가 되고, 동기가 되는지 깊이 생각해보지 않았을 것이다. 어쩌면 진정 자신이 좋아하는 것이 무엇인지 아직 모를지도 모른다. 마치 "취미가 뭐예요?", "어떤 걸 좋아하세요?"라고 물으면 대답을 하지 못하는 경우처럼 말이다.

이 책을 읽기 시작한 지금부터 여러분들은 나와 함께 여러분들의 삶 속에서 책이 어디에 있었는지를 찾아갈 것이다. 잊고 있었던 기억을 끄집어내는 일, 그것은 깊은 고민을 통해 기억을 퍼 올리는 것이 아니다. 자신도 모르는 사이, 누군가의 이야기 속에서 '어. 나도 그랬던 것 같은데….'라며 불현듯 생각나는 것이다. 그렇게 하나둘 기억을 떠올리다 보면 여러분들은 알게 될 것이다. 여러분들도 원래 책을 좋아했다는 것을 말이다. 지금부터 여러분이 잊고 지냈던 자신만의 책의 참맛을 찾아 떠나보도록 하자.

02

왜 하필 책일까

초등학생 시절 나는 책을 좋아했던 것 같다. 특히 과학 관련 책을 좋아해서 공상과학소설이나 우주, 생태계, 로봇과 같은 과학 백과사전에 푹 빠져 거의 외우다시피 반복해가며 읽고 또 읽었다. 당시 나는 순수한 호기심에 과학이 좋았고 책을 통해 꿈을 키웠다.

사춘기를 보내며 이성에 호기심을 갖기 시작할 즈음에는 주변 사람에게 '책 읽는 사람'이라는 인상을 심어주고 싶어서 항상 책을 들고 다녔던 기억이 난다. 어려워 보이는 고전이나 베스트셀러를 읽지도 않으면서 가방에 넣고 다녔다. 그런데 가지고 다니다 보니 조금씩 읽게 되었다. 이런 행동이 자연스럽게 습관이 되면서 나는 책을 읽는 학생이 되었다.

요즘 중고생들은 한 학기에 책을 몇 권 정도 읽을까? 두세 권은 읽을까? 지금 글을 쓰고 있는 이곳 도서관 열람실에도 학생들이 많지만 책 읽는 학생은 없다. 서가를 둘러보아도 어린아이들과 직장인들만 책을 고르고 있다. 도서관 봉사활동을 하는 학생 외에는 서가에 학생들은 보이지 않는다. 그들은 죄다 복도와 열람실에서 참고서나 스마트폰을 보고 있다. 어쩌면 공부할 시간도 모자란데 그들에게 독서하라는 것은 사치일지도 모른다. 그런데 과연 그들에게 독서가 사치일까?

책은 미래를 책임질 학생들이 많이 읽어야 한다. 물론 현재를 책임지고 있는 어른들도 예외일 수는 없다. OECD 국가 중 우리나라의 독서량이 최하위권이라는 사실은 익히 들어 알고 있을 것이다. 시간이 갈수록, 과학이 더욱 발전할수록 세상은 책을 더 많이 읽으라고 하지만 우리는 점점 더 책을 멀리하고 있다. 왜 우리는 세상이 바라는 모습과 정반대로 가고 있는 것일까?

나는 이것을 "공급과잉" 때문이라고 정의하고 싶다. 우리 주변에는 읽을 것들이 너무 많다. 특히, 손에 쥐고있는 스마트폰 속 세상에는 온갖 볼거리와 읽을거리가 넘쳐난다. 우리는 과거 그 어느 때보다 많은 것을 읽고 소화해낸다. 나에게 필요한 정보를 넘어 닥치는 대로 보고 듣고 읽는 것이다. 인터넷 세상에 적혀있는 글을 소화해내는 것만으로도 시간이 부족하다. 이런 이유로 예전처럼 조용히 자리에 앉아 책장을 넘기는 것은 고상한 취미의 영역이 되어버렸다.

모르는 것은 검색하면 된다. 점점 더 고민할 필요가 없는 세상이 되어

가는 중이다. 찾을 줄 아는 능력만 있으면 되고, 심지어 "찾아줘"라고 말하면 되는 세상이다. 그러다보니 우리는 더 이상 지식을 머릿속에 암기할 필요가 없다. 스마트폰의 배터리만 채워져 있다면 삶에 필요한 대부분을 발견할 수 있는 세상이 되었다.

그런데 정말 중요한 지식을 검색창을 통해 얻을 수 있을까? 정보가 있을지는 모르겠지만 지식은 없다고 나는 주장하고 싶다. 왜냐면 검색으로 찾을 수 있는 것은 정보(information)이기 때문이다. 정보는 쉽게 찾을 수 있지만, 지식(knowledge)은 정보를 토대로 내 것으로 만드는 지적인 활동이 필요하므로 검색창 속에 지식은 없는 것이다. 여러분이 무언가를 검색하는 모습을 떠올려보자. 열심히 찾아 읽고서는 끝이다. 찾은 것을 토대로 활용을 하는 경우는 있지만 찾은 정보를 내 생각과 비교하는 자정작용이 없다. 고민하는 과정이 빠져있기 때문에 쉽게 휘발된다. 과장하자면 생각 없이 반복적인 행동만 있는 것이다. 몇 분 전 검색했던 것을 기억하지 못해 재검색을 해본 경험이 있지 않은가? 이런 생활에 오랫동안 길들여진 우리는 새로운 일을 시작할 때 검색을 통해 누군가가 해놓은 방법을 따라하기에 급급한 삶을 살고 있다.

만약 누군가가 기록해둔 정보가 없다면 어떻게 할까? 이 경우 스스로 시도하기보다는 검색 조건을 바꿔가며 가장 유사한 정보를 찾는다. 생각해보라. 여행할 때도 누군가가 정해놓은 코스를 따라다니며 같은 장소에서 비슷한 사진을 남기고 있지 않은가? 식사할 때도 누군가의 리뷰를 읽고 맛집을 찾아가지 않는가. 곰곰이 생각해보자. 자신의 삶 속에서 스스로 개척했다고 말할 수 있는 것들이 과연 몇 개나 되는지.

이 시점에서 나는 책을 얘기하려고 한다. 왜 책일까? 상대방이 쓴 글을 읽어 정보를 얻고, 필요하면 글쓴이의 생각이나 행동을 따라서 해보는 것은 검색하는 것과 다를게 없는데.

나는 검색창의 정보와 책 속 정보의 차이점을 "관심"이라고 정의하고 싶다. 정확히 말하면 "관심의 정도"이다. 책을 사거나 빌려 읽는다는 것은 내가 지금 무언가에 관심이 생겼다는 증거다. 무심코 스마트폰으로 이것저것 검색해 보는 것처럼 할 일 없이 책을 읽는 경우가 있을까? 특히 요즘같이 손에서 스마트폰을 놓을 수 없는 세상에.

독서는 "결핍"이 선택한 행동이다. 앞서 얘기했던 "공급과잉"과 정확히 반대되는 행동의 결과물인 것이다. 따라서 독서는 자신의 결핍을 채워준다. 아니 채워줄 것이라고 믿기 때문에 독서를 하는 것이다. 혹자들은 "그냥 뽑아서 읽었던 책이었는데."라고 말할 수도 있지만, 그냥 지나칠 수 있었던 것을 굳이 뽑아 들었다는 것 그 자체가 관심이다. 이런 관심의 정도가 커질수록 우리는 책을 더 많이 찾게 된다. 이유인즉, 대부분의 정확한 정보는 책속에 있기 때문이다. 가짜 뉴스, 거짓 정보가 넘쳐나는 세상, 출처가 불분명한 정보를 믿고 따르다 문제가 되는 일을 자주 목격할 것이다. '인터넷에 게시되어있는 아무개의 정보를 무턱대고 믿어서는 안 된다.'라는 것은 공공연한 사실이다. 이런 이유로 우리 삶에 책은 더욱 중요하게 다가오고 있다.

20세기말, 저명한 미래학자의 칼럼에서 컴퓨터와 인터넷이 세상의 패러다임을 바꾸게 되면서 종이책과 펜이 사라질 것이라는 주장을 읽은 기억이 있다. 하지만 20년이 지난 지금 종이책과 펜은 여전히 정보를 전달하고 기록하는 최고의 도구이다. 젓가락 사용법보다 스마트폰 사용법을 먼저 배우는 아이들이지만 부모는 자식에게 스마트폰 대신 책을 사주기 바쁘다. 자신은 책을 읽지 않지만 책이 이롭다는 것, 독서가 올바른 방법이라는 것, 독서는 해야 한다는 것을 스스로 인정하고 있다. 그래서 내 자녀에게만은 독서를 습관화시키려고 노력하는 것이다.

나는 책을 많이 읽으려고 노력한다. 그래서 나는 항상 가방에 책 세 권을 넣어 다닌다. 한 권은 읽던 책, 두 권은 새로운 책이다. 짬나면 읽던 책을 펼치고, 그 책이 싫증나는 순간에는 다른 책을 꺼낸다. 갑작스러운 일로 장거리 이동을 이용해야 하는 날이면 3권이 있어서 다행이다. 읽을 것이 없으면 허전하다. 100일 동안 매일 책 3권을 들고 다녀봤는데 실제 3권을 다 읽은 날은 단 하루도 없었다. 그래도 나는 3권을 들고 다닌다. 그게 바로 책을 좋아하는 나의 마음이자 노력이고 정성이다.

한 권은 소설, 한 권은 자기계발서, 나머지 한 권은 장르에 상관없이 현재 관심이 가는 책을 넣어 다닌다. 하루를 준비하는 새벽에는 주로 수필이나 명언집을 읽는다. 회사 업무 중 생기는 짬에는 자기계발서를 읽고, 점심시간같이 긴 여유시간에는 소설을 읽는다. 퇴근 후 책상에 앉게 되면 그날 목표했던 책들을 돌아가면서 읽는다. 눈치를 채신 분들도 있겠지만 나는 하루 단위로 읽을 분량을 정해두고 책을 읽는다. 그래야 읽어야겠다는 마음이 생기고, 목표를 떠올리면 달성하고 싶은 의지와 긴장감이 생긴다. 또 목표를 성취했을 때의 만족감도 크다.

출근 전 가방을 챙길 때 오늘 읽을 책을 준비하면서 기대감에 잔뜩 부푼다. 과연 어떤 내용이 나를 기다리고 있을지 너무 궁금하기 때문이다. 그 호기심은 짬 날 때마다 책을 들춰보게 한다. 이런 관심과 행동이 나를 책 읽는 사람으로 만들었고, 독서에 관한 책까지 쓰게 만들었다. 이렇듯 책은 내 삶의 마중물 같은 역할을 해줬다.

나의 개인적인 독서의 즐거움에 관해서 이야기하는 것이 여러분의 마음속 깊은 곳에 숨어있는 퇴화 직전의 독서 근육을 자극할 수 있을지는 잘 모르겠다. 하지만 분명한 것은 여러분의 머릿속에는 '독서는 삶에 도움이 된다.', '책 좀 읽어야 하는데'라는 오랫동안 미뤄둔 숙제 같은 반성이 자리하고 있을 것이다.

내가 여러분에게 강제로 손에 책을 들게 하고, 읽게 하고, 감상문을 쓰게 할 수는 없다. 하지만 여러분이 책을 읽게 만들 방법이 하나 있다. 그것은 바로 내가 책을 읽고, 서평을 쓰고, 책을 쓰면서 점점 더 여러분이 되고자 했던 사람이 되는 것이다. 어린 시절 읽었던 『큰 바위 얼굴』의 주인공 어니스트처럼 되어서 언젠가 여러분이 "나도 저 작가처럼 살고 싶다."라는 생각을 가질 수 있도록 노력할 것이다. 이것이 바로 내가 책을 통해 독자들을 만나려고 글을 쓰는 이유이며 내 삶의 목표다. 나는 반드시 그렇게 될 것이다.

03

무엇이 당신의 독서를 가로막는가

"사람은 습관을 만들고 습관이 사람을 만든다."

밥 먹는 습관, 일하는 습관, 잠자는 습관, 술 마시는 습관과 같이 수많은 습관이 스스로 인식하지 못하는 곳에 숨어서 삶을 주도하고 있다. 그런데 우리는 이런 습관을 아주 우습게 여긴다. 자기도 모르게 몸에 배어 스스로가 제어하려고 해도 잘되지 않는 행동들. 습관은 스펀지에 잉크가 스며들 듯 시나브로 우리의 삶에 스며들었고 이제는 자신의 삶을 지배하는 커다란 축이 되어버렸다. 하지만 여전히 우리는 습관의 존재감을 잊은 채 살고 있다.

자신의 일과를 살펴보자. 우리의 평범한 하루는 모두 습관들로 이루어져 있다고 해도 과언이 아니다. 우리는 잠에서 깨어나 씻고 준비하는 시간 동안 일어나는 행동들을 제대로 인지하지 못한다. 바로 습관적인 행동이기 때문이다. 양치질을 예로 들어보자. 위아래로 양치하는 사람, 좌우로 양치하는 사람, 치약을 많이 짜는 사람, 시끄럽게 양치하는 사람, 변기에 앉아서 양치하는 사람과 같이 우리 몸으로 직접 움직여 실천하고 있지만, 관심을 두지 않으면 알지 못하는 수많은 행동들. 바로 이러한 습관 안에서 우리는 살아가고 있다.

지금 바로 종이 한 장을 꺼내 여러분이 보냈던 오늘 하루를 직접 써보자. 그리고 기록한 일과 중에서 여러분들이 고치고 싶은 행동과 지속해야 하는 행동을 분류해보자. 바로 이 메모지 한 장이 변화의 시작이다. 다시 말해 습관을 알아내고 불필요한 부분을 고쳐가는 것이 바로 자기계발에서 가장 중요하게 언급하는 "시간 관리"인 것이다.

여러분이 자기계발을 원한다면 "시간 관리"는 가장 중요하게 고민해야 할 주제다. 왜냐하면 삶은 시간의 흐름으로 이루어져 있기 때문이다. 따라서 자신의 시간을 지배하는 사람이 진정한 자신의 삶을 살게 된다.

시간은 모두에게 공평하다. 우리는 빈부귀천에 상관없이 하루 24시간의 시간을 가진다. 돈으로 비유해보면 자정이 되면 각자에게 86,400원(24시간×60분×60초)이 입금되는 것과 같은 이치다. 그런데 이 돈의 특징은 아껴쓸 수 없고, 설사 아껴 쓴다 하더라도 다음날로 이월할 수 없다는 것이다. 모두에게 똑같이 주어지고 똑같이 소비되는 돈인 것이다.

생각해보자. 직장인들은 보통 일터에서 8~10시간 정도 시간을 보낸다. 자신의 시간을 소비해서 가족을 부양하고 생계를 이어갈 돈을 버는 것이다. 또한 6~8시간은 잠을 자는 데 소비한다. 그러고 나면 남는 시간은 6~10시간 정도이다. 이 시간 동안 우리는 휴식, 취미활동, 공부, 대인관계와 같이 나와 내 주변의 즐거움과 행복을 위해 시간을 쓴다.

부자들은 시간을 어떻게 소비할까? 자기계발서를 여러 권 읽다 보면 깨닫게 되는데, 그들이 가지고 있는 시간에 대한 가장 큰 관점의 차이는 돈을 벌기 위해 시간을 쓰지 않는다는 것이다. 그들은 시간을 벌기 위해 돈을 쓴다. 내 의식주를 위해 내 시간을 쓰는 것이 아니라 내 시간을 벌기 위해 타인에게 돈을 지급하고 그들의 시간을 산다. 낸 돈의 가치만큼 자신은 여유시간을 갖는 것이다. 그리고 그 시간에 자신이 하고 싶은 일을 한다. 그렇게 자신이 하고 싶은 일에 시간을 사용하게 되니 더욱 성장하고 발전하는 것이다. 돈은 상대적 가치를 가지지만 시간은 모두에게 공평하게 주어지고 똑같이 소비되기 때문에 절대적 가치를 가진다. 그래서 부자들이 돈을 주고 시간을 사는 것은 수지맞는 거래다.

물론 그들은 이미 돈이 많아서 의식주 걱정을 하지 않아도 되기 때문에 이런 삶이 가능한 것이 아니냐는 반문을 하게 될 것이다. “금수저”라고 일컫는 사람들은 이 사례가 맞지 않을지도 모르지만 자수성가한 수많은 부자들도 충분히 많다. 그들은 보통사람들과 시작은 같았지만 주어진 시간을 하고 싶은 일에 조금씩 축적하면서 노력한 사람들이다. 아무런 노력 없이 자고 일어났더니 부자가 된 사람은 없다.

“자신이 하고 싶은 일을 하라.”는 격언을 많이 들어보았을 것이다. 그렇게 자신이 하고 싶은 일을 찾은 사람, 바로 그들이 진짜 부자들이다. 나는 부자를 이렇게 정의하고 싶다.

다시 습관으로 돌아가 보자. 무엇이 현재의 당신을 만들었는가? 부모님인가? 학교에서 배운 지식인가? 아니면 또 다른 무엇이 있는가? 감히 나는 이렇게 말하고 싶다. “바로 당신의 습관이 지금의 당신을 만들었다.”라고 말이다. 타인에게 지대한 영향을 받았을지는 모르겠지만 결국 지금 자신의 모습은 스스로가 결정한 결과물이다. 지금 이 책을 쓰고 있는 나 역시 내가 결정한 삶을 사는 것이다. 누가 시킨 것이 아닌 내가 해야 하는, 그리고 내가 하고 싶어 하는 것을 하면서 사는 것이다. 시작은 백지장이었지만 오랜 시간 동안 만들어진 습관이 백지장에 한 줄 한 줄 칸을 채워가면서 나를 만들었다. 여러분도 나와 비슷한 생각으로 매일 같이 자신의 변화를 꾀하고 있지만 인지하지 못하고 있을 뿐이다.

지금 이 순간, 다시 한번 여러분의 하루 일과를 종이에 써보자. 그 일과표를 보면서 기록이 만들어내는 자신의 스토리를 상상해보자. 자신의 이야기가 만족스러운가? 타인에게 들려줄 만한 이야기인가 아니면 부족하다고 생각하는가. 이렇듯 자신의 삶을 들여다보는 것에서부터 변화는 시작된다. 세상을 변화시키는 가장 빠른 방법은 나를 변화시키는 것이라고 했다. 자신의 현실을 똑바로 직시하고 그곳에서부터 내가 무엇을 해야 할지 찾아보는 것이 바로 자기계발의 첫 단추이다.

자 여러분이 기록한 일과표를 다시 들여다보자. 잠자는 시간, 밥 먹는 시간, 일하는 시간 외에 또 무엇이 있는가? 교통편으로 이동하는 시간이 있는가? TV를 보거나 친구들을 만나며 즐겁게 보내는 시간이 기록되어 있는가? 가족과 함께 서로의 하루를 이야기하는 시간이 있는가? 아마도 앞에서 언급한 것들이 여러분의 일과에 포함되어 있을 것이다. 물론 자기계발을 위해 공부하는 시간이 있을지도 모르겠다. 그런데 SNS를 하며 스마트폰을 들여다보는 시간과 같이 짬나는 시간에 습관적으로 하는 활동들은 일상으로 기록해두지 않았을 것이다. 맞지 않는가?

그런데 여러분의 스마트폰 사용시간을 일주일만 측정해 본다면 깜짝 놀랄 것이다. 적어도 하루 2~3시간 이상 여러분은 그것을 손에 쥐고 있다. 잠시 들어서 확인한 것이라 할지는 모르겠지만, 여러분이 인지하지 못하는 틈새 시간 중 대부분은 스마트폰을 들고 있다. 그 시간을 모아보면 하루 중 10~20%를 차지한다. 그런데 이렇게 큰 비중을 차지하는 시간을 여러분은 일과표에 기록해두지 않았다. 그 이유는 바로 여러분 자신이 그 시간을 "여유의 활용"이라고 생각하기 때문이다. 어차피 버릴 시간에 SNS를 하고, 뉴스를 보며 콘텐츠를 접한다고 생각하기 때문이다. 하지만 그 시간을 다른 용도로 활용할 수만 있다면 훨씬 더 멋진 성과를 얻을 수 있다.

혹시 여러분들의 하루 일과표에 독서가 포함되어 있는가? 단 몇 분이라도 책과 함께하는 시간이 있는가? 만약 그렇다면 여러분은 이미 주변의 사람들보다 한발 앞서 나아가고 있는 사람이다. 만약 그렇지 않다면 여러분은 아주 쉽게 삶을 변화시킬 수 있는 포인트를 발견하게 되었다.

그것은 바로 책을 읽는 시간을 하루의 삶에 포함시키는 것이다. 여러분이 스마트폰을 사용하는 시간 일부를 책 읽는 시간으로 바꿀 수만 있다면 여러분은 우리나라 성인들의 평균 독서량(8.4권/ 1년, 2017년 통계청 자료)보다 훨씬 많은 책을 읽는 다독가가 될 것이다. 이런 잃어버린 시간을 활용하는 것이 독서시간을 확보하는 열쇠다. 이 시간이 바로 여러분들의 삶을 변화시킬 중요한 터닝 포인트를 만들 시간이 되는 것이다.

우리는 정작 중요한 것을 미루며 살고 있다. 급한 일을 처리하기에 급급하며 시간을 인내했기 때문에 정작 내 삶에서 가장 중요한 것들은 미루면서 살아왔다. 건강, 가족, 친구, 꿈, 도전, 용기 이런 것들은 현재 닥친 내 앞의 바쁨으로 인해 미루어졌다. 나이가 들면 건강이 나빠지는 것은 당연한데 우리는 그것을 알면서도 눈앞에 있는 일 때문에 오늘도 운동을 미룬다. 나 역시도 '내일부터'라며 미룬 것들이 너무 많다. 우리는 현재의 바쁨을 핑계로 오늘의 운동을 포기하고 미래를 위해 돈을 번다. 그리고 나이가 들면 다시 건강을 되찾기 위해 과거에 벌었던 돈을 쓴다. 완벽한 역설이다. 지금부터라도 우리는 급한 것이 아닌 내 삶의 가장 중요한 것을 위해 시간을 쓰는 습관을 가져야 한다.

04

읽지 않고
어떻게 발전할 수 있는가

어린아이들의 성장을 되짚어보자. 아이는 부모가 자신을 불러주는 말을 듣고 자신의 이름을 깨우친다. 또한, 듣게 된 말을 통해 사물의 명칭을 기억해간다. 부모는 아이와 함께 그림책을 보면서 "사자", "호랑이"라고 그림을 가리키며 소리를 들려준다. 그러면서 아이들은 그것을 무엇이라고 부르는지 기억해간다. 아이가 알게 된 단어 수가 늘어가면서 조금씩 문장을 익히게 된다. 그리고 이 문장을 통해 아이는 자신의 의사를 표현하는 법을 터득한다. 이것이 아이의 지적발달과정이다.

다음은 지적 성장 차례다. 지적 성장은 독서와 함께 시작된다. 부모가 읽어주는 책에서 시작되는 지적 성장은 아이가 글을 깨우침으로 인해 기하급수적으로 성장한다. 읽기를 통해 자신이 관심을 가진 모든 단어에 대한 의미를 섭렵해간다. 읽기 능력이 발달하면서 받아들이는 단어의 수가 많아지고, 그럴수록 궁금증이 늘어간다. 그리고 이렇게 깨우친 단어나 문장을 입으로 말하기 시작한다. "아니 얘가 어떻게 이 말을 알지?"라며 놀라는 것은 어찌 보면 당연한 결과이다. 이렇듯 결국은 읽기가 아이의 지적 성장을 이끈다.

가장 기초적인 아이의 성장 과정에서 이렇게 읽기가 중요한데 어른들이라고 다를 게 있을까? 우리는 수많은 정보를 오감을 통해 받아들여 내 것으로 만든다. 그중 가장 큰 몫을 차지하는 것은 단연 읽기다. 우리는 수많은 콘텐츠를 읽어낸다. 활자화되어있는 많은 문서를 읽으면서 정보를 암기하며 핵심을 파악하고 지식을 깨우친다. 요즘은 유튜브 시대라 보는 것이 더 중요하다고 말하는 사람들도 많지만 사실 보는 시간보다 읽는 시간이 몇 배는 빠르다는 것은 모두가 알고 있다. 물론 이해도 면에서 본다면 읽는 것보다 보는 것이 낫다고 말할지도 모르겠다. 하지만 최근 유튜브에서 자막을 필수로 넣고 있는 추세를 보면 영상을 보는 중에도 글자를 통해 상대의 말을 읽는 것이 더 이해에 도움이 된다고 생각해볼 수 있다. 이렇다 보니 읽지 않고서는 발전이 더딜 수밖에 없다.

그런데 여러분들의 읽기 능력은 어떠한가? 여러분들은 제대로 읽는 능력을 갖추고 있다고 자신 있게 말할 수 있는가? 소리를 내 책을 한번 읽어보기 바란다. 한 번만 읽어서 이해가 되는가? 물론 자녀들이 읽던 동화책은 읽는 순간 곧바로 이해가 될 것이다. 신문 기사나 주요 서적들의 내용을 한번 읽어보라. 동화책처럼 내용이 머릿속에 그려지면서 이해가 되는가? 아마 그렇지 않을 것이다. 그 이유는 문장이 어려워서겠지만, 자신의 읽기 능력을 의심하지 않아서 생긴 문제이기도 하다.

기생충 박사 서민 교수가 쓴 『서민독서』를 읽어보면 요즘 사람들의 읽기 능력에 관한 신랄한 사례가 나온다.
"하정우 뺑소니에 치인 후 200m 추격, 맨손으로 제압"

이 기사가 자주 언급되는 이유는 뉴스의 제목과는 전혀 다른 엉뚱한 댓글 때문이다.
"하정우 실망, 이제 자숙 좀 하시길", "인생 끝났네요. 어떻게 뺑소니를 하고 도망갈 생각을 하는지?"

댓글을 읽으면서 이상한 점을 발견했다면 다행이다. 발견하지 못했다면 자신의 읽기 능력을 다시 생각해 볼 필요가 있다. 아마도 댓글을 쓴 사람은 문장 전체를 읽지 않고 "하정우", "뺑소니"라는 키워드만 보고 전체 사건을 지레짐작했을 것이다. 하지만 다시 생각해보면 이 키워드가 관심을 끌었다면 분명히 기사의 맥락을 읽었을 것이다. 그런데도 기사의 내용과 전혀 상반된 댓글을 썼다는 것은 이 사람의 읽기 능력을 의심하지 않을 수 없다. 더 심각한 것은 기사는 읽지 않고 댓글만 읽고서 다시 댓글을 쓰는 것이다. 그러다 보니 사건의 본질은 없고 전혀 다른 이야기가 생산되게 된다. 서민 교수가 이 기사에서 가장 심각하게 언급한 댓글은 바로 "어떻게 뺑소니를 하고 도망갈 수 있나"이다. 이 댓글을 쓴 사람은 뺑소니의 의미 자체를 잊고 글을 썼다.

우리는 글을 정확히 읽으려고 하지 않고 정확히 쓰려고도 하지 않는다. 대강의 의미만 통하면 된다는 생각으로 읽고 쓴다. 인터넷에 있는 수많은 콘텐츠가 이렇듯 정제되지 못하고, 맞춤법도 지키지 않은 채 생산되어 소비되고 있다. 따라서 이런 글을 주로 읽어온 사람들은 자신의 읽기 능력을 반드시 점검해 볼 필요가 있다.

요즘 들어 읽기 능력이 더욱 중요하다고 느낀다. 대부분의 업무가 이메일로 이루어지다 보니 상대방의 메일을 제대로 이해하지 못해서 그런 것 같다. 나의 읽기 능력이 문제인 경우도 있고, 상대방의 쓰기 능력이 문제인 경우도 있다. 물론 둘 다인 경우는 더 많다.

보통 상급자의 업무지시 메일은 짧다. 5줄을 넘기는 경우가 거의 없다. "이렇게 하세요.", "이렇게 해서 보고 해주시기 바랍니다."처럼 간결하다. 그러나 상대방을 이해시키거나 설득하는 메일은 길어진다. 왜냐하면, 이해나 설득의 기저에는 '상대는 잘 모른다.'를 전제하기 때문이다. 짧은 문장에서 상대방의 의중을 파악하기는 쉽지만, 문장이 길어지면 어렵다. 이것을 말하는 것 같기도 하고 저것을 말하는 것 같기도 하다. 손자병법에서도 "장수의 말은 짧고 명쾌해야한다."라고 했듯이 업무메일은 짧은 문장으로 될 수 있으면 짧게 쓰라고 가르치고 배운다. 또한, 초등학생이 읽어서 이해가 될 수 있도록 쓰라고 배운다. 하지만 쉽게 쓰는 것은 어렵다. 특히 조직 내 공공연히 사용되는 은어나 전문 용어들을 읽으면서 바로 이해 가능한 쉬운 단어로 풀어내야 하기 때문이다.

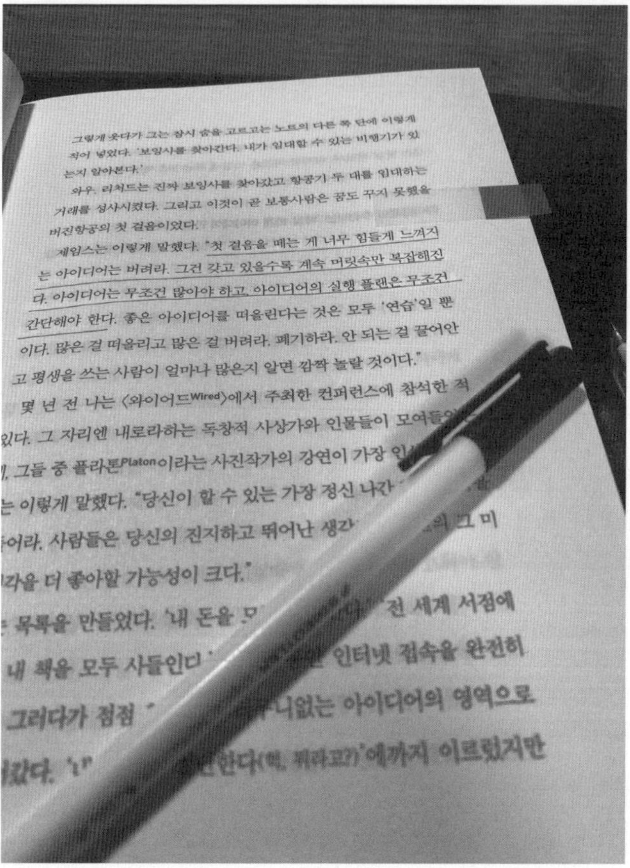

그렇게 웃다가 그는 잠시 숨을 고르고는 노트의 다른 쪽 단에 이렇게 적어 넣었다. '보잉사를 찾아간다. 내가 임대할 수 있는 비행기가 있는지 알아본다.'

와우. 리처드는 진짜 보잉사를 찾아갔고 항공기 두 대를 임대하는 거래를 성사시켰다. 그리고 이것이 곧 보통사람은 꿈도 꾸지 못했을 버진항공의 첫 걸음이었다.

제임스는 이렇게 말했다. "첫 걸음을 떼는 게 너무 힘들게 느껴지는 아이디어는 버려라. 그건 갖고 있을수록 계속 머릿속만 복잡해진다. 아이디어는 무조건 많아야 하고, 아이디어의 실행 플랜은 무조건 간단해야 한다. 좋은 아이디어를 떠올린다는 것은 모두 '연습'일 뿐이다. 많은 걸 떠올리고 많은 걸 버려라. 폐기하라. 안 되는 걸 끌어안고 평생을 쓰는 사람이 얼마나 많은지 알면 깜짝 놀랄 것이다."

몇 년 전 나는 〈와이어드Wired〉에서 주최한 컨퍼런스에 참석한 적
있다. 그 자리엔 내로라하는 독창적 사상가와 인물들이 모여들
, 그들 중 플라톤Platon이라는 사진작가의 강연이 가장 인
는 이렇게 말했다. "당신이 할 수 있는 가장 정신 나간
어라. 사람들은 당신의 진지하고 뛰어난 생각 의 그 미
각을 더 좋아할 가능성이 크다."
목록을 만들었다. '내 돈을 모 전 세계 서점에
내 책을 모두 사들인다' 인터넷 접속을 완전히
그러다가 점점 나없는 아이디어의 영역으로
갔다. '1 한다(헉, 뭐라고?)'에까지 이르렀지만

『대통령의 글쓰기』를 쓴 강원국 작가는 "한 문장의 빈 곳에 들어갈 단어는 딱 1개이다."라고 말했다. 그의 말처럼 적재적소에 필요한 단어를 찾는 것은 정말 읽고 쓰는 능력을 갈고닦아야지만 가능하다. 따라서 회사에서 상급자가 되어갈수록 읽기 능력과 쓰기 능력은 중요해질 수밖에 없다. 상급자가 개떡같이 이야기해도 찰떡같이 알아듣고 정리해야 하고, 후배들이 외계어로 쓴 보고서를 제출해도 명확하게 이해하고 정리할 줄 알아야 하기 때문이다.

몇 년 전부터 보고서 만드는 일이 많아졌다. 내가 만든 자료가 부서를 대표해서 외부로 배포되고 경영진의 발표 자료로 활용되기 시작했다. 이건 매우 부담스러운 일이었다. 하지만 반대로 나의 역량을 단기간에 끌어올릴 기회이기도했다. 수많은 사람이 내 자료를 읽고 활용하면서 나에게 많은 질문을 했다. 나는 그 질문에 대답하면서 오점을 보완하고 논리를 가다듬었다. 그러면서 내가 발전하기 시작했다. 회사에서 내가 하는 일이 나를 성장시키는 것이다. 처음에는 힘에 부쳤는데 이제는 할만하다. 요즘은 미리 준비하는 여유도 생겼다. 무엇보다 내 능력을 조금씩 인정받게 되다 보니 일에 재미가 생겨났다.

생각해보았다. 언제부터 나의 읽기/ 쓰기 능력이 좀 더 나아졌는지 말이다. 언제라고 명확히 지정하지는 못하겠지만 아마도 읽은 책들이 쌓여가면서부터 나아지지 않았을까 짐작해본다.

책을 읽고, 읽은 책을 별도로 정리하면서 갖게 된 습관이 몇 개 있다. 첫째는 책에 밑줄을 긋는 것이다. 예전에는 책을 아주 소중히 아꼈는데 이제 더는 책을 깨끗이 읽지 않는다. 책에 줄을 긋고 읽는 순간에 떠오르는 생각을 여백에 바로 메모하는 것이 책을 더 소중히 다루는 태도이라는 것을 깨달았다. 그래서 나는 책을 읽으면서 바로 줄긋고 메모하는 것을 즐긴다.

둘째는 읽은 책을 요약하는 것이다. 문장을 그대로 베껴 쓰기도 하고, 다시 나만의 문장으로 엮어보기도 한다. 이 과정에서 요약하는 능력이 길러졌다. 책을 많이 읽다 보니 읽기 능력이 나아졌고, 주제와 줄거리를 요약하다 보니 정리 능력도 좋아졌다. 그와 더불어 계발된 능력이 바로 사람들의 말을 빨리 이해하는 능력이다. 덕분에 예전보다 상대의 말을 이해하지 못해 다시 묻는 경우가 많이 줄었다.

셋째는 사전을 자주 찾게 되었다. 모르는 단어가 나오면 문맥상으로 이해하고 넘어가기보다는 사전을 찾아 뜻을 이해하고 의미를 책에 써둔다. 또, 명확히 알게 된 단어를 재활용해보고자 따로 메모도 한다. 이런 시간이 축적되면서 내 어휘력이 늘어났음을 실감한다.

지금까지 언급했던 이런 습관들은 모두 책을 읽기 시작하면서 시작되었다. 물론 나는 아주 오래전부터 책을 읽어왔지만, 본격적으로 부족함을 느껴 목적을 가지고 계획적으로 독서를 시작한 것은 10년 정도다. 10년 절대 짧지 않은 내 인생의 1/4에 해당하는 아주 긴 시간이다. 이 시간 동안 꾸준히 책을 읽었던 것이 어느덧 나의 경쟁력이 되었다. 이렇게 나는 책 읽기를 통해 발전해 온 것이라고 자신있게 말할 수 있다.

05

어떤 책을 읽을 것인가

지금 당신의 가방 속에는 무슨 책이 들어있는가? 지금 당신의 책상에는 어떤 책이 놓여 있는가? 어제 당신이 읽던 책 제목은 무엇인가? 이 질문에 우물쭈물한다면 당신은 변화를 기대하기 가장 쉬운 사람이다. 지금부터 아래의 세 가지를 따라 해보자.

첫째, 책을 3권 정한다.
둘째, 무조건 한 권을 다 읽는다.
셋째, 두 번째 책을 읽기 시작한다.

위의 절차가 내가 알려주고자 하는 독서를 습관화시키는 루틴이다. 왜 이렇게 해야 하는지는 이 책의 중간 즈음에 말할 것이다. 궁금하다면 계속 읽어야 할 테니 말이다.

꾸준히 독서를 해오던 사람이라면 자신이 무슨 책을 읽을 것인가를 정할 필요가 없을 것이다. 그들은 몇 권의 읽을 책 리스트를 가지고 있을 것이다. 또한, 읽고 싶은 책을 곁에 두고 있는 사람이라면 그 가운데 한 권을 정하기만 하면 된다. 지금 이 순간 고민이 되는 사람들은 정말 어떤 책으로 시작해야 독서습관이 생길지 모르는 사람이다. 하지만 책을 통해 독서습관을 가져보고자 마음이 움직인 사람이기도 하다. 나는 이 부류의 사람들에게 아래와 같은 종류의 책을 권해드리고자 한다.

첫째, 얇은 책이다. 사실 여러분이 지금껏 독서를 습관화하지 못한 이유는 책이 너무 두꺼워서였다. 자신을 과대평가해서 '이 정도는 읽어야지!'라는 생각으로 두꺼운 벽돌책을 골랐기 때문에 계속 실패했다. 여러분은 독서 초보다. 처음 운전을 배울 때를 떠올려보라. 쉬운 길, 넓고 익숙한 길만 가야 한다. 고속도로에서 연습을 시작해서는 안 된다. 연습을 많이 한 뒤 복잡하고 어려운 길에 도전해야 한다. 독서도 운전과 똑같다. 재밌게 읽었던 기억이 있거나 흥미를 끄는 얇은 책을 선택해야 한다. 그렇다고 자신을 너무 과소평가하여 초등학생이 읽는 책을 고르지는 말자. 무조건 얇되 내용이 쉽고 울림이 있는 책을 권한다.

서점의 교양서적 코너에 가보면 수많은 얇은 스테디셀러를 볼 수 있을 것이다. 바로 이 책이다. 단, 얇다는 말에 시집을 고르지는 말자. 걷지도 못하면서 날아보려고 하면 안 된다. 얇은 책으로 "다 읽었다."라는 결과물을 얻어야 한다. 그동안 얼마나 많은 책이 30페이지를 넘기지 못하고 내 손에서 멀어졌던가. 내 의견에 공감한다면 무조건 얇은 책으로 "성공했다."라는 성취감을 맛볼 수 있도록 얇은 책을 선택하고 완독의 성공을 맛보자. 반복된 성공이 당신의 독서습관을 부채질할 것이다.

둘째, 유명한 책이다. 한 권을 읽어도 자랑해볼 만한 책을 읽어야 한다. "배달의 민족" 김봉진 대표는 그의 저서『책 잘 읽는 법』에서 자신을 "과시적 독서가"라고 표현했다. 다시 말해 읽은 책을 읽은 척하는 것이다. 페이스북이나 인스타그램에 독서라는 키워드로 검색을 해보면 많은 사람들이 책 표지 사진과 함께 간단히 읽은 소감을 적어둔 것을 쉽게 발견할 수 있다. 왜 이렇게 많은 사람들이 자신이 읽은 책을 기록하고 자랑할까? 요즘 같이 책 안 읽는 세상에 내가 읽은 책을 누군가에게 자랑하는 것은 자만심이 아니다. 이렇게 읽은 티를 내는 것이 결국 다음 책을 읽게 만드는 원동력이 된다.

어린 시절 "퀴즈 아카데미"라는 TV 프로그램이 있었다. 대학생들이 나와서 정치, 경제, 사회, 문화에 대한 지식을 겨루는 퀴즈 프로그램이었는데, 출연하는 대학생들의 스펙이 대단했다. 출제된 문제 대부분이 유명한 책의 내용을 듣고 제목이나 저자를 맞추는 것이었다. 당시 나로서는 접해보지 못한 책에 관한 내용을 듣고 정답을 맞추는 것을 보면서 대학생들의 박식함을 동경했다. 아마도 이 프로그램 덕분에 대학시절 나는 도서관을 찾아 유명한 고전이나 인문학 서적을 읽지 않았을까 생각한다.

이렇듯 유명한 책을 읽으면 "이런 책도 읽는 사람"으로 인식된다. 과시, 허세, 잘난 척이라고 해도 좋다. 무슨 상관인가? 책을 많이 읽을 수 있다면, 내게 독서습관을 만들어 줄 수만 있다면 말이다. 또, 이런 우쭐함을 경계할 필요가 없는 것이 읽은 책이 쌓이게 되면 자신의 무지를 깨닫고 점점 더 겸손해질 것이기 때문이다.

셋째, 재미있는 책을 읽어야 한다. 이유 불문하고 책은 무조건 재미있어야 한다. 그래야 계속 읽게 된다. 재미있는 책은 어떤 책인가? 읽는 도중에 뒤가 궁금해지는 책이다. 결말이 궁금해서 자꾸만 생각나는 책이다. 이런 책을 읽어야 한다. 그래야 실패하지 않는다. 우리는 독서에 대해서 수없이 실패해왔다. 실패하다 보니 실패해도 '괜찮다.'라는 생각을 하게 되었다. 물론 실패해도 괜찮다. 하지만 실패가 반복되면 포기하게 된다. 실패하더라도 절대 포기해서는 안 된다. 그래서 실패보다는 성공을 학습하는 습관이 필요하다. 아주 작은 성공이라도 나 스스로 해냈다고 자신을 부추길 수 있는 시도를 많이 해야 한다. 그래서 우리는 성공을 위해 무조건 재미있는 책을 읽어야 한다.

얇은 책, 유명한 책, 재미있는 책, 이 세 가지가 바로 여러분에게 내가 권하는 독서습관의 기초를 다질 수 있는 책을 고르는 방법이다. 그렇다면 어떤 책이 위 세 가지에 부합될까? 내가 추천해줄 수도 있지만, 우선은 여러분들이 직접 서점에 들러 찾아보기를 권한다. 유명한 책 중 얇은 책이다. 그리고 머리말과 처음 몇 페이지를 읽어보고 계속 읽고 싶은 책을 고르면 된다. 살짝 추천해 본다면, 나 같은 경우는 파울로 코엘류의 『연금술사』, 호아킴 데 포사다의 『마시멜로 이야기』, 스펜서 존슨의 『누가 내 치즈를 옮겼을까?』와 같은 책이 그랬다. 한자리에 앉아서 쉽게 다 읽을 수 있고, 읽은 후 '더 읽고 싶다'라는 생각이 들었다. 그리고 무엇보다 '나도 변하고 싶다.'라는 생각이 들게 했다.

사람마다 좋아하는 책이 다르므로 위에서 언급했던 책이 본인에게 맞지 않을 수도 있다. 하지만 책 선택의 문제보다 독서의 시작이 어렵다고 생각하시는 분은 위에서 추천했던 책으로 시작해보는 것도 좋을 것 같다. 이 세 권을 다 읽고서도 무언가 감정의 동요가 없다면 다시 스마트폰을 들어도 괜찮다. 아니 감정의 동요가 없을 수 없다. 여러분이 손원평 작가가 쓴『아몬드』의 주인공 윤재가 아니라면 말이다.

"책이 책을 낳는다."라는 말이 있다. 책을 읽다 보면 다음번에 무슨 책을 읽으면 될 것인지 알게 되는 것을 비유한 것이다. 여러분 중에는 이미 좋아하는 작가나 관심 분야의 책을 선정해두고 한 권씩 읽어가는 분들이 있을 것이다. 추리소설을 좋아하는 사람들은 에르큘 포와로나 셜록 홈즈와 같이 주인공의 매력에 빠져 사건을 따라가면서 책을 읽어가는 경우가 많다. 또는 시즌제 드라마처럼 좋아하는 작가의 책을 출간 순서대로 읽기도 한다. 기욤 뮈소, 알랭 드 보통, 무라카미 하루키, 정유정, 김애란, 조정래, 김진명 같은 유명 작가의 신간이 출간과 동시에 항상 판매 상위권에 오르는 이유가 바로 이것 때문이다.

자기계발서를 많이 읽는 경우는 피터 드러커, 앤서니 로빈스, 엠제이 드마코 같은 유명 작가의 저서를 따라 읽기도 하고, 유명한 인플루언서나

CEO들이 추천하는 책을 골라 읽는 경우도 많다. 이런 부류는 이미 독서가 자신의 삶에 한 부분으로 자리 잡은 경우가 많다. 하지만 초보자들은 한 권의 책을 읽고서는 다음 책을 선정하지 못한 채 흐름을 놓치고 만다.

흐름을 놓치지 않고 붙잡아 두기 위해 내가 추천하는 방법은 항상 3권의 책을 선정하는 것이다. 3권을 선정하고 한 권을 읽고 나면 두 번째 책을 시작하면서 또 한 권의 책을 선정하는 것이다. 떨어지지 않도록 지속적으로 연료를 주입해주어야 자동차가 목적지에 도착하듯 읽을 책도 항상 여유분을 준비해두는 것이 필요하다. 꾸준함을 이끄는 힘은 철저한 준비와 노력이다. 사전 준비와 노력 없이 무언가를 이루어내겠다는 것은 모래성을 쌓는 것과 같다. 뒤에서 이야기하겠지만 꾸준한 독서를 위해서는 "독서를 통해서 무엇을 얻을 것인지", "언제 어떻게 읽을 것인지", "왜 이 책을 읽는 것인지"에 대한 명확한 목표의식이 있어야 한다. 목표를 통해 방향을 정하고, 똑바로 나아가면서 내가 부족한 점을 발견하고, 조금씩 성과를 만들어내는 습관을 여러번 학습하게 되면 비로소 자신의 생활에 독서가 습관으로 자리 잡게 되는 것이다. 이 책을 읽고 있는 여러분도 자신의 삶에 독서라는 단어가 더는 숙제로 남지 않고 즐거움으로 변할 수 있도록 지금부터 함께 시작해보자.

책은 분명 당신을 변화시킬 것이다. 술이 당신을 취하게 하듯, 책은 당신을 변화에 도취시킬 것이다. 이번엔 꼭 성공하겠다는 믿음으로 지금 바로 독서를 시작해보자.

06

어떻게 읽을 것인가

서두에서 언급했듯이 당신은 책을 좋아한다. 지금 이 책을 읽는 이유도 책을 좋아하기 때문이다. 다만 독서가 아직은 습관이 되지 않았다고 인식하고 있다. 그렇다면 이번 장에서는 독서를 습관화하는 방법에 대해 알아보도록 하자.

초, 중, 고 12년간 우리는 학교 수업을 들으며 수많은 숙제를 해왔다. 숙제가 무엇인가? 방과 후 집에서 하는 학습이다. 단, 숙제는 선생님이 시켰기 때문에 하는 것이다. 시키지 않았으면 그것은 숙제가 아니다. 시키지 않은 공부는 '자율학습'이다.

숙제는 왜 하는가? 하지 않으면 선생님께 혼나기 때문이다. 체벌이 두려울 수도 있고, 친구들 앞에서 창피를 당할 수 있으므로 우리는 무슨 일이 있어도 숙제를 마치고 다음날 등교했다. 물론 "나는 안 했는데"라고 말하는 사람도 있겠지만 그들이 머리가 굵어지기 전에도 과연 그랬는지 되묻고 싶다. 결국, 숙제라는 단어에는 '반드시'라는 강제력이 포함되어 있다.

나 역시 숙제를 잘하던 학생이었다. 잊지 않았다면 숙제를 해야만 잠들 수 있는 성격이었다. 이런 성격은 회사 업무를 하면서도 비슷하게 이어지고 있다. 내 일이고 납기가 있는 일이면 어떻게 해서라도 기간 내에 일을 마무리한다. 결과물이 부족하더라도 현재까지의 결과물을 공유하고 다음을 계획한다. 어릴 때 해왔던 숙제하는 습관이 고스란히 마흔이 넘은 지금까지 이어지고 있다.

독서를 숙제라고 생각해보자. 비록 선생님은 없지만 나 자신과의 약속이라고 다짐한다면 강제력이 생길까? 다짐만으로는 쉽지 않다. 수많은 독서모임이 생기는 이유도 바로 이것 때문이다. 혼자서는 금방 나약해지므로 주변 사람들과 함께 하는 것, 다른 이에게 나는 꼭 하겠다고 선언하는 것이다. 이런 다짐으로부터 시작되는 행동이 바로 독서의 출발점이다. 그래서 나는 여러분에게 독서모임을 참석해보라고 권하고 싶다. 혼자 다짐하고 10번 실패하는 것보다 독서모임에서 3번정도 실패하면 4번째는 해낸다. 여러분은 분명히 타인의 눈을 의식하는 사람이기 때문이다. 또한, 분명히 성공을 원하기 때문이다. 이런 마음이 없다면 이 책을 선택하지도 않았을 것이다.

추천하는 독서모임은 나를 아는 사람이 없는 모임이다. 이유는 여러분이 짐작하는 바와 같다. 나를 아는 사람이 있다면 당신은 그를 의식하게 된다. 독서모임이라는 것은 책을 읽고 자신의 느낌을 말로 공유하는 자리다. 평소 알고 지내던 사람에게는 자신의 새로운 모습이나 부족함을 드러내는 것은 창피한 일이다. 그래서 참석이 꺼려진다.

또한, 모임의 참가비가 비쌀수록 참석률, 집중력 그리고 참여도가 높아서 성공확률이 높다. 보통 주 1회 모임에 월 5만 원이면 불참이 잦다. 하지만 월 30만 원에 모두 참석 시 25만 원을 돌려주고 결석을 하면 환급이 안 된다면 어떻게 될까? 가성비를 따져 모임에 참여하지 않는 사람이 훨씬 많을지도 모르겠지만, 참여하는 사람의 출석률은 거의 100%일 것이다. 돈이 아까워서라도 갑작스러운 약속보다 독서모임을 우선순위에 두게 될 것이다. 인간의 심리가 이렇듯, 독서습관은 결국 나 자신이 어떻게 마음먹고 시작하는가에 달려있다.

다시 독서를 숙제로 생각하는 것으로 돌아가자. 이제 여러분은 독서모임에 참석하기로 했다. 제법 비싼 모임으로 말이다. 아마도 모임에 가입하자마자 여러분에게 모임에서 지정해둔 독서 리스트가 도착할 것이다. 당장 금주에 읽어야 할 책 목록에서부터 이달에 읽어야 할 목록, 어쩌면 상반기나 1년간의 독서 목록이 배달될 수도 있다.

금주의 목록부터 순서대로 한 권씩 읽어갈 것인가? 아니면 다른 방법이 있는가? 이 순간 여러분에게 필요한 것이 바로 독서전략이다. 독서전략은 독서법이나 책의 순서에 대한 것이 아니다. 바로 시간계획이다. 책 읽을 시간을 준비하는 것이 바로 독서전략인 것이다.

중학교 1학년 담임선생님께 배운 습관 중 지금까지도 가장 잘 활용하고 있는 것이 시간을 계획하는 것이다. 담임선생님은 항상 시험 2주 전 모두에게 숙제를 내줬다. 바로 2주간의 공부계획을 연습장에 직접 써서 제출하는 것이었다. 2주 전에는 준비할 시간이 넉넉했기 때문에 하루 한 과목씩 완료하는 것으로 계획을 세웠고, 국어, 수학, 영어처럼 배점이 높은 과목은 이틀 정도 할애했다. 그리고 마지막 이틀은 복습할 수 있도록 계획을 작성해서 제출했다.

일주일 후 선생님은 다시 시험계획을 수정해서 제출하라고 요구했다. 앞서 작성한 계획 중 지킨 것도 있고 지키지 못한 것도 있어서 부족한 부분을 메우는 방식으로 계획을 수정했다. 그리고 시험 3일 전 다시 계획을 작성해오라고 요구했다. 그때부터는 긴장감이 높아져 일별 계획이 아닌 시간 단위로 계획을 세워 제출했다. 1년간 시간계획을 세워본 것이 중학교, 고등학교를 넘어 지금까지 내 삶의 시간계획 수립에 큰 도움이 되고있다.

독서전략도 앞서 언급했던 시험공부 전략과 똑같다. 3개월의 독서 목록이 있다고 가정하자. 당장 금주에 읽어야 하는 책을 최우선에 두어야 하는 것은 당연하다. 하지만 전체 리스트를 살펴보고 읽기 난이도와 두꺼운 책을 미리 점검해야 한다. 너무 일찍 읽으면 생각이 나지 않아 다시 읽어야 하는 일이 생길 수도 있으니 모임 날짜에 맞춰 적당히 날짜를 조정하고, 어려운 책들은 조금씩 미리 읽어 나중에 분량을 못 맞추는 일이 없도록 짜임새 있게 계획해야한다.

이렇게 읽을 책을 순서대로 날짜에 맞게 달력에 배치한 뒤, 하루 중 언제 읽어야 할지를 정하자. 새벽 시간이 가능한 사람은 새벽에 책을 읽으면 주변의 방해 없어서 더없이 좋다. 아침에 일찍 일어나기가 부담스러운데 굳이 독서 때문에 아침형 인간이 될 필요는 없다. 이런 경우는 상대적으로 여유로운 저녁 시간을 활용하자. 하지만 분명 저녁 시간은 동료나 가족들의 많은 유혹이 도사리고 있음을 잊지 말자. 본인이 정해놓은 시간에 꼭 책을 읽도록 하자. 1~2주 정도 시간을 지켜내면 본인의 책 읽기 속도와 분량을 가늠할 수 있을 것이다. 그걸 토대로 기존의 계획을 수정하면 된다.

3개월 동안의 독서 리스트라고 말했지만, 계획은 적당히 잘게 나누는 것이 부담이 적다. 만약 3개월에 10권이라고 계획했다면 첫 달 4권, 두 번째 세 번째 달에는 3권을 계획하자. 또한, 첫 달에 4권을 계획했으면 1주에 1권을 목표로 정하고 탁상 달력에 기록해두는 습관을 들이도록 하자. 읽었다면 볼펜으로 지우고, 달성하지 못했다면 차주에 읽어야 할 책을 반드시 먼저 읽고 읽지 못했던 책을 읽어야 한다. 물론 주 1회 모임에 참석해야 한다면 무조건 읽어야 한다. 책을 다 읽지 못했거나 시작조차 못 했다 하더라도 반드시 모임에는 참석해야 하고, 참석해서 읽은 부분에서 느낀 생각이나 제목에서 연상되는 것이라도 이야기하면 된다.

완독이 꼭 필요한 책만 있는 것이 아니다. 그러므로 다 읽겠다는 부담

감보다는 다른 사람의 생각을 듣고 나와 다른 점을 느끼고 그것을 통해 교학상장 하는 것을 목적으로 꼭 참석하도록 하자. 이것이 바로 독서모임의 목적이다.

지금까지 독서전략에 대한 내 생각을 이야기했다. 내가 기술한 방식이 완벽할 수는 없다. 하지만 어떤 방법이든 멈추지만 않는다면 결국 우리는 자신만의 독서방법을 찾게 되어있다. 다만 여느 광고에서 말하는 것처럼 "완벽한" 방법을 발견하기 위해 시작을 미루는 어리석은 짓을 하지 않았으면 한다. 계획은 수정되고 보완되면서 완벽해진다. 시작부터 완벽한 것은 세상에 없다. 지금 바로 간단한 독서계획과 함께 책 읽기를 시작한다면 여러분은 곧 자신의 손에 들려있는 책이 무척 자연스러운 순간을 만나게 될 것이다. 건투를 빈다.

07

누구를 위하여 책을 읽는가

지금 이 책을 읽고 있는 당신은 누구를 위하여 책을 읽는가? 자신을 위해서인가? 자녀를 위해서인가? 동료들을 위해서인가? 아니면 또 다른 누군가를 위해서인가?

우리는 모두 자신을 위해 책을 읽는다. 자신의 즐거움을 위해, 자신의 깨달음을 위해, 자신의 성장을 위해, 그 외에도 여러 이유가 있겠지만 모두가 자신을 위해서인 것만은 분명하다. 독서는 철저하게 자신을 위한 노력이다. 누구를 가르치기 위해 책을 읽더라도 결국 내가 깨달은 것을 상대에게 전달하는 것이다. 따라서 독서는 온전히 나를 위한 활동임에 틀림없다.

자신의 업무를 생각해보자. 여러분은 누구를 위해 일을 하는가? 자신을 위해 일을 하는가? 아니면 여러분이 속해있는 회사의 사장을 위해 일을 하는가? 아니면 또 다른 누군가를 위해 일하는가?

사람들은 일을 하며 살아가고 있다. 일은 왜 하는 것일까? 돈을 벌어 생활을 영위하기 위해서가 아닐까? 현재 우리가 사는 자본주의 시장경제에서 돈 없이는 삶을 영위하기 힘들다. 우리는 일을 하고 그 대가로 돈을 받아 의식주를 해결하고 자녀를 키우고 미래를 준비한다. 다시 자신에게 질문해보자. "나는 누구를 위해 일하는가?" 나를 위해서라고 대답할 수 있다면 당신은 분명 삶을 주도적이고 성공적으로 사는 사람이다.

나는 봉급쟁이다. 봉급의 사전적 의미는 직장에서 계속 근무하는 사람이 일의 대가로 정기적으로 받는 일정한 돈을 말한다. 즉, 나는 회사의 이익을 위해 일을 하고 그 대가로 돈을 받는다. 봉급쟁이는 직장이 있다. 매일 아침, 내가 출근하는 회사가 바로 나의 직장이다.

언제부터인가 나는 내 직업에 대해 생각해보기 시작했다. 인터넷 사이트 하나 가입하는데도 선택란에 직업을 표기하게 되어있다. 그 선택지에서 나는 항상 회사원을 고르고 있었다. 그런데 회사원이 정말 내 직업이 맞는지 의심이 들기 시작했다. 그러면서 "내 직업이 무엇인가?"라는 고민이 시작되었다.

직장은 영어로 workplace이고, 직업은 job, career, work이다. 직장은 장소를 의미하고 직업은 내가 하는 일(업태)을 의미한다. 다시 말해 직업이란 내가 가진 전문성에 대한 표현이다. 나는 자기계발서를 읽어가면서 나의 업(業)에 대해 생각하기 시작했다. 과연 회사원이 내 전문성을 표현하는 단어인가에 대해서 고민을 시작한 것이다.

나는 대기업에서 근무하고 있다. 사람들은 내게 좋은 직장을 가졌다고 말한다. 지금은 회사명이 바뀌었지만 내가 입사하던 시기에 내 직장은 삼성전자였다. 취업이 되었을 때 주변 사람들은 우리나라 최고의 기업에서 근무하게 되어 축하한다고 말했다. 내 어깨도 우쭐했다. 나는 좋은 직장을 가졌다. 하지만 내게 좋은 직업을 가졌다고 말하는 사람은 아무도 없었다.

직장은 회사가 존속할 때 가치가 있다. 회사가 사라지면 직장은 없다. IMF를 넘겨 대학을 졸업하게 되었고 최악의 실업률이라고 연일 뉴스를 쏟아내며 정부의 무능을 탓하던 그 시기에 입사했다. 나만이 할 수 있는 특별한 일을 상상해왔지만, 의사, 변호사, 회계사 같은 전문직을 준비하지 않았기 때문에 내 일을 가지고 세상에 나설 수 없었다. 물론 내 수중에는 돈도 없었다. 그래서 나는 대부분의 대학 졸업예정자들처럼 취업을 준비했고 합격했다. 그렇게 나는 스물아홉이라는 나이에 내 직업의 첫 단추를 회사원으로 채웠다. 해를 더해갈수록 새 옷으로 갈아입지 않고 계속 단추만 채워갔다.

내가 다니는 회사는 이름은 변경되었지만 존속되고 있다. 17년째 나는 한 회사에 다니고 있다. 그동안 많은 선배와 후배들이 회사를 떠났다. 시작을 함께한 100명이 넘는 동기 녀석들도 이제는 30명이 채 남지 않았다. 그들은 다른 일을 찾아 떠났고 나는 아직 회사에 머물러 있다. 직급이 세 번 바뀌었고, 책상이 조금더 넓어졌고, 자리가 점점 창가로 다가가고 있다. 동료들이 늘었고, 내 일을 함께하는 후배도 있다. 업무도 직급과 시간에 따라 조금씩 변했다. 하지만 아직도 나는 내 직업이 무엇인지 잘 모르겠다. 내가 잘하는 것이 무엇인지는 알겠다. 그러나 내가 잘하는 것을 직업이라는 단어로 치환해내지는 못하겠다. 그 일은 직업란 보기 중에 없기 때문이다. 여전히 나는 내 직업이 무엇인지 궁금하다. 그래서 지금도 계속 찾는 중이다.

회사를 떠난 선배나 후배 중에 자신의 직업을 가진 사람들이 있다. 선생님이 된 후배, 의사가 된 동기, 자신의 회사를 경영하는 선배. 이렇듯 그들은 직장을 박차고 나가서 자신의 직업을 찾았다. 언제부터인가 직업이라는 단어에 집착하면서 나는 조급해지기 시작했다. 그때가 30대 후반이었다.

업무는 해를 더해갈수록 힘들어졌다. 경제라는 것이 사이클을 타는 것과 같이 호황이 있으면 불황이 있다. 회사도 호황과 불황을 여러 번 겪었다. 호황일 때는 경기 덕분에 일이 많아서 힘들고, 불황에는 이 난관을 극복해야 해서 힘들었다. 그렇게 해를 더해갈수록, 직원들의 능력이 더 출중해질수록 회사는 더욱더 크고 많은 무언가를 요구했다. 그와 더불어 바깥세상의 취업난도 내가 입사하던 그때 그 시기가 가장 쉬웠다고 회자되고 있다.

언젠가 후배들과 술자리에서 이런 이야기를 나눈 적이 있다.

"우리가 회사를 나가면 뭐 해 먹고 살 수 있죠?", "시키는 건 잘하는데 진짜 내가 뭘 잘하는지는 모르겠어요.", "어디 나가봐도 우리 회사만 한 곳 없어요."

몇 차례 술잔이 돌면서 이런 푸념 섞인 말들이 오갔고, 그냥 현실에 만족하고 술이나 마시자는 주변의 이야기가 나를 주저하게 했다. 결국, 나도 이렇게 회사에서 주어진 일을 하면서 적당히 돈을 벌고, 적당히 쓰고, 적당히 즐기는 삶에 뿌리를 내리고 있었다. 내 인생의 중요한 것들보다는 내 회사의 중요한 일들을 우선순위에 두면서 말이다.

어느 날, 책을 읽다가 모골이 송연해졌다. 내 미래가 너무 두렵게 다가왔기 때문이다. 애써 외면해오던 내 치부를 송곳으로 푹하고 찔러버린 그 책은 바로 구본형 작가의 『마흔세 살에 다시 시작하다』였다.

"왜 나는 이곳에서 벗어날 수 없는 것일까? 무엇 때문에 이곳에 머무는 것일까? 이 질문에 대한 답으로 가장 먼저 아내와 아이들이 떠올랐다. 가장 소중한 그들이 바로 나의 구속이 된 것이다. 그들이 내 발목을 잡고 있다는 생각은 참기 어려운 것이었다. 다른 대다수의 아버지들처럼 나도 그들을 위해서는 기꺼이 죽을 수도 있을 텐데 말이다. (p.139)"

머릿속으로는 수백 번 되뇌었지만, 차마 입 밖으로는 꺼내지 못했던 그 말을 책에서 읽었다. 내 아버지가 자유롭지 못한 이유가 바로 나 때문이었다는 것을 깨닫게 되면서 나는 어른이 되었다고 생각했었던 때가 있었다. 삶은 윤회가 맞는 것인지 나 역시 내 부자유의 이유를 내 가족에게 고스란히 돌려놓은 채 푸념만으로 살아가고 있었던 것이었다.

정신이 번쩍 들었고 많이 아팠다. 뭐라도 시작해야한다는 불안감에 무엇을 해야 할지 생각하기 시작했다. 생각이 깊어질수록 점점 더 조급해지기 시작했다. 마치 종료시각이 다가오는데 풀지 못한 문제가 너무 많이 남아서 어쩔 줄 모르던 시험 때처럼 긴장되는 삶이 시작되었다. 하지만 그 무언가가 무엇인지 몰라서 헤맸다.

잠을 설치고, 집중이 안 되고, 짜증이 났다. 내 삶이 곧바로 불행해질 수도 있다는 걱정에 사로잡히게 되면서 많이 힘들었다. 그 시기에 나는 수많은 경우의 수를 생각했다. 온탕과 냉탕을 오가는 불안한 기분의 끝에 내가 잡은 것은 결국 책이었다. 책 읽는 동안은 불안한 생각을 잠시 접어둘 수 있어서 의식적으로 더욱 책에 몰입했다. 그런데 몰입했던 책 속에서 나는 작은 촛불을 하나 발견했다. 그건 바로 "내 시간"에 대한 정의였다.

나는 분명 내가 결정한 내 인생을 살았다. 그런데 어느 날부터 타인의 결정에 따라 내가 행동하고 있었고, 내 생각이 없는 삶에 익숙해져가고 있었다. 그걸 깨닫게 되면서 나는 내 시간에 대해 고민하기 시작했다. 그리고 나를 위해 내 시간을 사용하는 삶을 살아야겠다고 결심했다. 생각이 바뀌면 행동이 바뀌고, 행동이 바뀌면 그 변화 속에서 다시 새로운 생각이 자라난다. 결국, 나는 나를 위해 책을 읽고 있었고, 그 시간은 오롯이 나를 위한 시간이었다. 남을 위해 뭔가 해오던 시간을 조금씩 나를 위한 시간으로 채워가면서 나는 서서히 달라지기 시작했다. 그리고 지금, 글을 쓰고, 책을 출판하고, 강연하며 사람들의 생각을 돕는 삶을 살기로 결심한 내가 있다. 나는 완벽히 변했다. 나는 지금 완벽히 나를 위해 살고 있다.

08

자신이 얼마나 대단한 사람인지 알고 있는가

새벽 3시 50분. 알람 소리에 잠을 깬다. 매우 이른 시간이다. 잠을 떼어내려고 침대에 앉아 이리저리 몸을 움직여본다. 이제는 익숙해질 만도 한데 새벽은 여전히 버겁다. 하지만 아직 새벽을 대체할 만한 시간을 찾지 못했다. 내 하루 속에 이 시간만큼 맑고 고요한 시간은 없다. 공기의 흐름조차 멈춘 듯 적막한 이 시간, 나는 책상에 앉아 나에게 몰입한다.

20대의 나에게 새벽은 하루를 마감하는 시간이었다. 하지만, 30대 중반부터 새벽은 하루의 시작인다. 마치 운동선수가 시합 전 준비운동을 하는 시간처럼 소중하게 활용하고 있다. 본 게임을 시작하기 전 충분히 몸을 푸는 선수들, 프로선수일수록 몸풀기에 공을 들인다. 몸의 근육 하나하나가 본 게임에서 최상의 상태를 유지할 수 있도록 한 단계씩 신체 리듬을 맞춰 준비하는 것이다. 나의 새벽도 마찬가지다. 본 게임은 회사에서의 업무다. 최고의 상태로 업무를 시작하기 위해 새벽에 일어나 준비를 한다.

간단한 스트레칭과 함께 뜨거운 물로 샤워를 하면서 몸을 상쾌하게 만들고 차가운 물 한잔을 마시며 명상을 준비한다. 스피커에서 흘러나오는 자연의 소리와 함께 10분간 명상을 한다. 바람 소리, 물소리와 함께 내 머릿속 잡념은 서서히 걷히면서 내 머리는 맑고 투명한 백지상태가 된다. 명상을 마치면 4시 반이다.

이때부터 출근 전까지의 2시간이 나에게는 최고의 자기계발 시간이다. 감사일기를 쓰고, 인생 목표를 종이에 10번 쓰고, 전 날 읽었던 좋은 구절을 노트에 필사한다. 얼마 전 생텍쥐페리의 『어린 왕자』와 노자의 『도덕경』을 필사했다. 지금은 『논어』를 매일 한 구절씩 읽고 필사하는 중이다. 그리고 나서는 독서와 함께 블로그에 내 생각을 기록하거나 준비중인 원고를 쓴다. 지난밤 특별한 일 때문에 늦게 잠들었더라도 하루를 시작하는 시간은 항상 똑같다. 이 생활이 이제 3년째 접어들었다. 물론, 이전 수년간 새벽 5시에 일어나 7시까지 이 루틴을 따랐다. 작가가 되겠다고 다짐하면서 새벽 시간을 더 확보하고 싶어서 잠을 줄였다.

책을 읽고 글을 쓰는 자기계발의 시간이 회사 업무 성과와 연관이 있을까 생각하는 분들이 있을 것이다. 그분들에게 무언가를 위해 진심으로 열심히 살아본 적이 언제였는지 기억할 수 있는가를 묻고 싶다. 내가

2019.11.18.

100. 지자불혹(知者不惑) 헷갈리지 않는 것이 지자의 특징.

子曰：知者不惑，仁者不憂，勇者不懼.
자왈 지자불혹 인자불우 용자불구
樊遲問知. 子曰：務民之義，敬鬼神而遠之，可謂知矣.
번지문지 자왈 무민지의 경귀신이원지 가위지의

〈풀이〉
공선생이 일러주었다.
"슬기로운 자는 헷갈리지 않고, 사람답게 사는 이는 걱정하지 않으며, 용기 있는 자는 두려워하지 않는다."

번지가 공선생에게 지혜(슬기)에 대해 물었다. 이에 공선생이 일러주었다.
"인민으로서 해야할 일에 힘을 쏟고, 귀신은 공경하며 멀리하라. 이런 사람이면 '슬기롭다' 할만하다."

* 杞憂(기우) : 기나라 사람의 걱정이라는 뜻.
기나라의 어떤 사람이 하늘이 무너지지 않을까, 잠자나 서나 걱정을 한 데서 비롯된 이 말은 쓸데없는 걱정, 바보같은 짓 정도로 알려져 있다.
결과가 어떻게 될지 모르고 일이 어떻게 바뀔지 모르면, 사람은 불안해지고 걱정이 쌓여 무엇, 어떻게 해야할지 몰라 [illegible] 된다. 이 때문에 인류는 옛날 이래로 앎을 추구해서 하나씩 차곡차곡 쌓아왔던 것이다.

* 공자는 앎을 사람을 아는 것으로 명쾌하게 정의하고 있다.
또, 공자는 앎을 인민의 복지와 귀신과 적절한 거리를 두는 것으로 풀이하고 있다.
사람을 아는 것은 지혜와 관계된다. 인민의 복지를 아는 것은 사람이 공동체 안에서 주인의 삶을 가지고 자신의 의무를 하는 것과 관계있다.

공자는 개인의 안녕과 공동체 번영을 위해 신의 개입이나 신앙에 의지하지 않고 사람의 주체적인 노력에 기대하는 것을 강조했다. 공자에 따르면 신에 의지하는 것은 인간이 스스로 할 일을 내팽개치고 요행을 바라는 것이다.

2019.11.15

96. 사부주피(射不主皮) 과녁 맞히기가 활의 목적이 아니다.

子曰：射不主皮，爲力不同科，古之道也.
자왈 사부주피 위력부동과 고지도야
子曰：君子謀道不謀食. 耕也，餒在其中矣. 學也，祿在其中矣.
자왈 군자모도불모식 경야 뇌재기중의 학야 록재기중의
君子憂道不憂貧.
군자우도불우빈

〈풀이〉
공자가 말했다.
"활쏘기 경기에는 화살이 과녁을 뚫고 지나가는 것으로 우열을 가리지 않는다. 왜냐하면 사수의 힘이 똑같지 않을 뿐더러 옛날의 도(규칙)이기 때문이다."

"군자라면 도가 나아갈 길을 찾고자 하지 제 입에 들어갈 밥을 걱정하지 않는다. 농사를 지어도 흉년이 그 속에 숨어있지만 배우다 보면 안정적인 생활이 그 속에 [illegible]. 자연의 인간(군자)은 도가 나아갈 길을 걱정하지 자기 자신의 가난을 걱정하지 않는다."

* 道(도)에 대한 (공). 공자가 도에 대해 한 말.
朝聞道，夕死可矣 ; 아침에 제 갈 길을 알아차렸다면, 저녁에 죽게 되더라도 괜찮다
조문도 석사가의

공자에게 도는 있어도 그만 없어도 그만인 것이 아니라 반드시 세워서 함께 있어야 하는 것이 [illegible]

* 공자가 증자에게 공자학파의 도는 하나로 꿰뚫어 있다는 말을 건넸다.
공자가 자리를 뜨자 궁금해하던 제자들이 증자에게 공자가 말한 일관의 도를 물었다.
이에 증자는 "선생님의 도는 충서일 뿐이다"라고 대답했다.

충서(忠恕)는 진실과 관용으로 풀이할 수 있다. 이들은 사람이 살아가는데 반드시 지켜야 하는 [illegible]
사람이 진실하지 않으면 사람사이의 믿음이 생기지 않고, 믿음이 없으면 함께 미래 계획을 [illegible]
사정이 너그럽지 않으면 수많은 사람들이 각자 자신의 가치나 신념을 기준으로 내세울 뿐이고, 각자 기준을 고집하면 협력이 불가능해진다.
이렇게 보면 사람이 서로의 차이를 인정하면서 서로 맞는 공통점을 이루려면 진실과 관용, 즉 충서는 기본인 것이다.
충서의 도는 사람과 사람이 어울려 지내면서 개인의 행복과 공동의 번영을 위한 [illegible] 수 있는 것이라고 할 수 있다.

하는 모든 자기계발은 나를 최상의 상태로 만들기 위해서다. 책 속의 좋은 구절을 머리에 담아두면 긍정이 싹튼다. 긍정적인 생각은 긍정적인 행동을 부추기고 그 행동이 축적되면 결국 좋은 결과로 나에게 돌아온다. 이런 선순환의 사이클을 만드는 동력이 바로 자기계발인 것이다.

여러분은 자신이 얼마나 대단한 사람인지 알고 있는가? 여러분은 분명 대단하다. 우리는 모두 대단한 사람이다. 커다란 무리 속의 한 구성원일 뿐이라고 스스로 위축되지 않기를 바란다. 자기 위축만 극복할 수 있다면 당신은 훨씬 더 대단함을 뽐낼 수 있다. 우리는 태생부터 대단한 만물의 영장, 인간 아닌가. 말하고, 학습하고, 실수를 피하고, 발전하고, 본능을 넘어 무언가를 계획하고 도전하는 인간, 우리는 정말 대단한 존재다. 어느 동물이 인간처럼 할 수 있겠는가.

우리는 모두 가능성의 존재들이다. 특별히 소수만이 가질 수 있는 능력이 때문에 그들이 성공하는 것이 아니다. 아직 우리는 자신의 소질을 발견해내지 못했을 뿐이다. 세상에 똑같은 사람은 단 한 명도 없듯 소질과 능력은 저마다 다르다. 자신의 능력을 조금 일찍 발견한 사람은 조금 더 빨리 자신의 길을 찾아갈 뿐이다. 100세 시대 아닌가. 50~60세에 발견하면 어떤가. 아니 그때가 더 좋지 않을까? 마지막에 웃는 사람이 진짜 웃는 사람이라고 하지 않던가. "인생의 후반이 좋아야 진짜 멋진 인생이다." 이런 마음가짐으로 자기계발을 해나가자. 멈추지만 않으면 반드시 도착하게 되어있다. 토끼와 거북이의 경주에서 거북이가 이기지 않았던가! 우리도 거북이 같은 인생을 살면 된다.

움츠렸던 가슴을 펼 준비가 되었다면 이제 자신의 가능성을 살필 시간을 가질 차례다. 나는 여러분이 가능성에 대한 자가진단을 책으로 시작해보기를 권한다. 책, 이 얼마나 귀에 못이 박이도록 들었던 단어인가? "책이 스승이다.", "성공한 사람 중에 독서를 안 하는 사람 없다." 이런 뻔한 말들을 지금 또 하고자 한다. 왜냐하면, 정말로 해답이 책 속에 있기 때문이다.

자기계발서를 폄훼하는 사람이 많다. 누구나 다 아는 말, 뻔한 말만 잔뜩 쓰여있는 책이라고 생각하기 때문이다. 지금 내가 자기계발서를 언급하는 이유는 동기부여 때문이다. 여러분에게 책 읽는 습관을 탑재해주고 싶은데, 그 시작을 유명한 고전, 예를 들어 『죄와 벌』, 『좁은 문』, 『파우스트』, 『월든』같이 명성이 자자한 책들로 시작하라고 말한다면 머리로는 이해할지 몰라도 책을 손에 잡고 읽어내는 실천력 지수는 바닥으로 뚝 떨어질 것이다.

하지만 쉽게 읽히는 자기계발서라면 고전과 달리 독서에 대한 진입장벽을 낮출 수 있다고 생각한다. 자기계발서가 쉽게 읽히긴 하지만 그렇다고 절대 가벼운 책은 아니다. 앞서 언급했듯이 진리는 평범하고 단순하다. "지구는 태양 주위를 돌고 있다."는 지동설은 현재 당연한 진리로 받아들이지만, 코페르니쿠스의 주장이 진리가 되기까지는 수많은 시련이 있었다. "책 읽으면 똑똑해진다. 책 읽으면 부자 된다. 책 읽으면 성공한다." 이런 말들 역시 오랜 시간의 역사가 증명해온 말이다. 그런데 우리는 왜 책을 읽으면 성공한다는 말을 의심할까? 의심하지 않는다면 왜 우리나라의 독서량은 점점 더 떨어질까? 이토록 치열하게 경쟁하며 계층의 사다리 꼭대기로 올라가고 싶은 사람들이 넘치는 대한민국에서.

나는 여러분이 독서하지 않는 이유를 "보이지 않는 결과물" 때문이라고 생각한다. 독서는 실체가 없다. 책을 읽는 행동은 있지만 읽은 후 달라짐을 느끼기는 쉽지 않다. 밥을 먹으면 배가 부르고, 커피를 마시면 잠이 오지 않는다. 모두가 책을 읽으면 달라진다고 말은 하지만 읽어도 변화가 보이지 않는다. 달라질 거라고 해서 몇 권 읽어보았는데 뭐가 달라졌는지 잘 모르겠다. 만화책은 재미라도 주지만 소설은 지루하기만 하다. 간혹 푹 빠져든 책들이 있긴 했지만, 책보다 영화나 드라마로 보는 편이 이해가 더 잘 된다. 자기계발서는 뭔가 시도하라고 자꾸 시키기만 한다. 이런 이유로 습관이 되기 전에 먼저 포기하게 된다. 조금만 더, 한 권만 더 읽으면 되는데 안타깝게도 항상 문턱에서 멈추게 되는 게 지금 우리의 모습이다.

책 읽기는 쉽다. 시간과 의지만 있으면 된다. 돈에 대한 부담도 적다. 하지만 독서를 습관화하기는 어렵다. 왜냐하면, 좋은 습관이기 때문이다. 좋은 습관은 몸에 잘 붙지 않는다. 세상의 이치가 그렇다. 좋은 것을 쉽게 가지게 된다면 그건 더이상 좋은 것이 아니다. 명품이라는 것도 희소가치가 있어야 명품 아니던가. 값비싸고 귀한 것도 그것을 가진 사람들이 많아지면 본래의 가치를 잃는다. 하지만 독서습관은 수많은 사람들이 매년 도전하지만 대부분 실패한다. 그래서 주변을 둘러보면 독서습관을 가진 사람이 드문 것이다. 그렇다면 독서습관은 도전해 볼 만한 가치 있는 좋은 습관이라는 뜻 아닐까?

"포기"라는 단어만 잊으면 된다. "끈기"라는 행동만 잊지 않으면 된다. "열정"까지는 바라지 않는다. 그냥 포기하지 않고 끈기를 가지고 계속 읽기만 하면 된다. 몇 권이라고 권수를 정한다는 것은 멈추겠다는 뜻을 감추고 있다. 그래서 나는 몇 권 이라고 정하지 않겠다. 권수를 원한다면 납기로 대신하겠다. 한 달에 4권, 일주일에 1권. 단, 죽기 전까지. 어떠한가? 해볼 만한 도전 같지 않은가.

헤밍웨이의 『노인과 바다』를 읽으면서 주인공의 세찬 고난을 깊숙이 받아들였다. 내가 마치 청새치와 사투하는 산티아고가 된 것처럼 몰입했다. 내 손에 낚싯대가 들려있는 것처럼 감정이입이 되어 책장을 넘겼다. 그러다 갑자기 이런 생각이 들었다.

'아무리 크다 해도 생선 한 마리인데 꼭 잡아야 하는가? 줄을 끊으면 안 되는가? 좀 작은 고기를 노리면 되지 않는가?'

하지만 산티아고는 3일 밤낮을 넘기며 사투를 벌였고 청새치를 잡아서 낚싯배에 묶었다. 그리고 항구로 돌아오는 여정을 시작한다. 하지만 거기서 다시 고난이 시작된다. 이 소설을 읽으면서 주인공의 이야기가 나의 회사생활이나 인생과 똑같다는 생각을 했다. 하나의 시련이 지나가면 곧 다음 시련이 시작된다는 점, 가끔 한숨 돌릴 틈은 있지만, 그 여유가 그리 길지는 않다는 점에서 말이다.

이 소설에서 가장 좋았던 문장은 바로 "인간은 패배하도록 창조된 게 아니야. 인간은 파멸당할 수 있을지는 몰라도 패배할 수는 없어."였다. 『노인과 바다』를 읽으면서 나는 절대 포기하지 않아야겠다는 마음을 먹었다. 여러분도 포기하지만 않는다면 반드시 독서습관을 익히게 될 것이다. 패배하지 않는 인간이기 때문이다. 나는 이 진리를 믿는다. 여러분은 정말 대단한 사람이기 때문에 반드시 독서를 습관화할 수 있는 것이다.

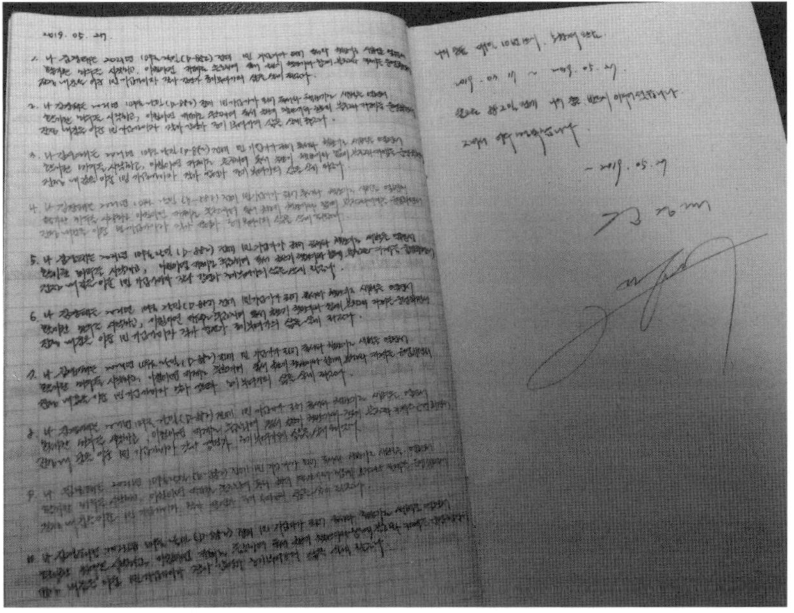

인생 목표 노트

제 2 장

색다른 맛

: 책에 로그인되셨습니다

01

한 권의 책은 하나의 인생입니다

매일 아침 긴급으로 처리해야 할 일이 끝나면 회사 계단을 오른다. 사무직이다 보니 운동량이 부족한 탓에 여유가 생기면 잠시 사무실을 나와 건물의 계단을 오르는 것이다. 건물은 9층인데 50m 높이라서 제법 운동이 된다. 손목시계에 표시되는 심장 박동 수가 70 정도에서 시작해 꼭대기에 오를 때면 160을 넘긴다. 허리가 아프고 허벅지가 터질 것 같다. 입고 입던 외투를 손에 들고 깊은숨을 들이쉬고 땀을 닦다보면 흐트러졌던 정신이 다시 깨어난다.

회사 계단에는 좋은 문구들이 많이 쓰여 있다. 그중에서 나를 자극했던 문구가 있다.

"여행하지 않는 사람들에게 이 세상은 한 페이지만 읽은 책과 같다."

- St. Augustine

"한 페이지만 읽은 책" 여러분은 이 문장이 어떤 느낌으로 다가오는가? 매일 계단을 오르면서 읽게 되는 이 문구가 나에게는 매번 다른 의미로 다가온다. 어느 날은 선입견에 대한 의미로 보이고, 또 어떤 날은 아쉬움이 떠오른다. 또 하루는 갈망으로 또 다른 날은 미련으로 다가온다.

한 권의 책은 하나의 인생이다. 한 명의 작가가 한 권의 책을 썼기에 하나의 인생이라고 말할 수도 있지만, 책은 이야기로 구성되어있기 때문에 곧 한 존재의 삶이 들어있다. 소설은 가상의 주인공과 주변 인물들의 관계에서 벌어지는 이야기이다. 시는 시인이 바라본 세상에 대한 느낌이다. 자기계발서는 현재의 삶에 대한 작가의 통찰이다. 이렇듯 한 권의 책에는 하나 또는 몇 가지 삶이 고스란히 녹아있다.

책 한 권을 쓴다는 것은 자신과의 치열한 싸움을 하는 것이다. 짧게는 몇 주에서 길게는 몇 달, 심지어 몇 년간 하나의 주제를 두고 자신의 경험과 생각을 찾아 조합하고 뒤집어엎는다. 책을 써본 사람들은 그 과정이 얼마나 가혹한 시간인지 알 것이다. 하지만 정말 즐거운 시간이라는 표현에도 동의할 것이다. 그렇지 않고서는 이렇게 오랜 시간 동안 똑같은 일을 해내는 작가라는 직업을 가진 사람들이 이렇게 많지는 않을 것이니 말이다.

세상에는 작가(作家)가 참 많다. 서점에 가보면 들어보지도 못한 작가들의 수많은 책이 여러분의 선택을 기다리고 있다. 단지 여러분의 주변에 작가가 없을 뿐이다. 내가 책을 쓰고서 가장 많이 들었던 말이 "나도 알고 지내는 작가가 생겼다."라는 것이다. 참 듣기 좋은 말이었다. 작가는 정말 많지만 자신의 주변에는 잘 없다. 그래서 희소성이 있다. 그 희소성은 주변 사람에게 나를 각인시키기 좋은 소재로 작용한다.

나는 첫 책을 회사에 다니면서 썼다. 거의 매일 퇴근 후 집 앞의 커피숍에 들러 가게 문을 닫을 때까지 썼다. 귀가해서는 녹초가 되어 쓰러졌고, 다시 새벽에 일어나서 출근 전까지 글을 쓰고 고쳤다. 주말이면 온종일 도서관과 카페를 옮겨 다니며 썼다. 진도가 더딘 날은 노트북을 덮고 책을 읽었다. 독서를 통해 작가들의 새로운 생각을 수혈받아 내 책을 채웠다. 육체적으로는 힘들었지만, 정신적으로는 너무나도 즐거운 시간이었다. 정말 오랜만에 치열하게 노력하고 있다는 걸 체감하는 시기였다. 그 생각 덕분에 육체적인 피로감을 잊을 수 있었다. 참으로 즐거운 기억 때문에 나는 그 시간이 그리워진 지금 두 번째 책을 쓰기 시작했다.

작가는 무언가를 창작하는 사람이다. 요즘 가장 핫한 직업인 콘텐츠 크리에이터가 바로 작가다. 작가는 기존 세상에 없던 무언가를 만든다. 새로운 것을 만드는 것, 세상에 단 하나뿐인 나만이 할 수 있는 무언가를 창작한다는 것은 참으로 신나고 즐거운 일이다. 그게 바로 작가의 일이다.

우리는 대부분 소비자다. 소비자는 돈과 시간을 쓴다. 그리고 그 돈과 시간은 무언가를 만들어 시장에 내놓은 생산자에게로 이동한다. 이것이

자본주의에서 말하는 가치의 흐름이다. 우리는 생산자가 만든 재화나 콘텐츠를 소비하면서 그것을 활용해 무언가를 얻는다. 그것은 웃음일 수도 있고, 행복일 수도 있고, 또 다른 생산의 소재일 수도 있다. 이렇듯 우리는 생산과 소비의 순환과정 속에서 시간을 보내며 살고 있다.

자신의 삶을 유심히 들여다보게되면 대부분 소비로 이루어져 있음을 깨닫게 된다. 왜냐하면, 생산보다 소비가 훨씬 쉽기 때문이다. 하지만 소비는 고갈을 부추긴다. 우리는 자신의 저금통이 바닥을 보이기 전에 동전을 채워야지만 소비를 지속할 수 있다. 그래서 우리는 채움을 위해 공부하고, 일하고, 책을 읽고, 영화를 보고, 글을 쓰고, 사람을 만난다. 알베르 카뮈의『시시포스 신화』를 읽으면서 끝없이 돌을 밀어 산을 오르는 시시포스의 삶과 채움과 비움이 반복되는 우리의 삶이 똑같다는 생각을 했다. 소비가 곧 생산이고 생산이 곧 소비로 연결되는 그 과정이 만들어 내는 삶 속에 우리는 존재하고 있는 것이다.

카뮈는 인간은 태어날 때부터 죽음을 선고받은 사형수라고 했다. 죽음을 기다리는 지옥 속에서 행복을 찾아가는 과정이 곧 삶이라고 표현했다. 이렇듯 반복되는 과정 속에서 우리는 자신만의 의미를 발견하고, 의미를 현실화시킬 기술을 다듬으면서 삶의 즐거움을 찾아간다. 무언지 모르지만 각자 다른 목적의 그 무엇을 찾아가는 여정 그것이 바로 인생이다.

우리 삶에는 지도가 없다. 모두 출발점이 다르고 목적지도 다르며 방향도 제각각이다. 각자의 지도에서 각자의 방법으로 각자의 길을 찾아 떠나는 것이 우리의 인생이다. 알고 있는 길을 가는 것은 편할지는 몰라도 재미가 없고 경쟁도 심하다. 또, 알고 있다는 그 길이 바른 길인지 확신할 수도 없다. 어차피 아무도 모르는 내 길은 결국 나 스스로 한 걸음씩 걸어야 한다.

어쩌면 우리는 알던 길만을 걸어왔는지도 모른다. 남이 가르쳐준 길을 걸으며 그 길이 내가 개척한 길인 양 착각하며 걸었는지도 모른다. 그래서 우리는 항상 자신의 결정과 방향에 고민이 많아야 한다. 또, 타인과의 소통을 통해 그들의 생각을 읽고 내 생각과 비교해 보아야 한다. 세 명이 걸어가면 그중에 한 명은 스승이 있다고 했다. 분명 주변에는 지금 내가 고민하는 문제를 비슷하게 또는 전혀 다른 관점으로 고민했던 사람들이 존재한다. 그들의 깊은 대화가 결국 내가 개척할 내 인생에 작은 등불이 되어 줄 것이다.

알 수 없는 인생이지만 힌트는 존재하고, 그것은 타인의 삶과 나를 비교하면서 얻게 되는 경우가 많다. 이런 비교는 분명히 내가 나아가는 방향에 중요한 역할을 한다. 그런데 이런 힌트의 특징은 바로 자신에게만 보인다는 것이고 준비되어 있지 않다면 보이지 않는다는 것이다. 흔히들 이런 힌트를 기회라고 말한다.

그렇다. 우리는 타인의 삶, 즉 과거나 현재에 비슷한 경험을 해 본 사람이나 나와는 전혀 다른 인생을 사는 사람들의 삶을 들여다보면서 내 삶의 기회를 발견한다. 기회는 눈이 좋아야 보이는 것이 아닌 자아에 대해 고민이 많아야지만 보인다.

기회의 신 카이로스가 어떻게 생겼는지 아는가? 이탈리아 토리노 박물관에 가면 고대 그리스 조각가 리시포스의 작품 〈기회의 신 카이로스〉가 전시되어 있다. 그의 작품에 표현된 카이로스는 앞머리는 무성하지만, 뒤는 대머리이다. 또한, 양발에 날개가 달려있고 양손에는 저울과 칼을 들고 있다. 우스꽝스러운 모습이지만 실제 이 조각이 의미하는 바를 알게 되면 그의 통찰력에 숙연해진다. 앞머리가 무성한 이유는 카이로스(기회)를 발견한 사람들이 쉽게 잡을 수 있게 하기 위함이다. 뒤가 대머리인 이유는 그를 지나 보낸 사람들이 다시는 붙잡지 못하게 하기 위함이다. 또한, 발에 날개가 달린 이유는 순식간에 사라져 버리기 위해서다. 두 손에 들고 있는 저울과 칼은 기회가 왔을 때 해야 할 행동을 나타내고 있다. 저울과 같이 정확히 판단하고 칼처럼 날카롭고 단호하게 결단하고 행동으로 옮기는 것, 그것이 바로 우리가 기회를 마주했을 때 해야 하는 행동이다.

자신에게 다가온 것이 기회인 것을 알아보는 촉, 기회를 어떻게 활용할지 판단하는 결단력, 그리고 주저함이 없이 기회를 낚아채는 행동, 이 삼박자가 맞아떨어질 때 우리는 기회를 잡고 자기 삶의 지도에 하나의 길을 그려 넣을 수 있다. 여러분은 이 삼박자를 갖추고 있는가? 아니 갖출 준비를 하고 있는가? 지금도 기회는 여러분의 삶에 한없이 스쳐 지나가고 있다. 지금부터 책을 통해 이 기회를 제대로 잡는 방법을 알아보게 될 것이다.

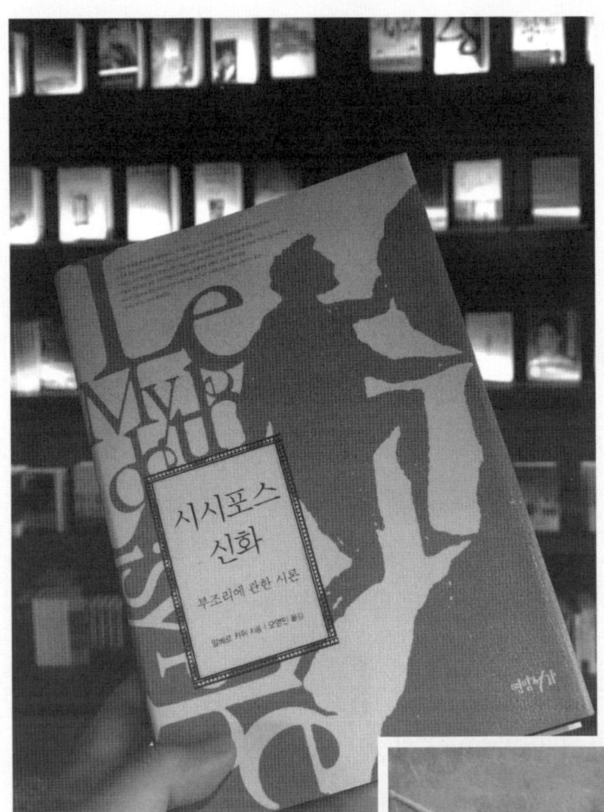

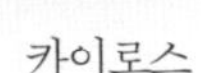
카이로스

02

책에 로그인되셨습니다

우리는 디지털 세상에 살고 있다. 인터넷이 열어준 또 하나의 무한대의 우주, 존재 하지만 손에 잡히지 않는 가상세계와 함께 우리는 살고 있다. 우리는 단말기를 통해 새로운 세상에 나를 접속한다. 우리는 또 하나의 나를 만들어서 새롭게 창조된 세상을 탐험한다. 인터넷 브라우저를 처음 개발할 때 익스플로러(Explorer)나 내비게이터(Navigator)라고 명명한 이유도 새로운 세상이라는 관점 때문이다. 불과 반세기 전에는 존재하지 않던 세상, 눈에 보이지는 않지만 존재하는 차원의 세상 그곳이 바로 인터넷 세상이다.

우리는 인터넷 세상에 정보를 기록한다. 그리고 검색을 통해 정보를 얻는다. 그곳에는 수많은 정보가 파편처럼 흩어져있다. 시간과 노력만 있으면 필요한 정보 대부분을 언제 어디서든 확인할 수 있다. 이제 더는 거리와 시차의 벽이 없다. 우리는 과학을 통해 지역, 국가 나아가서는 지구라는 물리적 거리를 극복했다.

내가 대학을 다니던 90년대는 부산에서 서울로 돈을 송금하는데도 수수료가 있었다. 시외 전산망을 이용했기 때문에 그 비용을 소비자에게 청구했다. 또한, 휴대전화가 귀한 시기였기 때문에 모두 공중전화를 활용했다. 시외통화 요금도 매우 비쌌다. 이렇듯 물리적인 거리가 정보의 제약을 만들었던 시기에는 정보를 얻는 비용이 많이 들었다. 그래서 정보는 곧 돈이 되었다. 물론 지금도 정보는 돈이 된다. 달라진 것은 정보를 얻는 것보다 올바른 정보를 걸러내는 기술이 더 중요해졌다는 것이다.

인터넷이 상용화되면서 가상공간에 수많은 웹페이지가 만들어졌다. 그리고 그곳에 수많은 정보가 기록되기 시작했고, 기술이 발달하는 속도에 맞추어 정보의 업데이트 주기가 빨라졌다. 이제는 초 단위나 분 단위로 정보가 업데이트되지 않으면 그 페이지의 정보는 효력을 잃는다. 우리는 이렇듯 방대하면서도 빠른 정보화 시대를 살고 있다. 수많은 정보를 활용하면서 살고 있지만 정작 활용하는 정보의 옳고 그름과 가치에 대해서는 깊이 생각해보지 않은채 무조건 받아들이기만 한다. 이 지점에서 우리는 "과연 정보의 가치란 무엇인가? 가치 있는 정보란 어떤 것을 말하는가?"에 대해 생각해보기로 하자.

정보의 사전적 의미는 '사물이나 상황에 대한 새로운 소식이나 자료'이다. 즉, 새로운 것이 정보다. 새로운 것이란 기존에 없던 것이거나 있었지만 몰랐던 것을 말한다. 이런 새로운 것을 누군가가 발견하거나 창조한 것이 바로 정보다. 다시 말해, 정보는 인간이 만들어 낸 새로운 결과물이다. 따라서 우리는 세상을 살면서 수많은 활동을 통해 정보를 얻는다고 말할 수 있다. 이런 연결고리를 통해서 나는 정보화 사회와 인문학의 관계를 정리해볼 수 있었고, 정보화가 더욱 가속화될수록 인문학의 가치가 높아지는 작금의 상황을 조금은 이해할 수 있게 되었다. 또한, 정보가 인간의 삶에 미치는 영향력에 따라 그 가치가 규정되고 있음을 깨닫게 되었다.

우리는 모두 인터넷을 사용하고 있다. 인터넷을 통해 타인이 등록해 놓은 콘텐츠를 보고, 듣고, 느끼면서 몰랐던 것을 알게 되고 새로운 사실에 흥미를 느끼게 되었다. 서툴렀던 인터넷 사용이 어느덧 PC를 넘어 스마트폰으로 플랫폼이 확장되면서 우리 삶에 웹(web) 콘텐츠는 급속도로 가까워졌다. 이제 남녀노소 불문하고 자신의 맘에 드는 글을 만나면 페이지를 구독하거나 즐겨찾기를 해두고 주기적으로 방문하여 글쓴이의 생각이나 삶을 들여다보는 것이 자연스러운 세상이 되었다. 받아들이기만 하던 것에서 나아가 댓글을 남겨 내 의견을 제시하기도 한다. 때로는 자기 생각을 글로 남겨 타인에게 공유하는 적극적 소통의 단계로 발전하기도 한다. 이렇게 타인이 만들어낸 콘텐츠를 통해 내 삶의 작은 변화를 시도하게 되었다.

인터넷 사용기를 읽고 물건을 구매하거나, 다이어트 프로그램을 따라하기도 하고, 다른 사람이 경험했던 맛집을 따라가 보기도 한다. 또, 누군가가 읽었던 책을 따라 읽기도 한다. 이렇듯 우리는 누군가의 생활을 엿보면서 내 삶의 변화를 꿈꾼다. 좋아하는 연예인들이 쓰는 화장품을 쓰면 나도 그렇게 보일 거라고 믿는 것과 같다. 이건 착각이 아니라 내가 아닌 타인의 삶에 대한 정보다. 우리는 인터넷을 통해 이런 다양한 종류의 정보를 얻는 것이다.

지금까지 내가 열거한 것은 인터넷 세상이 건넨 좋은 점이다. 하지만 인터넷 활용의 순기능 그 이면에는 수많은 문제점이 있고 그 문제들은 꾸준히 진화하며 새로운 문제를 만들어내고 있다.

우선 인터넷에 있는 정보는 출처가 불분명한 것이 많다. 과거에는 전문가들의 견해가 판단의 주요인이었다면 이제는 사용자들의 경험이 판단의 중요한 근거로 자리 잡았다. 이렇다 보니 우리는 "누가 쓴 글인가?", "어떤 배경지식을 가지고 있는 글인가?"에는 관심이 없고 "사진이 예쁜가?", "방문자가 많은가?" 같은 겉보기 등급에 치중하는 경우가 많다.

또한, 정보를 찾는 방법이 간편해졌기 때문에 발견에 대한 노력이 줄었다. 이 문제는 생각의 부재와 연결된다. 우리는 더 이상 무언가를 고민할 필요가 없다. 누군가 경험한 것을 그대로 따라 하면 되기 때문이다.

1999년 9월 나는 고등학교 친구 두 명과 함께 유럽으로 배낭여행을 떠났다. 당시에는 지금과 달리 대학생들이 유럽으로 배낭여행을 가는 일이 드물었기 때문에 여행 정보가 귀했다. 다행히 인터넷이 조금씩 활성화되기 시작한 시기여서 출발 전에 인터넷을 활용해 방문할 지역의 관광 정보를 모으고 숙소를 검색할 수 있었다. 하지만 정보가 매우 제한적이었기 때문에 앞서 경험했던 사람들의 경험담과 『유럽 100배 즐기기』 같은 여행 책자에 의존해서 여행을 준비해야 했다.

예상은 결코 빗나가는 법이 없듯 여행의 시작 지점인 영국의 히스로 공항에 도착한 그 순간부터 우리는 당황하기 시작했다. 입국장에는 수많은 호객꾼들이 여행자를 맞이하고 있었고, 그곳에서 새롭게 알게 된 여행 정보들이 준비해온 것과 많이 달랐기 때문에 그들의 정보와 내 정보의 차이와 가치를 가늠할 수 없었다. 그때부터 우리는 헷갈리기 시작했다.

결론부터 말하자면 우리는 2개월간의 배낭여행을 통해 너무 많은 것을 배웠다. 일면식도 없던 수많은 사람들과 만나 소통했다. 정보의 부족은 타인과의 공유를 당연하게 만들었다. 타인의 경험담을 듣고, 그들이 사용했던 여행 자료를 건네받아 활용하고 또 다음 여행자에게 전달했다. 처음 만난 사람들이지만 함께 아파트를 빌려 며칠씩 함께 숙식을 해결하기도 하면서 좋은 추억을 많이 만들었다.

요즘 내 여행은 그때와 사뭇 달라졌다. 물론 친구가 아닌 가족과 여행한다는 것이 가장 큰 차이점이긴 하지만, 무엇보다 현지 정보에 대한 걱정이 없어졌다. 여행 준비물 중 가장 중요한 비중을 차지하는 것은 빠른 인터넷과 스마트폰의 배터리다. 이것만 있으면 걱정이 없다. 그렇다 보니 외국에서 길을 물을 필요도 없고, 입장권을 어떻게 구매하는지, 음식 주문은 어떻게 하는지 고민할 필요도 없다. 스마트폰으로 관련된 여행기를 검색하고 똑같이 따라하면 된다. 글로벌 통신망 덕분에 두려움이 없어졌다.

과거 여행에서 경험했던 막연한 두려움은 뭔가를 새롭게 시작할 때 거침없이 시도할 자신감을 만들어줬고, 무사히 돌아왔다는 자부심은 무용담이 되어 나만의 에피소드이자 자랑거리가 되었었다. 하지만 더는 이런 것들이 자랑거리가 되지 못하는 세상이 되었다.

기술의 발전은 인간에게 고민과 시도를 통한 도전의 열정을 제약하는 문제를 만들고 있다. 고민할 필요가 없는 세상, 어느 한 명의 생각이나 경험이 전체의 경험으로 공유되어 가는 세상을 보고있으면 안타깝다.

나는 이 문제의 해결책으로 책을 떠올린다. 인류가 동굴 벽에 기록을 남기기 시작한 수만 년 전부터 지금까지 사라지지 않은 정보 공유의 매개체, 바로 글과 그림이 기록되어 있는 책이다. 책은 인간이 자기 생각과 경험을 기록하고 정리한 결과물이다. 기록을 남기는 것은 누군가 읽어주기를 원하기 때문이다. 즉, 책은 공유를 위해 탄생한 것이다. 책을 읽는다는 것은 타인의 생각을 읽는 것이다. 우리는 누군가가 기록한 생각의 결과물을 읽으면서 자신을 상상한다. 결국, 독서는 타인의 생각을 통해 나 자신을 되짚어보는 행동이다. 타인의 삶에 상상속의 나를 로그인하는 것 그것이 바로 독서다. 모방이 전부가 되어가는 세상에서 나만의 콘텐츠를 만들어내는 가장 좋은 방법은 바로 책을 읽는 것이다.

03

지식은 외우는 것이 아니라 깨닫는 것이다

어릴 때 아버지께서 "학생 때 공부 안 하면 나이 들어 후회한다."라고 자주 말씀하셨다. 그때는 잔소리라며 귓등으로 흘렸던 그 말이 지금은 비수가 되어 내 가슴에 꽂힌다. 지금 나는 무척 후회하고 있다. '왜 그때 나는 좀 더 치열하게 공부하지 않았을까?' 후회가 된다는 것은 그때 내가 최선을 다하지 않았다는 것을 스스로 인정한다는 것이다.

나는 정말 평범한 학생이었다. 성적이 나쁜 편은 아니었지만, 내가 공부를 한 이유는 학생이기에 가지게 된 의무감 때문이었다. 미래의 내 모습을 꿈꾸고, 그 모습이 되기 위해 목표를 정하고 준비하는 부류의 학생이 아니었다. 고등학교를 졸업하면 대학을 가야 하고, 대학을 가야만 내 삶이 자유로워질 수 있다고 기대했던 보통 학생이었다. 그래서 열심히 하는 것보다 적당히 시험 기간을 넘기는 데 급급했다.

학창시절이 즐거웠던 이유는 함께 현재를 고민하는 친구들이 있었기 때문이었다. 그때 우리는 고향인 부산을 떠나 서울에 있는 대학에 입학하는 것이 목표였다. 내가 무엇을 좋아하는지, 또 좋아하는 것을 평생 하면서 살려면 지금 내가 무엇을 준비해야 하는지에 대한 고민이 없었다. 교과서에 줄을 긋고, 줄 그은 것을 외우고, 외운 것을 답안지에 틀리지 않게 잘 적는 것이 공부를 잘하는 것이라 착각했다. 학교와 학원에서 숙제로 받은 문제를 풀고 채점하고 틀린 문제를 다시 풀어 실수를 줄이는 것을 매일매일 연습했다. 모르는 문제를 고민하기보다는 답안지를 보고 풀이법을 외웠고, 주어진 시간 내에 한 문제라도 더 푸는 게 낫다고 생각했다. 그렇게 공부했고 대학에 합격했다.

수능 성적표를 받고 대학을 정하고 전공을 정했다. 나에게는 대학 이름과 대학의 위치가 가장 큰 관심사였다. 대학에서 무엇을 공부할지에는 별 관심이 없었다. 그렇게 대학에 입학했고 10년간 대학생이라는 신분으로 머물러 있었다.

고등학교를 졸업한 지 25년이 지났다. 지금 고등학생들은 그때 나와는 많이 달라졌을까? 나는 "달라졌다."라고 선뜻 말하지 못하겠다. 공부 방법과 치열함의 차이는 있을지몰라도 대입이라는 본질은 크게 벗어나지 않았을 것이다. 결국, 미래의 내 모습보다 대학교의 간판이 목적인 고등학생이 아직도 많을 것이라고 심삭한다. 최근 화제가 된 드라마 〈SKY 캐슬〉을 보면 "설마"라는 말이 저절로 나올 정도로 어이없는 부모와 학생의 모습이 나온다. 그런데 "이것은 단지 드라마일 뿐 현실이 아니다." 라고 선뜻 말하지 못하겠다.

나는 외우는 것에 익숙했다. 이해가 되면 다행인데 그렇지 못해도 외워서 답을 써냈다. 이해하는 시간보다 외우는 것이 빨랐다. 그래서 많은 정보를 외웠고, 외운 것들이 시험에 많이 출제될수록 좋은 성적을 얻었다. 하지만 학생이라는 신분을 벗고 직장인이 되면서 암기라는 기술이 의미가 없다는 것을 깨닫기까지는 얼마의 시간이 걸리지 않았다. 연습장에 열심히 풀어 답을 내던 수학 문제들도 계산기로 풀면 되었고, 괄호 안을 채우는 문제는 검색을 통해 답을 찾으면 되었다. 진짜 문제는 정답이 무엇인지가 아니라 왜 그것이 정답인지를 알아야 하는 것이었다.

10년이 넘도록 열심히 풀었던 수학 문제들을 회사 업무에 전혀 적용할 수가 없었다. 사실 주어진 문제가 수학으로 풀어야 하는지조차 알 수 없었다. 그나마 다행인 것은 내가 문제를 풀 줄 모른다는 것을 일찌감치 깨우쳤다는 것이다. 무지를 깨닫게 되면서부터 진짜 공부가 시작되었다. 원리를 이해하려고 애썼고, 왜(why)라는 질문을 나 스스로에게 던지며 고민하는 시간을 보냈다. 회사는 학교와 달리 실력에 따라 쓰임이 달라지는 곳이었다. 일하던 사람이 계속 새로운 일을 받고 그 일을 통해 성장하는 곳이었다. 누구나 공평하게 기회가 주어지는 교실이 아니었다. 한두달이나 1년 정도 나를 성장시켜서 올라설 수 있는 곳이 아니었다. 최소 4~5년, 보통 10년이 넘도록 꾸준히 자기의 역할을 만들어가는 곳이었다. 이렇듯 본 경기가 펼쳐지는 경쟁 사회에 남들보다 조금 늦게 발을 들였지만, 다행히 부족한 실력을 비교적 정확히 파악했기 때문에 멈추지 않고 조금씩 나아갈 수 있었다.

한참 성장을 갈급했던 시기에 나는 배운 지식을 실무에 적용해보는 것에 많은 시간을 할애했다. 수학도 수식으로 나온 문제는 잘 풀어내지만, 서술형은 감을 못 잡는 사람이 많은 것처럼, 현실에서 발생하는 문제를 도식화, 수식화하는 것이 부족하다는 것을 알았기 때문에 이런 단점을 보완하는 데 공을 많이 들였다. 다행히 회사에는 유능한 선배들이 많았다. 질문에 주저하지 않았던 나는 많이 질문했고 노력만큼 많이 배웠다.

그때 나에게 가장 큰 도움을 주었던 것은 후배들을 가르치는 것이었다. 배움보다 가르침이 어렵다. 이해는 쉽지만, 적용이 어려운 것과 같은 이치다. 나는 후배들에게 업무를 설명하고 이해시키는 일을 하면서 내가 안다고 생각했던 것들이 진짜 알고 있는 것이 아니라는 것을 깨달았다. 안다는 것의 정의는 내가 이해한다는 의미가 아니라 남에게 쉽게 설명해줄 수 있어야 한다는 것을 체험했다. 그 과정에서 나는 업무에 필요한 여러 기술과 노하우를 더 쉽게 설명하기 위해 더 많은 전문서적을 뒤지며 공부해 나갔다.

한 분야의 공부는 또 다른 분야를 넘보게 했다. 회사 일을 잘해보려고 시작했던 공부는 관련 기술을 거쳐 자기계발 분야로 번졌고, 그에 맞춰 식부에 도움되는 전공 서적에서 나를 개발시킬 자기계발서로 옮겨가기 시작했다.

학창시절부터 제법 책을 많이 읽었다. 그때의 독서습관이 지금까지 많은 도움을 주고 있다. 내 가방에는 항상 책이 준비되어 있고, 대중교통으로 이동하는 시간에는 책을 읽는다. 좋았던 책은 다시 읽기를 주저하지 않고, 좋았던 부분은 별도로 기록해두는 습관들이 그때부터 시작되었다.

학창시절의 독서가 재미와 상상력을 위한 것이었다면 지금 내 독서는 실생활에서의 활용에 중점을 두고 있다. 최근 조금씩 인문학으로 방향을 돌리고 있지만, 입사 후 나의 독서는 실용서적이 주를 이뤘다. 프로그램을 다루는 법, 기획하는 법, 정리하는 법, 요약하는 법과 같은 실용서적과 자기계발서를 많이 읽었다. 이 책들의 장점은 실생활에 바로 적용해 볼 수 있다는 것이었다. 책을 읽는 도중에도 작가의 생각이나 행동이 나를 끌어당기면 곧바로 시도해 보았다. 예를 들어, 책을 읽고 감동했다면 작가에게 메일을 썼고, 정리법이 마음에 들면 나도 그 방식대로 정리해보았다. 이렇게 하나씩 시도하면서 그 행동들이 나와 잘 맞는다고 느끼면 그 변화를 습관으로 만들도록 지속했고, 아니면 원래대로 돌아갔다. 이렇게 하나씩 적용해서 바꿔보는 것이 좋아서 실용서와 자기계발서를 많이 읽었다.

이런 소소한 변화들이 수년간 쌓이자 주변으로부터 예전과 달라졌다는 얘기를 듣기 시작했다. 한순간 달라진 게 아니었다. 계절이 변하고 나무가 자라고 꽃이 피듯이 자연스럽게 내가 변해가고 있었다.

주변에는 성장을 멈춰버린 사람들이 많다. 육체적인 성장은 멈추었다하더라도 정신적인 성장까지 멈춰버린 사람들이 자꾸만 눈에 띄어 안타깝다. 그들은 변화를 두려워하고 위험과 고난을 회피하려 하고 현재에 안주하려 한다. 세상은 점점 더 빠르게 변해가고 있는데, 과거의 영광에 머물고 싶어하며 현재에 멈춰버린 그들은 변해버린 현실을 한탄하며 시간을 허비하고 있다.

지금 자신의 하루를 한번 돌아보자. 그리고 퇴근길 집 근처 도서관에 가보자. 얼마나 많은 사람들이 더 나은 미래를 위해 현재를 열심히 살고 있는지 눈으로 직접 확인해 보자. 그리고 다시 한번 자신의 현재 상태를 직시하고 고민해보기 바란다. 잠시 도서관 자료실에 들려 요즘 인기 있는 책을 둘러보고 몇 권을 빌려오길 바란다. 그렇게 시작하는 오늘이 바로 여러분이 달라지는 그 첫째날이 될 것이다.

04

내가 주인공이라면 어떻게 할까

"패자는 술에 취하고, 승자는 술을 즐긴다."

드라마를 보면 직장인들이 퇴근 후 삼삼오오 모여 술자리를 갖는 장면이 자주 등장한다. 삼겹살이 노릇노릇 익어가는 대폿집에서 옹기종기 둘러앉아 목에 핏대를 세워가며 못된 상사의 험담과 함께 연거푸 술잔을 돌린다. 누군가는 만취하여 소리를 지르며 몸싸움을 해대고, 이런 장면에서는 어김없이 욕하던 상사나 그 주변 인물들이 멀리서 이 모습을 지켜보고 있다. 다음 날 아침, 술기운이 가시지 않은 모습으로 허겁지겁 출근하는 주인공은 어제의 기억을 후회하며 쓰린 속을 달랜다. 진짜 드라마에 자주 나오는 뻔한 장면 아닌가? 그런데 어제의 당신 모습과 비슷하지 않은가?

세상에는 드라마를 보는 사람과 드라마를 만드는 사람, 이렇게 두 부류의 사람이 있다. 드라마를 자신의 인생으로 치환해보면 자신의 인생을 만드는 사람과 가만히 지켜보는 사람으로 나눌 수 있다. 다시말해 세상에는 자신의 인생에 적극적으로 개입하는 사람이 있는가 하면 자신의 인생을 그냥 내버려 두고서 관조하는 사람이 있다.

출발은 같았다. 우리는 모두 자신의 인생이 파란만장할 것이라 상상하며 태어났다. 아득한 기억이라 떠올리지 못할 뿐이다. 시작은 같았지만, 시간은 우리를 그 자리에 놓아두지 않았다. 거친 파도의 바다에 데려가기도 했고, 높은 산에 올라가 세상을 내려보도록 명령하기도 했다. 때로는 깊은 계곡으로 때로는 넓은 들판으로 시련과 기회의 줄을 번갈아 태우며 단련시켰다. 이런 과정을 겪으면서 우리는 힘겨워하는 자신을 통해 스스로 가능성과 한계에 대해 보이지 않는 선을 그어버렸다. 그러면서 이건 내가 할 수 있는 일, 이건 내가 할 수 없는 일로 나누는 이분법적 생각을 하기 시작했다. 때로는 이건 내가 해야 하는 것, 이건 내가 해서는 안 되는 것으로 나누기도 했다. 이같은 생각 나누기는 동그랬던 우리의 생각을 조금씩 모나게 하더니 이제는 원래의 모습을 잃어버린 이상한 도형으로 만들어버렸다.

몇 년 전 나는 한없이 우울했다. 알 수 없는 미래에 대한 불안함, 가장이라는 위치, 벗어나고 싶지만 그러지 못하는 경제적 책임감, 직장에 대한 불만족들이 나를 조금씩 수렁으로 인도했다. 계곡은 참 깊었다. 매일 술과 함께 현실을 부정했고, 다음날 출근하면 똑같은 삶이 기다리고 있는 것에 절망했다. 20대의 파란만장했던 꿈과 희망은 한때 달콤한 낮잠이었다고 생각했다. 변하고 싶었지만, 선뜻 용기를 낼 수 없었다.

퇴사를 고민했다. 내 모든 문제의 근원이 직장에서 비롯된다고 생각했기 때문이다. 내가 하는 일이 나를 만족시켜주지 못했기 때문에 의욕이 사라져 버린 것으로 생각했다. 새로운 일을 구하고 새로운 사람들과 함께 새롭게 시작하면 분명 예전과 같이 열정적인 나로 돌아갈 수 있을 거라고 믿었다. 하지만 나는 가장이었다. 무엇보다 가정의 안정이 중요했다. 나를 희생해서 가족을 지켜야 한다고 생각했다. 그래서 퇴사를 포기하고 한숨만 쉬며 시간을 보내고 있었다. 그때 읽었던 구본형 작가의 책 『그대, 스스로를 고용하라』에서 내 절망을 다독여주는 문장을 만났다.

작가는 책에서 내가 변해야 한다고, 나 자신이 가장 중요하다고 말했다. 문득 예전에 비슷한 고민을 했던 기억이 살아나서 가끔 혼자 끄적거리던 블로그의 글들을 다시 읽어보았다. 20대 중반, 혼자 이런저런 책을 읽고 미래를 꿈꾸며 적어놓았던 유치했던 글이었다. 현실의 때가 덜 묻었던 시기의 생각이 가득했다. 여자친구, 가족, 학교, 동창들에 대한 많은 추억과 생각을 읽었다. 이상하게도 당시의 글은 모두 내 이야기로 가득했다. 어떤 이야기에도 주인공은 모두 나였다. 그때는 내 생각 속에는 내가 존재하고 있었다. 하지만 현재 내 생각 속엔 내가 없었다. 그때 문득 깨달았다.

'내가 나를 업신여기고 있었구나. 나를 포기해놓고 무언가 변화를 꿈

꾸니 되지 않은 것이었구나.'

그날부터 나는 나자신에 대해서 생각하기 시작했다. 내가 하고 싶은 것, 내가 먹고 싶은 것, 내가 입고 싶은 것, 내가 보고 싶은 것을 찾았고 그것들을 내 삶에 포함하기 시작했다. 그리고, 잠시 잊고 지냈지만, 예전부터 좋아했던 독서를 다시 시작했다. 그전까지는 한 달에 3~4권 정도 읽었는데, 그때부터는 일주일에 3~4권씩 읽었다. 책을 읽는 동안은 잡념을 지울 수 있었다. 또한, 책 속에서 희망적인 메시지를 많이 발견할수 있었다. 수필과 자기계발서들이 책장을 채우기 시작하면서 서서히 심적인 압박감이 줄어드는 것을 느꼈다. 그리고 내 생각이 조금씩 변하고 있음을 알아차릴 수 있었다.

책을 읽는 시간은 누구에게도 방해받지 않는 나의 시간이었다. 나는 원래 내 시간이 필요한 사람이었다. 대학생 때 수업을 가지 않고 혼자 방구석에 틀어박혀 이런저런 생각으로 시간을 보내는 것을 즐겼었다. 취업 후 혼자만의 시간을 위해 일찌감치 기숙사를 나와 오피스텔 생활을 했던 나였다. 그런 내가 온종일 회사에서 동료들과 함께 먹고 마시며 지냈고, 귀가해서는 아이들과 함께하면서 나만의 시간을 잊어버리고 있었던 것이었다. 출퇴근 시간 정도가 혼자만의 시간인 생활, 이런 삶 속에서 나는 나를 잃어가고 있었던 것이었다.

독서량이 늘면서 작은 목표가 생기기 시작했다. 선각자들의 생각과 행동을 모방해가면서 나도 그들처럼 되고 싶다는 꿈이 다시 생겨난 것이다. 그리고 다시는 나를 잃어버리지 않기 위해 지금의 나를 기록하기 시작했다. 일기를 쓰고, 목표를 써서 책상 앞에 붙여두었고, 버킷리스트를 만들어 날짜를 기록해가며 하나씩 이루어내기 위한 실행을 준비했다. 이런 준비는 모두 책에서 알려준 것이었다. 처음 시도해 보는 거라 반신반의했는데 신기하게도 기록하고 실행할수록 더 잘하고 싶다는 욕구가 생겼다. 하루 2~3시간씩 나를 위한 시간을 보내면서 나는 조금씩 나를 찾아갔고, 제법 많은 시간이 축적된 지금 나는 예전과는 전혀 다른 내가 되어있다.

현재의 나는 내 인생의 완벽한 주인공이다. 지금 내가 하는 일은 내가 해보고 싶었던 일이고, 내가 하는 공부는 해보고 싶었던 공부다. 아내에게는 달라진 남편의 모습을 통해 안정과 미래를 선물하고, 아이들에게는 존재감 넘치는 아빠가 되어가는 중이다. 진행 중인 나만의 과제들은 언제일지는 모르겠지만 분명 나에게 더 좋은 기회와 결과를 가져다줄 것이다. 더이상은 내 결정을 의심하지 않기로 했다. 지금 내가 한 결정은 더 나은 나를 만들어가는 여정임을 믿는다. 때로는 그 결정이 나를 힘들게 할 것이지만 반드시 기쁘고 행복하게 만들어 줄 것을 믿는다.

인생은 제로섬 게임이 아니다. 내가 얻는다고 다른 누군가가 잃지 않는다. 버려지는 시간은 없다. 자신이 걸어온 모든 시간은 고스란히 자신에게 추억과 경험, 그리고 통찰력으로 축적된다. 그래서 하루를 절대 허투루 살 수 없다. 여러분도 예전의 나와 비슷한 고민을 하고 있다면 지금부터 조금씩 자기만의 시간을 확보해보길 바란다. 자기만의 시간을 통해 자신의 현재를 돌아보고 좋아하던 것을 다시 시작해보기를 바란다. 결국, 나 스스로가 어떤 마음을 먹는가에 따라 우리의 삶은 완벽하게 바뀌게 될 것이다. 나 자신이 삶의 주인공이라는 생각이 드는 그 순간부터 틀어졌던 톱니바퀴는 제대로 맞춰지게 되며 제대로 된 길을 찾아가게 될 것이다.

05

질문은 나를 집중하게 합니다

살면서 가장 집중했던 순간은 언제인가? 중요한 시험을 보는 순간 일 수도 있고, 새로운 출발을 준비하는 면접의 순간 일 수도 있다. 커다란 강연장에서 진행하는 발표일 수도 있고, 여자 친구의 부모님께 첫인사를 드리는 날일 수도 있다. 위 사례를 열거한 이유는 이런 상황에서의 자신의 모습을 떠올려보라는 것이다. 초롱초롱한 눈빛, 약간 붉게 상기된 얼굴, 쿵쾅거리는 심장 소리가 내 귓가에 들리는 듯한 그 순간 우리는 모두 최고로 집중한 자신을 만나게 된다.

예상과는 달리 나는 입사 면접에서 떨리지 않았다. 물론 대기석에서는 초조했다. 하지만 내 이름을 부르고 면접장 안으로 들어가는 순간 떨림은 멈췄다. 보여주고 싶었던 것을 다 보여줬고, 그들이 건네는 질문에 자연스럽게 대답했다. 면접을 마치고 나오면서 나는 좋은 결과를 기대했고 예상대로 좋은 결과를 받아볼 수 있었다.

그때는 운이 좋아서 합격했나보다 생각했지만, 이제는 알 수 있다. 면접관들이 지원자에게 원하는 것이 무엇이었는지 말이다. 그들은 웃는 표정, 몸에서 스며 나오는 분위기, 눈빛, 행동, 말투 같은 것에서 자신감을 읽었을 것이다. 그때 나는 뭔지 모를 자신감에 가득 차 있었다.

사실 내게도 많은 실패가 있었다. 첫 인턴 면접에서 고배를 마셨고, 사내에서 진행된 몇 번의 학술연수나 부서 이동의 기회에서도 줄줄이 탈락했다. 면접 분위기는 좋았기 때문에 좋은 결과를 기대했는데 결과는 그렇지 못했다. 이유를 알고 싶었지만, 누구도 그 이유를 알려주지 않았다. 직무변경을 통해 나를 변화시키기를 원했지만, 회사는 내 변화를 반기지 않았던 것 같다. 기회는 준비된 자에게 오는 축복인데, 나는 아직 준비가 덜 된 것인가를 고민하며 조금씩 지쳐가고 있었다.

그러던 어느 날 출근길 엘리베이터에서 거울에 비친 내 모습을 보았다.

'너도 많이 늙었구나. 세월에 장사 없다더니.'

한참을 뚫어지게 거울 속 내 눈을 쳐다보았던 것 같다. 내 눈은 빛을 잃어 힘이 없었다. 운전하면서도 계속 거울을 통해 내 눈을 살폈다. 반짝반짝 총기 있던 내 눈은 어딘가로 사라져 버렸다는 걸 발견했다.

'혹시 이런 눈 때문에 지금껏 실패하고 있었던 걸까?'

친한 동료들부터 시작해서 주변으로 폭을 넓혀가며 사람들에게 내 모습에 관해 물었고, 많은 이야기를 들었다. 그중 가장 나에게 와 닿았던 후배의 말은 바로 "지쳐 보여요."였다.

그랬다. 나는 많이 지쳐있었다. 매일매일 똑같은 일상 속에서 새로움을 발견하지 못했기 때문에 타성에 젖어있었다. 특히 회사가 지방에 있었기 때문에 회사 동료 외에는 만나는 사람이 거의 없었다. 삶의 터전이 점점 좁아지고 있었고 인간관계가 축소되고 있었다. 나는 현재에 길들어가고 있었고, 반복되는 일상에 지쳐가고 있었다.

이런 상황을 어떻게 바꿀 수 있을까? 고민을 시작하면서 예전에 내가 가장 집중해서 미쳐있었던 때를 떠올려보았다. 너무 긴장되어 입술이 바짝바짝 말랐던 순간, 온몸을 조여오는 긴장감을 풀어보려고 주먹을 쥐락펴락했던 순간, 속옷이 젖는지도 모르고 집중하던 그 순간들을 떠올렸다. 얼마나 시간이 흘러갔는지도 잊은 채 집중하던 그때는 바로 무언가를 새롭게 "도전"을 하던 바로 그 순간이었다.

학창시절 선생님 앞에서 실기 시험을 볼 때, 사람들 앞에서 발표할 때, 좋아하는 이성 친구에게 고백할 때와 같이 열심히 준비했지만 주저하게 되고, '하지 말까?' '그냥 포기할까?' 초조해하며 시작을 망설이는 그 시점에 나의 집중력은 최고조였다.

그걸 깨달은 후, 나는 어떡하면 비슷한 상황을 다시 만들 수 있을지 고민했다. 연습장을 펼치고 빈 종이에 물음표 하나를 그려놓은 채 몇 시간을 고민했다. 사실 답은 이미 알고 있었다. 지금 내 모습과는 전혀 다른 새로운 모습의 나를 만들어 갈 수 있는 일을 시도하면 되는 것이었다. 시도는 나에게 예상밖의 새로운 무언가를 요구할 것이고 나는 그것을 위해 노력할 것이다. 도전의 시간은 나를 새로운 상황으로 안내할 것이다. 새로운 도전의 결과를 얻기 위해 사람들 앞에 나를 선보여야 할 그순간 나는 분명 전례 없던 긴장감을 만나게 될 것이다.

하지만 나는 그동안 몇 번의 실패를 경험했기 때문에 도전을 주저하고 있었다. 처음 몇 번의 실패는 재도전을 부추겼지만 연이어 계속된 실패는 '안 되나 보다'라는 생각을 머릿속에 각인시켜 버렸다. 이런 이유로 '한 번 더'보다는 '다른 것'을 찾아 기웃거리게 했다. 다른 것은 현재의 내 상황을 감쌀 수 있어야 했고, 지금보다 훨씬 더 좋아 보이는 것이어야 했다. 그러다 보니 내가 기웃거리는 분야는 경쟁이 치열하고 현재 실력으로는 넘보기가 힘든 것들이었다. 나는 지금까지 계란으로 바위를 치다가 지쳐가고 있었다. 몰랐다. '도전'이라는 단어에는 '준비'라는 땀 냄새가 숨어있다는 것.

한참 지쳐가던 시기에 부정적인 생각을 떨쳐내려고 영화와 드라마를 보고 책을 읽었다. 비현실적인 이야기에 빠져 현재의 나를 잊을 수 있었고, 주인공의 모험과 도전, 그리고 성공담을 통해 대리만족감을 얻을 수 있었다. 그렇게 시간을 보내면서도 나는 계속 불안해했다. '지금의 이런 행동이 과연 옳은 것인가?' 나에게 계속 질문했다.

한참 지난 지금, 그때를 돌아보니 방황하며 마음 졸였던 경험들 어느 하나 내 피와 살이 되지 않은 것이 없다. 하지만 그때는 몰랐다. 고민이 깊어질수록 점점 더 깊은 물속에 빠져드는 것처럼, 나는 스스로 파놓은 우물 속에서 허우적대며 누군가 손 내밀어 나를 건져주기만을 기다리고 있었다. 그러나 도움의 손길은 없었다. 주변 사람들도 모두 나와 비슷한 고민으로 방황하는 것 같았다. 그나마 다행이었던 건 회사가 바빴다는 점이다. 마냥 허우적대며 시간을 보내기엔 일이 많았기 때문에 일을 처리하다 보면 하루가 훌쩍 지나갔다. 피곤함을 이끌고 마주한 술자리에서는 취기를 빌어 추억 속의 나를 소환해놓고 스스로를 위로했다. '언젠가는 바뀔 거야.'라면서 몇 개월을 마냥 흘려보냈다.

그러던 어느 날, 나는 한 가지 재미를 발견했다. 그건 바로 회사 일에 대한 일기를 쓰는 것이었다. 일기의 시작은 출근길에서의 불평 때문이었다. 출근길 운전을 하는 20분 동안 나는 출근하기가 너무 싫어서 매일 혼잣말로 불평을 늘어놓고 있었다. 그러던 어느 날 책에서 읽었던 "불평을 써라."라는 구절이 떠올라 직접 써보기로 했다. 사무실에서 메모장을 열어 날짜를 적고 운전대를 붙잡고 늘어놓던 불평을 옮겨보기 시작했다. 불평을 직접 써본 사람은 알겠지만 몇 줄 써보면 더는 쓸 게 없다. 매일같이 쏟아내던 불평들이 몇 줄의 문장으로 바뀌자 더는 쓸 게 없었다. 나는 그동안 앵무새처럼 했던 불평을 똑같이 하고 있었던 것이었다. 하루하루 불평 일기가 쌓이게 되면서 가끔씩 썼던 글을 다시 읽어보게 되었다. 그러면서 '왜?'라는 생각을 갖기 시작했다.

'왜 나는 매일같이 똑같은 불평만을 하고 있었던 것일까?', '상황은 변하지 않는데 왜 나는 계속 같은 소리만 내고 있는가?' 이런 고민이 깊어지면서 나는 일기 속에 어떡하면 이런 불평을 해소할 수 있을지 내 생각을 함께 쓰기 시작했다. 신기하게도 해결책을 열심히 쓰다 보니 마음이 편안해졌다. 해결되지도 않았는데 마치 해결된 것 같은 느낌이었다. 이렇게 재미를 붙인 나의 불평 일기는 시간이 흐르면서 불평에서 고민으로, 고민에서 해결 일기로 변해갔다. 시작은 불평이었지만 결과는 스스로 해결책을 찾기 위해 노력하게 된 것이다.

나는 나에게 수 많은 질문을 했다. 감정에 치우친 질문부터 내 행동을 자극하고 내 미래를 어떻게 변화시킬 것인가와 같이 광범위한 것까지 오랫동안 질문과 메모를 반복했고 답을 찾아보려고 애썼다. 물론 정답을 찾지는 못했다. 하지만 나름대로 해답은 만들어가고 있었다. 인생은 객관식이나 단답형의 문제가 아니라서 정답이 존재하지 않았다. 나는 내 방식으로 질문을 이해했고 그 속에서 "왜/ 무엇을/ 어떻게"라는 또 다른 질문을 만들어내면서 해답에 이르는 과정을 걸어 나간 것이다.

이 시기에 문제를 해결하는 실마리로 가장 많이 활용했던 것이 자기계발서였다. 책에서는 나와 비슷한 처지의 인생 선후배들이 자신만의 방법으로 문제를 해결해 가는 과정을 다양하게 제시해주었다. 나는 도전과 끈기, 노력에 관한 자기계발서를 많이 읽었다. 책에서 제시한 방법을 따라 해보고, 때론 응용해보고, 가끔은 반대로도 해보면서 해답을 찾아가기 시작했다. 읽은 책들이 여러 권 쌓이면서 두루뭉술했던 내 답은 점점 모양이 잡혀갔다. 나는 조금씩 말랑말랑한 머리를 가지게 되었고 내

가슴은 서서히 달궈져 갔다. 또, 내 눈은 조금씩 빛을 찾아가고 있었다.

그랬다. 방황하고 실패를 거듭하던 시기에 나는 나에게 질문을 했다. 어설픈 질문이었지만 그 물음들이 나를 자극했고 나는 답을 하려고 애썼다. 질문은 나를 집중하게 했다. 나는 질문을 통해 무엇이 문제인지를 발견했고, 해결책을 찾아보려고 책을 읽었고, 책에서 알게 된 방법을 행동으로 치환시켜 해답을 만들어내려고 노력했다.

지금 여러분은 어떤 모습인가? 실패에 좌절하고 있지는 않은가? '나는 안 돼.'라며 스스로 한계선을 그어놓고 있지는 않은가? 만약 그렇다면 지금 당장 펜을 들고 종이에 실패를 기록해보기 바란다. 실패가 몇 개나 되는가? 나열한 실패들은 분명히 과정의 실패지 인생의 실패는 아닐 것이다. 그러니 지금부터라도 자신에게 질문을 시작하자. 그리고 질문에 답하기 위해 생각하자. 또, 생각의 질을 높이기 위해 선배들의 실패담이 녹아있는 책을 읽자. 질문에 답하는 시간 동안 당신은 분명 어제보다 한 뼘 나아진 자신을 만나게 될 것이다.

06

질문이 틀렸다

앞 장에서 나는 질문을 통해 자신에게 가장 집중하는 순간을 만들어보라고 제안했다. 이번 장에서는 "질문을 제대로 하는 방법"에 대해 얘기해보고자 한다.

"질문이 틀렸잖아. 자꾸 틀린 질문만 하니까 맞는 대답이 나올 리가 없잖아. 왜 이우진은 오대수를 가두었을까가 아니라 왜 오대수를 풀어줬을까 라니까."

2003년 우리에게 충격을 안겨줬던 박찬욱 감독의 영화 〈올드보이〉의 유명한 대사다. 영화의 클라이맥스에서 주인공 오대수는 자신을 15년이나 감금시킨 이우진에게 왜 자신을 가뒀냐고 질문을 하는데 그때 이우진이 했던 말이다. 대사에서 알 수 있듯이 질문이 틀리면 맞는 답을 찾을 수 없다. 주인공 오대수는 “나를 왜 가두었는가?”라는 질문으로 답을 찾아보지만, 질문이 잘못되었기 때문에 해답을 찾지 못했다. 위 사례는 영화지만 우리의 인생도 마찬가지다. 자신의 문제가 무엇인지? 스스로 정확히 질문하지 못하면 답을 찾지 못하고, 찾았다고 하더라도 그 답은 핵심을 벗어 낫을 가능성이 높다.

몇 년 전, 나는 회사에서 성과도 좋았고 상급자에게 인정도 받고 있다고 생각했는데 인사고과에서 기대했던 등급을 받지 못했었다. 관리자에게 면담을 요청했고 나의 성과와 노력에 관해 이야기했다. 그리고 왜 내가 좋은 평가를 받지 못했는지를 질문했다. 관리자는 나의 업무에 대한 문제점과 부서 목표와의 불일치에 관해서 이야기했다. 결국, 나는 그해 내 평가 등급을 바꾸지 못했고 관리자에게 불신이 쌓였다. 이후 계속 관리자가 바뀌기를 기대했고, 새로운 관리자로 교체되지 않으면 내 성과를 인정 못 받는 날들이 계속되리라 생각하며 우울한 시간을 보냈다.

만약 그때 “내가 왜 좋은 평가를 받지 못했는지?”가 아니라 “어떡하면 좋은 평가를 받을 수 있었는가?”라고 질문을 했다면 어땠을까? 내가 관리자가 된 관점에서 이 질문을 되짚어보면 두 번째 질문이 옳은 질문이라고 생각된다. 물론 당시는 억울했던 마음에 깊이 생각해보지 않고 분함을 토로한 질문이었다. 그때 내 문제점이 무엇이었는지를 질문했다면 아마도 그는 나에게 1년간 수고했다며 위로를 했을 것이고, 기대만큼의 결과를 반영해주지 못해서 미안하다고 했을 것이다. 또한, 다른 방법으로라도 만회할 수 있도록 도와주었을지도 모른다. 관계는 서먹해지지 않았을 것이고, 내 일은 연속성을 가지고 성과를 낼 기회를 만들어 낼 수 있었을지도 모른다. 어쩌면 면담이 잘 진행되어 평가점수가 바뀌었을지도 모르겠다.

이렇듯 질문이 바뀌면 답이 바뀐다. 답이 바뀌면 생각이 바뀌고, 생각이 바뀌면 행동이 바뀐다. 행동이 바뀌면 결국 인생이 바뀐다. 따라서 질문을 제대로 하는 것은 우리의 인생을 바꿀 수도 있는 전환점이 될 수 있다. 그래서 스스로 질문하는 습관과 함께 제대로 질문하고 있는지 점검해보는 되새김의 시간이 반드시 필요하다.

내 또래에 대한민국에서 정규 교육을 받은 사람들 대부분은 질문에 서툴다. 지금은 많이 달라졌다고 하지만 아직도 학교의 교육 방법은 주입식 위주라서 수업시간에 선생님과 학생 사이에 질문하고 서로의 의견을 이야기하는 것은 어색하다. 특히, 학생들은 질문을 주고받는 이런 상황을 두려워하고 부끄러워한다. 우리는 자신의 의견을 이야기하기에 앞서 내 생각이 틀리지 않았는지 엄격한 자기검열과정을 거친다. 내 의견이 틀리면 창피를 당할 거라는 선입견이 앞서는 것이다. 이 검열 과정에서 '틀려서 망신을 당하기보다는 입을 닫고 있는 것이 낫다'라고 판단해버린다. 학년이 올라가고 지식이 늘어갈수록 자기검열의 잣대가 더욱더 높아져서 급기야 아무도 질문하는 사람이 없다. 유치원생들의 열정적인 수업 태도와 고등학생들의 질문이 사라진 침묵의 수업시간을 떠올려보면 내 말이 틀리지 않음을 쉽게 짐작할 수 있을 것이다.

나 역시 여러분과 다르지 않다. 질문이 두렵고, 내가 선택되지 않기를 바라는 사람이다. 아이러니한 것은 이런 분위기에서 십 년을 넘게 배웠는데, 어느 날 우리는 질문을 잘하는 사람을 원하는 회사에 적응해야 한다는 것이다.

회사는 질문하는 사람을 원한다. 직급으로 수직적 계층화가 되어있는 회사에서는 주로 상급자는 질문하고 하급자가 대답한다. 이런 문화 속에서 상하 간에 자유롭게 서로 질문하고 답하기는 쉽지 않지만, 결국 시간이 서로의 입을 열게 만든다. 시간은 관계를 익숙하게 만들기 때문이다. 우리는 익숙해지기만 하면 누구보다 자연스럽게 내 의견을 이야기할 수 있다. 그러므로 우리는 회사생활을 통해 질문하고 답하는 것에 점점 익숙해지고, 이런 경험이 쌓여 점점 더 좋은 질문과 답변을 할 수 있게 된다. 결국, 질문도 경험이다. 많이 해본 사람이 잘하고, 창피를 많이 당해본 사람이 더 뻔뻔하고 집요하게 질문할 수 있다.

나는 여러분에게 타인에게 질문하기에 앞서, 먼저 자신에게 질문하는 연습을 해보라고 제안하고 싶다. 자신에게 하는 질문은 듣는 사람이 없어서 부끄러울 일이 없고 정답에 연연할 필요도 없다. 이것이 도움이 될까? 의구심이 들겠지만 도움 된다고 자신 있게 말할 수 있다. 프레젠테이션도 청중 앞에서 직접 해보는 경험이 중요하지만, 혼자 여러번 연습해보면 현장에서 잘할 수 있는 것과 마찬가지다. 그러므로 자신에게 질문을 해보는 연습은 질문을 잘하기 위해 가져야 할 최우선 과제다.

질문의 질을 높이고 싶다면 독서보다 빠른 방법은 없다. 책은 곧 작가의 주장이다. 작가는 자기 생각을 책에 담아 독자에게 주장한다. 즉, 독자들의 예상 질문에 대한 답이 바로 한 권의 책이다. 우리는 책을 읽으면서 저자의 주장에 설득된다. 그의 생각이 내 생각과 일치하는지 점검하고 맞으면 공감을, 틀리면 반감을 느끼게 된다. 다시 말해, 저자의 이야기를 통해 나 자신에게 질문하면서 지속해서 공감과 반감을 느끼는 과정이 바로 독서인 것이다. 우리는 자신도 모르게 독서를 통해 자신에게 질문을 던지고 있는 것이다.

얼마 전 손미나 작가의 『스페인, 너는 자유다』를 읽었다. 이 책은 KBS 간판 아나운서였던 손미나 씨가 휴식을 위해 선택했던 스페인 유학 기간동안 자신이 겪었던 이야기를 에세이 형식으로 엮은 책이다. 이 책을 계기로 그녀는 아나운서에서 작가로 완벽히 변신할 수 있었고 그녀의 인생은 달라졌다. 탈바꿈이라는 단어가 어울릴 정도로 그녀의 삶은 완전히 변했다. 이 책을 읽는 내내 나는 흥분했다. 그녀의 스페인 유학 생활과 내 어학연수 시절을 비교해 보았고, 그때의 나와 지금의 나는 무엇이 달라졌는지를 나에게 질문했다. 그리고 그 질문에 대한 내 답을 블로그에 한편의 글로 남겼다. 이렇듯 책은 나에게 계속해서 질문을 건넨다. 작가의 한 문장 한 문장에서 생각의 소재를 발견하고 그것을 질문으로 치환하여 나에게 되묻는 과정, 그것이 바로 나의 독서다.

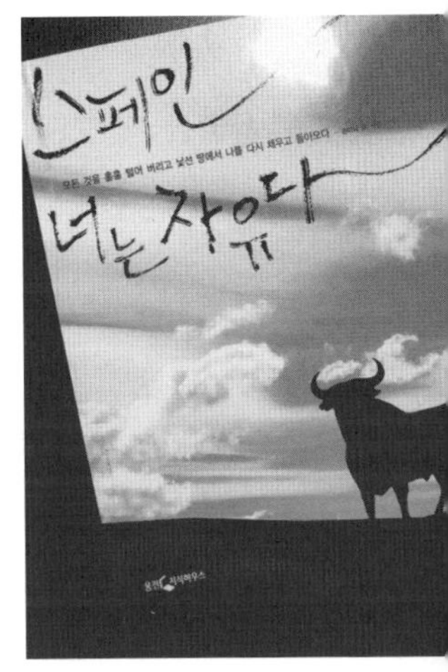

이제 나는 나에게 질문하고 답하는 것이 익숙하다. 하지만 처음엔 매우 서툴렀다. 사실 질문을 하는지도 모른 채 문장만 읽어가던 시절이 있었다. 그때는 독서가 아니라 그냥 읽기였다. 독서는 저자의 생각을 읽는 것, 다시 말해 작가가 써 놓은 문장을 눈으로 보고 행간을 읽어내는 것이다. 작가는 왜 이런 생각을 했는지, 나는 어떤 생각을 하는지 사색하는 과정이 바로 독서다.

여러분들도 이제 진짜 독서를 해야 할 시간이다. 독서를 통해 작가의 생각을 읽어보며 자기 생각을 차곡차곡 정제시키자. 그리고 자신에게 질문을 던져보자. 처음에는 의식적으로 질문을 해 볼 필요가 있다. 때론 질문을 책에 직접 써보자. 써놓은 질문을 보면서 스스로 답해보는 연습을 하자. 답을 찾는 과정에서 질문이 틀렸는지를 알아챌 수 있을 것이다. 처음부터 잘하기는 쉽지 않다. 제대로 질문하고 있는 것인지 알 수 없지만 알 필요도 없다. 내가 확실히 말할 수 있는 것은 시도의 횟수가 늘어갈수록 여러분의 질문은 다양해지고 깊어진다는 것이다. 해답 역시 질문이 알찬 만큼 세련될 것이다. 여러분이 독서를 통해 자신에게 질문하는 모습을 기대한다.

07

정답보다는 해답을 찾자

매일 지나다니는 사무실 복도 책장에서 책 한 권을 발견했다. 임경선 작가의 『태도에 관하여』다. 분명 오랫동안 그 자리에 꽂혀 있었는데 그날 내 눈에 띈 것이었다. 화장실에서 뒤적거리려고 책장을 들여다봤는데 이 책이 읽어달라며 내게 소리치는 걸 느꼈다. 그렇게 읽기 시작했는데 금세 다 읽어버릴 정도로 흡입력있는 책이었다. 이 책은 내게 '지금 네가 사는 방식이 꼭 옳다고 생각하지는 마! 그러니 힘 빼~!'라며 다소 위협적이고 도발적인 메시지를 던져줬다.

골프 스윙을 배울 때 "힘 빼는 데 3년 걸린다."라는 말을 들었다. 지금 배우고 있는 수영도 마찬가지로 코지는 계속 나에게 어깨와 목에 힘을 빼고 부드러워져야 진짜 수영을 하는 거라고 말했다. 어쩌면 나는 처음 운동을 배우는 것처럼 삶에서도 잔뜩 힘이 들어가있는 서툰 사람일지도 모른다는 생각이 들었다. 그래서 이 책이 내게 던진 "힘 빼"라는 말은 나를 '푹' 하고 아프게 찔렀다. 이 책을 읽게된 그 우연이 고맙게 느껴졌다.

"본인이 작가라는 직업에 과잉으로 숭고한 의미를 부여하고 있다고 생각했기 때문이다."

이 책에서 작가라는 호칭이 불편하다고 생각하는 것에 대한 그녀의 생각이 담긴 위의 문장을 만났다. 그리고 생각해보기 시작했다.

2018년 4월, 책 쓰기를 본격적으로 시작하면서 내 이름 뒤에 작가라는 호칭이 붙었다. 작가(作家)는 글을 쓰는 사람을 일컫는 말이다. 단지, 글을 쓰는 사람일 뿐인데 내 이름 뒤에 붙은 작가라는 호칭에 나는 마치 어깨 뽕이 몇 겹은 들어간 듯 스스로 부끄러워했다. 특히, 개인 저서가 출간된 6월 이후, 나는 새 명함을 만들어야 하나 고민하기도 했다. 밖으로 비치는 내 간판에 작가라는 직업을 붙이고 싶었기 때문이었다. 아닌척 했지만 사실 나는 직업에 귀천을 두고 있었고, 회사원이라는 명함 대신 좀 더 그럴듯해 보이는 명함의 한 줄을 원하고 있었던 것이었다. 누가 나를 작가님이라고 불러주면, 애써 손사래 치며 "작가는 무슨"이라고 응답했지만 내심 뿌듯해했다.

삶에 있어서 중요한 것은 내가 어떤 타이틀을 가졌느냐가 아니다. 물론 무슨 일을 하느냐도 아니다. 어떤 일도 본질은 같다. 맡은 일에 최선을 다해야 하고, 동료들과 협업할 줄 알아야 한다. 반칙해서는 안 되고, 자신을 통제할 줄 알아야 한다. 물론 결과의 가치 관점에서 보면 숭고한 일과 하찮은 일을 나눌 수 있지만, 일을 행하는 측면에서 보면 본질은 같다.

회사에서의 내 일을 생각해볼 때, 후배의 관점에서 내가 하는 일을 보면 대단하고 특별한 일을 하는 것처럼 보일지도 모르지만, 선배의 입장이라면 후배의 생각과 전혀 다를 것이다. 아마도 선배는 지금 내가 있는 자리가 시키는 일을 하는 것일 뿐이라고 생각할 것이다. 같은 일을 하고 있는데 보는 견해에 따라 커다란 의미의 차이가 생기는 것을 볼 때, 결국 일은 객관적인 일의 본질을 가지고 봐야 한다는 결론에 도달한다.

쓰레기를 줍는 일, 물건을 만드는 일, 집을 짓는 일, 문서를 작성하는 일, 물건을 파는 일 등 그 어떤 일이라도 일을 하는 주체로서 나는 결국 최선을 다해야 미련이 남지 않는다. 그리고 변화를 두려워해서도 안 되지만, 변했다고 좋아할 것도 없다. 어차피 무언가가 변하더라도, 사실 변한 것은 없다고 하지 않던가.

하지만 실제는 매우 달랐다. 철저하게 협업으로 이루어지는 회사 일은 내가 최선을 다해도 티가 나지 않았다. 계층적 의사결정 구조를 가진 회사에서 내 보고자료가 윗선에 도착할 때쯤이면 수차례 각색이 이뤄져 나의 색은 흐려졌다. 그래서 나는 꼼꼼히 챙기는 디테일보다는 일의 속도를 맞추려고 애썼다. 완벽한 결과물을 만들기보다 시간 내 결과물을 제시하는 것에 집중했다. 책을 한 권 읽어도 머리말부터 순서대로 꼼꼼히 읽어야 읽은 것 같은 내 성격에 이런 스타일의 업무는 맞지 않는 옷을 입은 듯 불편했다. 그래서 최선을 다해야 한다는 일의 본질은 점점 퇴색되어가고 있었다.

그러던 어느 날, 일에 대한 내 생각을 바꾼 사건이 하나 발생했다. 회의시간에 하나의 주제를 놓고 갑론을박 중이었는데 내가 제시한 해결책이 힘을 얻고 있었다. 그때 상급자 한 분이 내게 질문했다.

"지금 제시한 해결책은 정답입니까? 해답입니까?" 그 질문을 듣고 나는 생각했다. '정답, 해답. 같은 말 아닌가?'

혹시, 여러분은 이 두 단어의 차이를 알고 있는가? 나는 그날 회의시간에 들었던 이 두 단어의 차이에 대한 이해 덕분에 내 일을 바라보는 관점이 완전히 달라졌다.

위 질문을 받은 순간 나는 내가 제시한 답이 정답인지 해답인지 대답하지 못했다. 자리로 돌아와 사전을 찾아보고서야 둘의 차이를 이해했기 때문이다. 정답은 영어로 answer이다. 해답도 영어로 answer인데, solution이라는 단어가 함께 제시되어 있었다. 한자로 보면 정답(正答)은 바를 정(正) 대답 답(答)이고, 해답(解答)은 풀 해(解) 대답 답(答)이다. 즉, 정답은 문제를 맞게 푼 답이고, 해답은 그 속에 정답을 찾는 과정이 포함되어 있었다.

학생 때 우리는 수학 문제를 많이 풀었다. 사칙연산과 각종 공식을 암기한 뒤, 문제를 보면 외웠던 공식을 대입해서 답을 얻었다. 초중고를 거치면서 수없이 많은 문제를 풀었지만 정작 중요한 한 가지를 빠뜨린 채 문제를 풀고 있었다. 그 한 가지는 바로 "왜(WHY)"였다. 왜 이 문제를 푸는 것인가에 대한 고민 없이 열심히 답을 찾는 방법만을 갈고닦은 것이다. "왜"가 빠진 공부는 지식이 아니라 기술(know-how)의 영역이다. 정답과 해답에 대한 차이의 핵심은 바로 이것이다. 어떤 책이나 논문을 읽고서 그 정리를 그대로 제시했다면 그건 "정답"이 되는 것이고, 여러 지식을 참고한 뒤 스스로 고민해서 얻은 답이라면 그건 "해답"인 것이다.

"왜 일을 하는가?"에 대한 기존의 내 대답은 주어진 일에 대한 빠른 처리로 회사에 도움을 주는 것이었다. 그런데, 이 질문을 받은 후 나는 내 일에 대해 다시 생각해봤다. 지금 내가 회사에서 하는 일이 내 삶에 어떤 의미를 가질까?

나이를 먹어감에 따라 학교를 졸업하고, 회사에 취직하고, 결혼하면서 가족이 생겼다. 그동안 회사에서 일하고 받은 돈으로 옷을 사고, 밥을 먹고, 집을 사고, 차를 사고, 여행을 다녔다. 일을 통해 얻은 것은 돈이라고 생각했다. 돈을 더 많이 벌 수 있는 곳을 찾는 것이 내가 원하는 일이 있는 곳 아닐까 생각했다.

강산이 변하도록 한 곳에서 일하다 보니 지금 일하고 있는 이곳이 편해졌다. 현재의 내 삶에 큰 불편이 없었기 때문에 돈을 더 많이 벌 수 있는 다른 직장으로 옮겨 다시 처음부터 시작하는 것이 부담으로 다가왔다. 그런데, 삶의 본질이라고 생각되는 의욕/ 재미/ 행복이라는 단어를 내 일과 연관 지어보니 지금의 내 일터가 삶의 본질을 왜곡시키는 걸림돌로 느껴졌다. 그래서 걸림돌을 제거하려고 하자 비로소 내 발목을 움켜쥐고 있던 내 안의 두려움이 보였다.

내 삶의 의미와 일의 재미, 그리고 행복을 위해 새 일을 찾겠다 생각했다. 퇴직금도 있는데 회사를 관둔다고 당장 먹고사는 것에 문제가 생기지는 않을 것이다. 하지만, 가장의 독단적인 결정 때문에 가족 공동체의 삶의 방향이 바뀌어도 되는 걸까? 열심히 두고 있던 장기판에서 갑자기 차와 포를 떼어내고도 승부를 버텨낼 수 있을까? 나는 고민하기 시작했다.

내가 사랑해서 함께 살게된 아내, 그리고 그 결실로 태어난 아들과 딸에게 당장은 힘들어도 더 나은 미래를 위해 인내하자고 말할 용기가 생기지 않았다. 사실 용기가 모자란 것이라기보다는 그들의 안전과 편안함을 깨뜨리기 싫었다가 더 솔직한 표현이다. 그래서 나는 '그렇다면 다른 방법은 없을까?'를 고민했다.

이 고민 덕분에 "일(Work)"과 관련된 책을 많이 읽었다. 『왜 일하는가』 『내가 하는 일 가슴 설레는 일』『그대 스스로를 고용하라』 등과 같은 책을 읽으면서 지금껏 일을 대하던 내 생각이 잘못되었다는 걸 깨닫게 되었다. 앞서 말했던 바와 같이, 결국 일의 본질은 같은데, 일을 바라보는 내 관점과 태도가 내 일(my own work)이 아닌 회사 일로 규정하고 있었기 때문에 성취감, 만족감, 책임감이 빠져있어서 일이 즐겁지 않았던 것이었다. 나는 정답 찾기에 바빴지 해답을 고민하는 사람이 아니었다. 생각이 여기까지 미치자 그때부터 일을 보는 관점과 태도가 조금씩 바뀌기 시작했고, 같은 일을 하지만 더는 예전과 같지 않았다. 일에 새로운 의미를 부여한 순간, 예전과는 전혀 다른 일처럼 느껴졌다.

나는 여전히 회사원이다. 하지만 이제 더는 그냥 봉급쟁이가 아니다. 내 일에서 재미를 찾았고 동료들을 통해 많은 것들을 새롭게 배우고 있다. 각자의 삶의 방식, 업무 스타일을 관찰하며 내가 부족한 것이 무언지 알아내어 조금씩 고쳐가고 있다. 특히, 우리 회사는 다양한 역량을 가진 사람들이 많아서 마음만 먹으면 뭐든 다 배울 수 있는 곳이다.

직장이라는 장소의 개념보다 직업이라는 업의 개념으로 내 일을 보게 된 관점의 전환은 조금씩 내 삶의 방향을 바꿔놓고 있다. 그 중 하나가 회사를 떠나는 것이 퇴직이 아닌 졸업으로 보게된 것이다. 나는 나의 회사 졸업식을 기대한다. 그 즈음에는 지금의 나보다 몇 배는 더 성장해 있을 것이다. 그리고 나만의 해답을 찾아 몇 걸음 더 나아가 있을 것이다.

08

사색하지 않으면 사색 된다

'생각은 어디서 오는 걸까? 책을 쓰고 있는 이 순간, 머릿속에서 만들어지는 문장들은 내가 계획했던 단어의 조합으로 탄생한 것일까?'

한참을 이런 생각에 빠져있었다. 아무리 생각해보아도 글을 쓴다는 것이 즉흥의 연속으로 보였다. 글의 전체 뼈대와 소재들은 준비하겠지만 문장을 만드는 것은 암만 봐도 즉흥이라고밖에 말할 수 없었다. 이렇게 보면 이 세상 모든 책이 다 작가들이 즉흥적으로 만들어낸 것이라는 말이 된다. 근데 이게 말이 되나?

이 문제를 생각해보면서 평소에 책을 많이 읽고, 사색을 많이 해야 한다는 옛 선현들의 말이 크게 공감되었다. 글쓰기가 즉흥적인 생각의 기록이라고 한다면, 작가의 머릿속은 생각의 실타래가 커야 하고 잘 정돈되어 감겨있어야 한다. 그래야만 다양한 소재들을 조합하여 필요한 요소를 잘 뽑아내 사용할 수 있다. 실타래의 크기는 곧 경험이고, 잘 감긴 상태는 생각의 정리일 것이다.

2018년 6월, 가족과 함께 일주일간 피렌체에 머물렀다. 1999년 10월 친구들과 들렀던 피렌체를 20년 만에 다시 가게 된 것이다. 1999년의 피렌체는 나에게 두오모 성당으로 각인되어 있었다. 가족 여행을 준비하면서 20년간 변했을 도시의 모습과 영화 『냉정과 열정 사이』의 쥰세이와 아오이의 시린 사랑만큼 잔잔하지만 깊이 있는 피렌체의 분위기를 기대했다.

여행을 가면 나는 항상 새벽에 혼자 카메라를 메고 거리를 걷는다. 새벽의 차갑고 신선한 공기는 내 머리와 가슴을 정화한다. 특히 낯선 곳에서의 새벽은 무언지 모를 긴장감과 함께 우연을 기대하게 만든다. 이 시간은 불쑥불쑥 새로운 영감을 만들어내고, 그 생각들은 내 사진과 글에 좋은 소재가 되기도 한다.

그날은 좀 특별했다. 여느 때와 다름없이 새벽 5시에 혼자 집을 나섰다. 숙소 앞의 아르노강을 따라 5분쯤 걸었을 때 숙소에 휴대전화를 두고 왔다는 것을 알게 되었다. 불편함 때문에 돌아갈까 잠시 고민했지만, 휴대전화를 잊게 되면 카메라 앵글에 더 집중할 수 있지 않을까 기대하여 그냥 걷기로 했다. 지도가 없어서 조금 불안하긴 했지만 어디서든 아르노강만 찾으면 문제가 없었기 때문에 걱정은 접어두었다.

가로등이 채 꺼지지 않은 어스름한 새벽, 가벼운 발걸음으로 베키오

다리를 지나 두오모를 향해 걸었다. 새벽의 피렌체는 고요했다. 수많은 관광객과 화려한 상점들이 모두 잠든 거리는 낯설고 새로웠다. 연신 셔터를 눌러대며 새로운 피렌체의 모습을 열심히 담았다. '이게 진짜 여행이다.'라고 생각하며 흥에 취해 걷다 보니 어느새 두오모 성당 앞이었다. 수백 년 전 천재들의 작품들이 내 눈앞에 즐비했고, 기베르티와 브루넬레스키의 대결로 잘 알려진 〈천국의 문〉도 내 눈앞에 서 있었다. 물론 주위에는 아무도 없었다. 한 시간가량을 두오모 앞 벤치에 앉아 메모지에 생각을 썼고 사진을 찍었다. 내친김에 더 멀리 가보자고 마음먹었다. 나는 좁은 골목길을 따라 한참을 걸었고 건물 사이를 지나며 중세의 모습에 흠뻑 취했다.

얼마나 시간이 흘렀는지 알 수 없었다. 날이 밝았고, 상점들이 하나둘 장사를 준비하는 모습이 보였다. 7시쯤 되었으려나 생각했고, 나는 왔던 길을 되돌아가기 시작했다. 문제는 여기서 생겼다. 30분을 걸어도 내가 기억하던 건물이 나오지 않았다. 조금씩 불안했고, 더 빨리 걸었다. 20분 정도 더 걸었을 때, 사람들에게 물어봐야겠다고 생각해서 상점에 들어가 길을 물었다. 그들은 영어를 몰랐고, 두오모/ 아르노강 그 어떤 말도 알아듣지 못했다. 수중에 돈도 없어서 점점 더 걱정되고 긴장되기 시작했다. 다행인 것은 낮이 되어가고 있다는 것이었다. 이 사실이 얼마나 위안이 되었는지 모른다. 한참을 걸었는데, 나는 제자리에 와 있었다. 그때 나는 내가 시내 중심가에서 아주 많이 멀어진 곳에 와있다는 걸 직감했다. 한 방향으로 걷기 시작했고 나중에는 불안해서 막 뛰기까지 했다. 하지만 아무리 걸어도 내가 알던 곳은 나오지 않았다.

결국, 나는 지나가는 차를 붙잡아 세우고 도움을 요청했다. 남자분께서 차를 태워주셨는데 차 안에서도 너무 불안했다. 결국, 그분이 나를 아르노강이 보이는 곳까지 데려다주셨다. 차 안에서 계속 무슨 말씀을 하셨는데, 하나도 귀에 들리지 않았고 바깥만 응시했었다.

어느 순간, 눈앞에 아르노강이 보이기 시작했던 그 찰나를 잊을 수 없다. 팽팽했던 긴장감이 '탁'하고 풀리던 그 느낌. 그제야 내 눈에는 주변의 건물들과 하늘이 보였고, 차 안으로 들어오는 시원한 바람이 느껴졌다. 차에서 내려 숙소로 걸어갈 때 비로소 내 불안이 사라져가고 있었다.

이 경험을 통해 나는 "길을 잃는다."라는 것은, 내 안의 불안이 나의 자신감을 잠식해 버리는 것이라는 걸 알게 되었다. 몸소 체험한 귀중한 깨달음 덕분에 나는 "불안"이라는 키워드에 대해 깊게 생각했고, 심리학에 관심이 생겨 관련된 책을 읽기 시작했다. 그리고 불안에 떨었던 그 시간 동안 내 머릿속을 잠식했던 생각들을 하나씩 되새겨 마인드맵으로 정리해보았다. 수백 가지 생각들이 머릿속에서 생겨났다가 사라졌음을 알게 되었다. "길 잃음"을 통해 얻게 된 새로운 관심이 좀 더 다양한 책을 읽게 했고, 새로운 관점에서 세상을 바라보고 글을 쓸 수 있게 했다.

팀워크로 일을 해보면 내가 속해있는 조직의 구성원들이 대단하다고 느낄 때가 있다. 삼성전자에 입사하면서 연수원에서 만난 동기들이 그랬다. 그들은 한 명 한 명이 모두 보석처럼 빛났고, 서로의 부족한 점을 서로가 자연스럽게 보완해줬다. 컴퓨터를 잘 다루는 친구, 보고서를 잘 만드는 친구, 발표를 잘하는 친구, 리더십으로 친구들을 잘 이끄는 친구, 서포트를 잘하는 친구까지. 지금껏 단 한 번 만난 적도 없는 사람들이 모이게 되었는데도 몇 년을 함께 해온 동료들처럼 합이 잘 맞았다. 물론 4주간의 합숙 생활이 우리를 더욱 끈끈하게 만들면서 시너지를 내는 것이었겠지만.

회사에서도 이런 분위기는 계속 이어지고 있다. 부서 내에서도 각자의 역할에 맞춰 서로의 일을 알아서 배분하고 처리하고 결과물을 만들어낸다. 물론 삐걱대기도 하고 때론 감정 다툼도 있지만, 시간은 우리를 하나의 팀으로 만들어주었다. 같은 부서에서 10년 넘게 함께 일하다 보니 리더는 수시로 변했지만, 실무자들은 거의 그대로 계속 연차를 쌓으며 성장해갔다. 특히 동료들의 기본역량이 우수하고, 업무를 받아들이는 태도가 좋은 편이기 때문에 그들과 함께 일하는 것은 축복이다.

업무도 좋지만, 일이 아닌 다른 사적인 문제로 논의를 해볼 때면 그들의 다양한 관점에 놀라곤 한다. 책 한 권을 놓고 이야기를 풀어가더라도 해석이 다양하고, 경험의 차이에 따른 여러 의견을 들어 볼 수 있다. 내가 특히 우리 회사를 좋아하는 이유는 어딜 가도 이렇게 수준 높은 인력들과 함께 일해보기는 쉽지 않다는 것을 알기 때문이다. 그래서 지금 회사에 몸담은 동안 그들과 많이 부대끼고 소통하면서 생각의 그릇을 넓히고 반짝반짝 윤이 나도록 갈고닦을 계획이다.

인간은 정신과 육체로 이루어져 있다. 정신과 육체는 어느 것이 먼저라는 우선순위가 없다. 생태계가 순환되는 것과 같이 인간의 정신과 육체는 상호 유기적이고 보완적이다. 몸이 피곤하면 생각이 멈추고, 정신이 깨어나면 몸이 움직인다. 이렇게 인간은 완벽하지는 않지만 완벽해지려는 과정을 사는 것이다. 나는 깊이 사색하는 사람이 되어야 한다고 주장한다. 깊은 생각(사색)은 우리들의 의식을 깨우고 행동을 일으켜 우리의 삶을 좀 더 완전하게 만들어 줄 것이 틀림없기 때문이다.

제 3 장

행동하는 맛

: 닥치고 독서하라

01

독서는 습관이 아니다

사람들은 독서를 습관으로 만들고 싶어 한다. 하지만 매번 실패를 거듭하고, 다시 새해가 되면 올해는 반드시 해내겠다는 구호 아래 다짐을 반복하고 있다. 왜 우리는 독서를 습관화하고 싶어 하지만 그러지 못한 채 다짐만 하고 있는 것일까?

우리는 독서가 삶에 도움이 된다는 것을 알고 있지만, 독서를 자신의 행동 목표의 1순위에 놓기에는 당장 처리해야 할 중요한 일들이 너무 많기 때문에 매번 독서를 미루게 된다. 바로 이 사실이 여태껏 여러분이 독서를 습관화하지 못한 이유다. 반대로 생각해보면 독서를 자신의 행동 1순위에 두기만 하면 독서를 습관으로 만들 수 있다. 그렇다면 독서를 내 행동의 1순위에 두는 것은 어려울까?

자신의 생활방식을 변화시키는 것은 아무리 사소한 것이라도 큰 결단이 필요하다. 양치질을 예로 들어보겠다. 처음 양치질을 배울 때 위아래 방향으로 양치질을 해야 한다고 배웠다. 하지만 나는 그러지 못하고 좌우로 양치질을 했다. 매번 거울을 보며 양치질을 할 때마다 위아래로 해야 한다는 것을 알지만 손에 익숙하지 않아 제대로 닦이지 않는 것 같았다. 그래서 위아래로 해보려고 시도는 했지만 이내 익숙한 옆으로 양치질을 했다. 지금 나는 위아래로 양치질을 한다. 수십 년간 옆으로 양치질을 했더니 잇몸이 망가져서 더는 위아래로 마사지하듯 양치질을 하지 않으면 잇몸이 아프기 때문이다. 통증을 느끼게 된 후 기존의 방식이 잘못되었음을 자각했고 방법을 바꿨다. 결국, 통증이 오랜 습관을 변하게 만든 것이다. 그런데 위아래로 양치질하는 습관 또한 시간이 지나다 보니 익숙해졌다. 이제 위아래로 양치질하는 것이 손에 익어 더는 불편하지 않다.

독서도 양치질과 똑같다. 물론 독서를 하지 않는다고 내 몸에 통증이 오지는 않겠지만, 어느 순간 여러분은 옆에 있는 동료와 생각의 차이를 느끼게 될 것이고, 그 원인이 독서량 때문이라는 것을 깨닫게 될 것이다. 아차하며 깨닫게 된 그때가 너무 늦은 것은 아니지만, 차이를 자각하기 전에 먼저 시작할 수 있다면 여러분은 소중한 자신의 시간을 벌게 될 것이다.

지금부터 내가 얘기하는대로 한번 따라 해보자. 자신의 생활에 있어 1순위라고 생각하는 것이 무엇인지 이 페이지의 여백에 적어보자. 꼭 써보자. 1개도 좋고 10개 20개도 좋다. 다 쓴 뒤 하나씩 천천히 읽어보자. 여러분은 자신이 써놓은 것들을 위해 자기 시간을 사용하며 살고 있는가? 오늘 하루, 잠을 깨면서부터 이 시각까지의 소비했던 시간이 자신이 써놓은 중요한 것들을 위해서 행동한 시간인가? 아마도 그렇지 않을 것이다. 그 이유는 바로 현실에 타협했기 때문이다. 머릿속 생각은 항상 이상을 좇고 있지만, 행동은 주저하고 있다. 여러분은 변화를 결단하지 못하고 계속 "언젠가"라는 단어에 기댄 채 하루를 넘기고 있다. 나라고 특별한 재주가 있어서 제대로 결단하고 습관을 만들어가는 것은 아니다. 나 역시 사소한 것 하나 바꾸기조차 힘들다. 하지만 내가 조금씩 변하게 된 것은 내가 중요하다고 믿는 것에 시간을 쓰기 위해 곳곳에 작은 허들을 만들어 지속적으로 스스로를 자극했기 때문이다.

내 독서는 편차가 컸다. 연초에는 한 달에 20권을 읽다가 회사 일이 바빠지는 3월 즈음에는 3권도 힘들었다. 어떤 날은 5~6시간 동안 책을 읽고, 또 어떤 날은 온종일 리모컨이나 게임패드만 들고 있었다. 이렇듯 편차가 컸던 나의 독서를 고치고 싶었던 어느 날 나는 나에게 질문했다. '어떡하면 매일 꾸준히 책을 읽을 수 있을까?' 내가 찾은 답은 바로 가방과 알람이었다.

첫째, 자가용으로 출퇴근을 했기 때문에 회사에 가방을 들고 갈 일이 없었다. 보안이 철저한 회사라서 가방을 들고 다니면 가방 속에 저장 매체나 보안에 위반되는 물건이 없는지 신경 써야하는 것이 싫어서 신입사원 때 들고 다니던 가방을 없앴다. 하지만 독서습관을 위해 다시 가방을 들기로 했다. 가방 속에 항상 책 3권을 넣어서 다녔다. 책을 몸 가까이에 두면 관심이 옮겨간다는 심리를 이용했다. 출근하자마자 가방을 열어 책을 꺼내 책상 옆에 두고 시간 날 때마다 펼쳐보기로 마음먹었다. 처음 몇 주는 책을 들고 나르기만 했다. 아침에 책상 옆에 둔 책을 퇴근 시간 가방에 다시 챙겨 넣으면서 '오늘도 읽지 않았네.'라고 아쉬워했다. 그런 날이 계속되면서 또 하나의 허들을 설치했다.

두 번째가 바로 알람이었다. 휴대전화를 이용해 12:30, 20:30에 매일 알람이 울리도록 했다. 알람이 울리면 '독서할 시간'이라고 생각하기로 했다. 알람은 여러분도 꼭 한번 해보시길 권한다. 이렇게 설정해두면 알람이 얼마나 자주 울리는지 곧 알게 될 것이다. 시간은 똑같이 흐르지만, 이상하게도 약속된 시간은 참 빨리 다가온다. 이 알람은 내게 넛지효과로 작용했다. 회사 점심시간에 동료들과 잡담을 나누다가도 알람이 울리면 자리로 돌아와 책을 폈다. 10분, 20분 정도의 자투리 시간이지만 책을 읽기 시작했다. 저녁 8시 반 알람이 울리면 '오늘 내가 책을 얼마나 읽었던가?' 생각해보게 되었다. 그렇게 시작된 책 읽기가 결국 일주일에 3~4권을 수년째 꾸준히 읽게 했다. 생각보다 알람 효과는 크다. 왜냐면 생각은 언제든지 할 수 있지만, 또한 금세 휘발되기 때문이다. 스스로 무언가에 빠져있다 놓치게 되는 시간을 알람이 찾아준다. 뚜렷한 생각보다 흐릿한 메모가 낫다는 말과 일맥상통하는 것이다.

지금 나는 휴대전화에서 독서 알람을 지웠다. 이제는 독서가 내 몸에 자연스레 배었기 때문이다. 대신 운동시간을 설정해두었다. "건강"이라는 키워드를 챙겨보고 싶어졌기 때문이다. 가방 속에 책 3권은 여전히 들고 다닌다. 단지 책의 종류가 바뀌었을 뿐이다. 내 인생의 키워드로 생각하고 있는 "독서법"에 관련된 책 1권, 소설 1권, 마지막으로 자기계발서 1권 이렇게 3권을 챙겨 다닌다. 몇 페이지 읽지 못하는 날이 더 많지만 그래도 가방에 책이 있으면 마음이 편하다. 시간을 허투루 쓰고 있지 않다는 생각이 들기 때문이다. 가끔씩 갑작스럽게 생기는 출장이나 경조사로 인한 장거리 이동시간은 꿀이다. 그 시간은 오롯이 나의 즐거움과 성장을 위해 활용할 수 있는 틈으로 바뀌었다. 이렇게 생각이 변하면서 나는 점점 더 재미있는 시간을 살게 되었다.

나는 독서를 습관화하겠다고 마음먹었고, 방법을 고민했고, 두 가지 방법을 활용하여 독서를 내 몸에 붙였다. 그런데 붙이고 보니 독서는 더는 습관이 아니라는 생각이 들었다. 밥을 먹고 잠을 자고 사랑을 하고 말하고 웃고 우는 것이 습관의 영역이 아니듯 독서도 어느덧 습관이 아닌 생활의 영역으로 자리 잡았다. 책을 읽는 사람들이 독서를 왜 습관이라고 하지 않는지 이제 조금 알 것 같다.

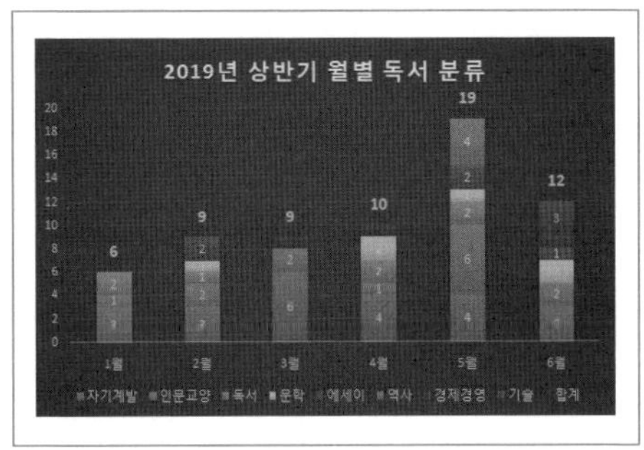

제임스 클리어의 『아주 작은 습관의 힘』에 이런 구절이 있다.

"한 번은 걸러도 절대로 두 번은 거르지 마라. 절대 0으로 만들지 마라. 손실이 그동안의 성과를 먹어치우게 두지 마라"

여러분은 책을 읽는 습관을 만들기 위해 분명 노력하고 있을 것이다. 그 노력을 절대 0으로 만들지 않기를 바란다. 매번 결심과 포기라는 반복했던 실패를 벗어나기 위해 자신만의 조그만 허들을 만들어보길 바란다. 분명 독서습관을 몸에 붙인 당신은 과거의 자신과 다른 모습으로 변할 것이다. 왜냐하면, 독서는 세상에서 가장 아름다운 습관이기 때문이다.

02

눈보다는 손이 책을 읽는다

학생 때 "깜지"라고 불리는 숙제가 있었다. 연습장 앞뒷면에 빽빽하게 글씨를 채워서 종이가 까맣게 보이게 만들어 선생님께 제출하는 숙제였다. 영어 선생님께서 단어 외우기 깜지 숙제를 자주 내주셨다. 연습장 가득 볼펜으로 같은 단어를 수십 차례 적으면서 눈으로 읽고 입으로 발음하는 암기 방법이었다. 몇 개월간 이 방법으로 암기를 해보니 효과적이어서 자연스럽게 연습장에 손으로 직접 쓰면서 기억하는 공부법에 익숙해졌다.

또, 중요한 부분에 밑줄을 그어 복습할 때 쉽게 찾을 수 있도록 했다. 빨강, 파랑, 검정 세 가지색 볼펜을 활용하여 반드시 암기해야 할 것(빨강), 중요해서 다시 읽어봐야 할 것(파랑)을 구분하여 밑줄을 그었다. 선생님의 설명이나 이해에 필요한 부분은 검은색 볼펜으로 필기하여 교과서를 노트처럼 활용했다.

대학에서 전공과목을 공부하는 방법도 중고등학생 때 잡혔던 공부법에서 크게 벗어나지 않았다. 달라진 점은 책이 원서라는 것과 숙제를 리포트라고 부른다는 것 정도였다. 여전히 교재에 줄을 긋고 연습장에 문제를 풀어가면서 암기하고 시험을 치렀다.

회사 일을 하는 지금도 비슷하다. 물론 학생 때처럼 교과서가 있는 것은 아니지만 노트에 하루하루 중요한 일정과 암기해야 할 각종 수치표 그리고 추진 중인 업무를 중요도와 긴급도 순서로 정리하고 있다. 이렇게 공부나 일을 진행하는 내 방식은 학창시절 만들어졌던 공부법의 범위에서 크게 벗어나지 않고 수십 년간 이어지고 있다.

책을 읽는 것을 공부라고 생각해본 적이 없었다. 독서는 하나의 즐거움이었기 때문이다. 20대까지 내가 읽었던 책은 대부분 문학이었다. 문학은 주인공들의 말과 행동이 만들어내는 사건을 따라가며 차곡차곡 이해하면 되기 때문에 줄을 긋거나 따로 메모할 필요가 없었다. 소설을 읽으면서 펜을 쥐고 밑줄을 긋는다거나 여백에 메모한다는 건 좀 웃기지 않는가? 그런데 그래야 하는 책이 생기기 시작했다.

세계문학을 읽으면서 너무 많은 등장인물과 길고 복잡한 이름 때문에 이야기의 흐름을 놓치는 경우가 잦았다. 그럴 때마다 나에게 맞지 않는 책이라 판단하고 책을 덮어 버리곤 했다. 그런데 이런 책들이 매스컴에서 자주 인용되는 것을 볼 때면 '읽으라는 계시구나.'라는 생각이 들었다. 『카라마조프가의 형제들』이 바로 그런 책이었다. 3번쯤 실패를 거듭했을 때 오기가 생겼다. 그래서 연습장 한 장을 꺼내 주인공 3형제의 이름을 썼다. 그리고 그 이름 아래에 그들의 별칭을 썼고 등장하는 인물들과의 관계도를 그려나갔다. 메모하느라 흐름이 자주 끊기긴 했지만 1권을 마칠 때에는 등장인물의 이름과 그들의 관계에서 해방될 수 있었다. 그러자 그들의 이야기가 머릿속에 들어오기 시작했다. 펜과 손을 이용해 책의 뼈대를 잡아내자 비로소 내용이 눈에 들어오기 시작한 것이다.

역사소설도 비슷한 방식으로 시대의 흐름을 잡아내면서 읽었다. 『로마인 이야기』를 읽으면서 기다란 표를 하나 그려놓고 로마사와 비교하여 당시 아시아와 우리나라는 어떤 시기였는지를 찾아 넣었다. 이렇게 책을 읽어보니 이해가 쉬웠고, 과거에 읽었던 역사책들과 연결고리를 만들 수 있어서 지식이 늘어감을 느낄 수 있었다. 독서를 공부라고 생각해본 적이 없었지만 나도 모르게 공부를 하고 있었던 것이었다.

기록하고 정리하면서 책을 읽어가는 독서방법이 확실히 효과적이라고 느끼게 된 것은 경제경영 분야와 자기계발 분야의 책을 읽으면서였다. 놓치고 싶지 않은 문장을 만나면 파란색으로 줄을 그었고, 고민해 볼 문장은 빨간색으로 표시했다. 여백에는 읽는 순간 머릿속을 스치는 생각을 메모했고, 다시 정리하고 싶은 부분은 귀퉁이를 접어두거나 태그를 붙였다. 예전에는 책 한 권을 다 읽은 후 바로 새로운 책을 읽었는데, 이제는 읽었던 책의 접은 부분과 메모를 다시 읽으며 복습하게 되었다. 두 번째 읽기는 표시해둔 문장 위주로 훑어나갔기에 짧은 시간에 한 번 더 머릿속에 담을 수 있었다. 독서 정리 노트를 마련하게 되었고, 좋은 문장들을 수집해 내 생각과 함께 적어두었다. 노트가 쌓이면서 생각을 정리하는 방법이 늘었다. 읽은 책 중 주변에 추천하고 싶은 책은 블로그나 SNS에 기록하는 지금의 습관은 그렇게 생기게 되었다.

이렇듯 책 한 권을 두고 몇 번의 반복된 읽기 과정을 거치면서 생산되는 생각과 문장들이 독서의 질을 높였다. 나는 점점 깊은 독서로 나아가고 있었다. 이제는 거의 모든 분야의 책을 읽을 때 손에 펜을 들고 읽는다. 읽은 책이 늘어갈수록 내 손끝의 촉수는 더욱 예민해진다. 가끔은 책의 절반을 밑줄 그은 적도 있다. 밑줄이 늘어갈수록 생각이 다양해지고 깊어진다. 또, 생각이 많아질수록 쓰고 싶은 게 많아진다. 아마도 생각을 쓰면 쓸수록 내 글솜씨는 늘어갈 것이다.

강연에서 선배 작가들이 언급했던 "책은 사서 봐야 한다."라는 말을 자연스럽게 이해하게 되었다. 책을 읽으면 읽을수록 점점 더 책을 더럽히며 읽고 있다. 도서관에서 책을 빌려 읽으면서 연필로 살짝 줄을 긋고 문장을 모은 후 지우개로 지우고 반납하곤 했다. 내 책이 아니다 보니 마음에 드는 문장을 만난 그 순간 내 생각을 책에 바로 적어두지 못해 아쉬울 때가 많았다. 또, 그 순간의 노력과 흔적을 서재에 가둬두고 싶은 욕구도 한몫했다. 그래서 도서관에서 책을 대출하는 목적을 바꿨다. 도서관을 찾는 이유는 읽을 책을 빌리기 위한 것이 아니라 다양한 책을 구경하며 사고 싶은 책을 선택하기 위해서이다.

타이탄의 도구들
TOOLS OF TITANS
Tools of TITANS
<타이탄의 도구들>

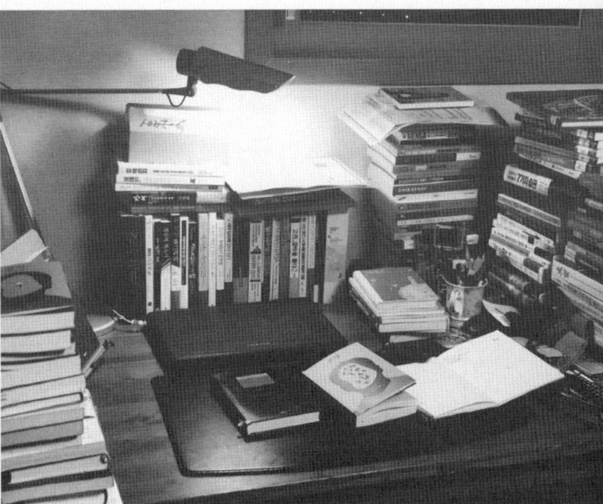

도서관을 들를 때마다 구매리스트에 정리해 둔 책을 빌린다. 또 여유가 되면 서가를 돌면서 제목과 목차를 훑어보고 관심을 끄는 책을 고른다. 이렇게 10~20권 정도를 골라 대출한 뒤 집으로 돌아와 서재에서 한 권씩 차근차근 다시 펼쳐본다. 몇 페이지를 읽어본 후 기대와 비슷하거나 호기심이 가는 책들은 서점에 재고가 있는지 확인하고 구매한다. 예상과 다른 책들은 정리해서 다음번에 도서관을 방문할 때 반납한다. 주중에 한두 번씩 퇴근길에 도서관에 들르는 습관은 이러면서 생기게 되었다.

지역 도서관을 이용하는 분들은 아시겠지만 요즘 도서관은 과거와 달리 여러 가지 다양한 서비스를 제공하고 있다. 별도의 카드 없이 스마트폰을 이용해 대출과 예약을 할 수 있다. 자주 들르는 도서관에 없는 책은 같은 지역의 다른 도서관에서 연계 대출도 가능해져 내가 관심을 두게 되는 책 대다수를 구할 수 있다. 또한, 신간이나 비치되어있지 않은 책은 구매 요청을 할 수도 있다.

내가 도서관을 더 좋아하는 이유는 서점에서 구하기 힘든 절판된 책들이 그곳에 있기 때문이다. 책을 읽다 보면 책 속에서 소개하고 있는 책을 읽어보고 싶은 경우가 종종 생긴다. 이런 책은 저자들이 과거에 읽은 책 중에서 좋았던 부분을 발췌하여 글을 쓴 경우가 많아서 지금은 절판된 경우가 많다. 이럴 때는 중고서점을 이용해야 하는데 가끔 시간이 걸려도 구하지 못하는 책이 생긴다. 하지만 도서관에는 절판된 책 대부분을 소장하고 있다. 도서관에서는 오랫동안 꾸준히 책을 구매하고 있었기 때문에 지금은 절판되었더라도 당시 구매해둔 경우가 많다. 따라서 오래된 지역의 도서관은 독서가들에게는 숨겨진 보물창고다. 이런 점을 활용해 절판된 책을 구해서 읽어보고 소장하고 싶다면 중고서점에서 시간을 두고 천천히 구하면 된다.

나는 한 달에 두세 번 정도 오프라인 서점을 방문한다. 매대에 놓여 있는 베스트셀러나 새로 출간된 책을 둘러보면서 현재 우리나라의 관심 동향을 읽는다. 서점의 매대는 현시대의 자유게시판이다. 그곳에서 현재의 키워드를 알아내고 지식인들의 신간을 둘러보면서 내 관심을 업데이트한다. 서점을 들를 때마다 관심이 가는 책이 몇 권씩 생기기 마련이다. 당장 사서 읽어보고 싶지만 나름 경제적이고 합리적인 우리는 인터넷서점이 더 저렴하다는 것을 안다. 할인율 때문에 인터넷으로 사겠다면서 구매를 미룬다. 하지만 책은 눈에 보일 때 바로 구매하기 바란다. 기억이란 휘발성이 강해서 잊어버리는 경우가 훨씬 많기 때문이다. 물론 합리적이고 경제적인 소비도 중요하지만, 그 책을 통해 얻게 될 통찰의 즐거움을 할인율 때문에 잃지 않았으면 좋겠다.

내가 구매한 책을 읽으면서 내 손으로 줄을 긋고 메모하며 내 머리로 생각하고 정리한다. 독서의 주체는 오롯이 나 자신이다. 눈으로 읽으며 머리로 생각하고 손으로의 행동을 멈추지 않는 이것이 내가 추구하는 진짜 독서법이다. 독서를 하나의 휴식의 수단으로 생각하는 사람들이 많다. 하지만 진짜 독서는 학창시절의 공부만큼이나 진지하고 치열해야 한다. "책을 읽었는데 남는 것이 없다."라고 하는 사람들은 자신의 책 읽기 방법에 대해 다시 한번 진지하게 고민을 해볼 필요가 있다. 독서를 통해 진짜 변화를 얻기 위한다면 말이다.

03

필사, 책을 머릿속에 통째로 넣는 방법

초등학교 때 경필 수업이 있었다. 당시 초등학생은 연필로 글을 써야 예쁘고 정확하게 글씨를 쓸 수 있다며 샤프펜슬을 사용하지 못하게 했다. 그 이유 덕분인지도 모르지만 바르고 예쁘게 글씨를 쓰고자 노력했고 지금까지 내 글씨는 보기 좋다. 노트를 본 사람들은 대부분 글씨를 잘 쓴다며 칭찬한다. 글씨를 보기 좋게 잘 쓰는 것은 내게 여러 이득을 가져다줬다.

대학에 입학했을 당시는 지금처럼 컴퓨터가 대중화되지 않았었다. 그래서 리포트를 제출할 때 매점에서 리포트 용지를 사서 손으로 직접 써서 제출했다. 친구들과 똑같이 베껴 써도 내 숙제는 항상 친구들보다 한 등급 정도는 높았다.

본격적으로 글씨 덕을 본 것은 군대에서였다. 신병 훈련소에서 수양록이라고 부르는 노트에 매일매일 일기를 써서 검사를 받았다. 며칠이 지난 뒤 교관이 나를 부르더니 글씨가 예쁘다고 칭찬하며 함께 교안을 만들자고 했다. 동기들은 훈련을 받고 나는 교안 만드는 일을 했다. 필수 훈련이 아닌 경우 나는 내무반에 남아 온종일 글씨를 썼다. 덕분에 온갖 힘든 얼차려와 작업, 청소에서 열외 되었다. 교관에게 받은 여러 종류의 과자 덕분에 동료들에게 인기도 얻었다.

자대 배치 후 인사 행정병으로 뽑힌 것도 글씨를 잘 쓰기 때문이라고 선임병이 말했다. 본격적으로 컴퓨터가 도입되어 워드 프로그램으로 문서를 만들기 전까지 나는 수많은 문서를 직접 손으로 썼다. 붓글씨처럼 펜글씨도 쓰면 쓸수록 늘어서 나만의 필체가 생겼고 써놓은 문서를 보면서 뿌듯해하기도 했다.

필사를 해보고 싶다는 생각이 들었던 적이 있다. 결혼 후 신혼여행을 마치고 처가에서 처음으로 머물렀던 날. 장인어른의 책상에는 한자가 빼곡하게 적힌 종이가 가득 놓여 있었다. 손톱보다 작은 글씨로 적혀있는 한자를 보면서 이게 무엇인지 물었더니 금강경을 사경 중이라고 하셨다. '사경'이란 불교 경전의 내용을 필사하는 것이다. 장인어른은 10년이 넘게 매일같이 새벽 시간에 사경을 하고 계셨다. 처음에는 글자 하나하나 보면서 쓰느라 시간이 오래 걸렸지만, 이제는 글자를 모두 외워 빠르게 쓸 수 있게 되었다고 말씀하셨다. 또, 사경 하는 동안 정신이 집중되고 마음이 평온해진다며 내게도 권하셨다. 그때는 그 말씀의 무게를 실감하지 못했다. 그래서 '사경을 해볼까'라는 생각은 했지만, 행동으로 옮기지는 못했다.

필사를 행동으로 옮긴 것은 처음 필사를 생각한 지 13년이 지난 2018년 가을이었다. 이때도 여전히 장인어른은 매일 새벽 사경을 하고 계셨다. 몸이 아프셨던 기간을 제외하고는 멈춘 적이 없으셨다. 그날 나는 새벽에 일어나 블로그에 글을 쓰고 있었다. 글을 쓰던 중 평소 알고 지내던 작가의 블로그를 우연히 둘러보게 되었는데 생텍쥐페리의 『어린 왕자』 필사를 완료했다는 글을 보게 되었다.

두 번이나 읽었던 책이었지만 나에게 『어린 왕자』는 좋았던 문장 몇 줄만 생각나고 더는 없었다. 그런데 방문자들이 인생 책, 가장 감동적인 책이라며 칭찬 일색의 댓글을 읽다 보니 나도 욕심이 났다. '왜 나에게는 그들이 느낀 감동이 전해져오지 않았던 걸까?' 그래서 나도 필사를 해보기로 했다. 물론 책이 얇았던 것도 내 결심을 다지기에 한몫했다. 만년필로 필사를 하면서 노트 사진을 찍어 가끔 블로그에 올렸다. 나이가 들면서 글씨체가 많이 변해서 20대에 가졌던 필체와는 많이 달라졌지만, 아직도 내 글씨는 볼만한지 수많은 분들이 내 글씨와 필사를 응원해줬다. 덕분에 즐겁게 필사를 마칠 수 있었다.

처음 필사를 해보면서 필사는 베껴 적는 것이라던 내 생각은 완벽히 틀렸다는 것을 깨우쳤다. 『어린 왕자』를 필사하면서 머릿속으로 계속 되뇌었던 생각이 바로 '아니, 이런 내용이 있었던가!'였다. 눈으로 읽었던 책과는 전혀 다른 내용의 『어린 왕자』를 만나게 된 것이었다. 총 27개의

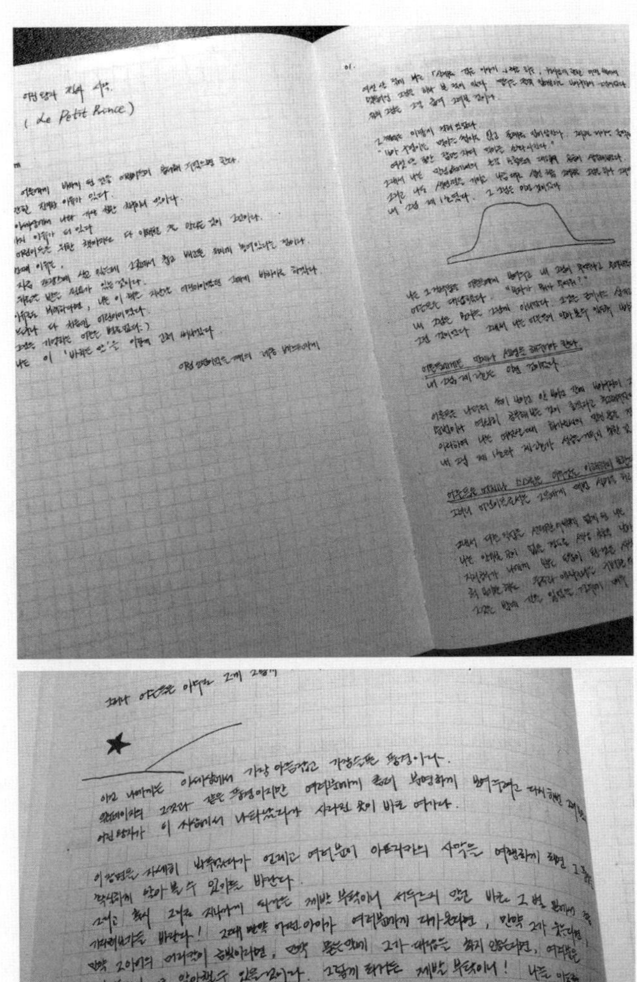
(Le Petit Prince)
2018. 12. 08. pm 2:59:06.
@starbucks

장으로 구성되어 있었는데 보통 1개의 장을 필사하는데 20분 정도 걸렸는데 뒤로 갈수록 필사가 점점 느려지게 되었다. 그 이유는 글을 쓰면서 계속 어린 왕자의 마음을 되짚어보고 있었기 때문이다. 생각이 너무 많아지고 점점 내가 어린 왕자의 마음이 되어가는 느낌이 들었다. 마지막 장의 필사를 마치면서 노트에 이렇게 기록했다.

"필사는 생각의 우물을 끌어올리는 두레박이다"

책을 필사하면서 계속해서 어른과 어린 왕자와의 생각 차이를 떠올렸다. 그리고 '나는 어떤 생각을 하고 있는가?'를 고민했다. 마지막에는 너무 몰입되어 필사를 끝내기가 싫었다. 그리고 필사에 대해서 다시 생각해보게 되었다.

필사는 손으로 글을 읽는 것이다. 손과 머리가 하나 되어 집중하다 보니 감정이 쉽게 이입되어 글의 이해도가 높아졌다. 단어 하나하나를 직접 써보니 문장에 사용된 형용사나 조사를 내가 직접 지어내는 것 같았다. 문장마다 여러 가지 생각이 머릿속에서 일어나기 시작했고 내 독서는 한층 더 깊어졌다. 결국, 생각의 무작위성(랜덤성)을 활용해 깊은 독서를 해볼 수 있는 좋은 계기를 마련해준 독서법이 바로 필사였다.

독서를 하면서 책을 베껴 적어야겠다고 생각을 해본 적이 없었다. 읽고 요약을 하는 것으로 충분하다고 느끼고 있었다. 그랬던 내가 이 한 번의 경험으로 필사를 예찬하게 되었다. 그리고 바로 노자의 『도덕경』을 연이어 필사했다. 장인어른처럼 80여 일간 매일 새벽에 일어나 필사했다.

『도덕경』은 어렵고 다양한 해석이 가능한 책이라서 한 번의 필사로 많은 것을 얻지는 못했지만 물과 나무, 그리고 자연에 대한 내 편견을 일갈해 준 것만으로도 충분히 만족한다.

여러분들에게 소개해주고 싶은『도덕경』의 한 구절이 있다.

"흙을 빚어 그릇을 만드는데 아무것도 없음(비어있음) 때문에 그릇의 쓸모가 생겨난다. 그러므로 있음은 이로움을 위한 것이지만 없음은 쓸모를 생겨나게 하는 것이다"

이 구절을 읽고서 여백이 가득한 동양화와 문학의 최고봉이라고 일컫는 시(時)를 생각했다. 만약 내가 위 문장을 직접 손으로 써보지 않고 눈으로 읽었다면 그냥 흘려버렸을지도 모를 문장이다. 왜냐하면, 처음 이 문장을 쓰면서 무슨 뜻인지 이해가 되지 않아서 곱씹어 몇 번을 다시 읽었기 때문이다. 책 한쪽 여백에 찻잔을 그려보고서야 "아" 하면서 무릎을 칠 수 있었다. 비단 필사가 최고의 독서법이라고 장담할 수는 없지만 깊이 있는 독서를 경험해보고 싶다면 필사를 권한다. 분명 필사는 아주 좋은 독서법임은 틀림없기 때문이다.

04

책을 읽은 후 무엇을 해야 하는가

독서는 변화의 마중물이다. 다시 말해 독서는 책을 읽음으로 완성되는 것이 아니라 실천이라는 행동을 통해 완성되는 것이다. 어쩌면 실천이 독서의 시작일지도 모르겠다. 독서를 계기로 내 몸과 머리를 움직이게 하여 변화를 끌어내야 한다. 그래야 "책을 읽고 변했다."라고 말할 수 있다. 그렇다면 우리는 지금까지 자신에게 해왔던 질문을 바꿔야 한다. "몇 권의 책을 읽어 왔는가?"가 아닌 한 권의 책을 읽었더라도 "무엇을 얻었고 뭐가 변했는가?"를 물어야 한다.

최근 나는 "운동"이라는 단어를 내 삶에 추가했다. 나는 지독하게 운동을 싫어하는 사람이다. 학창시절 체육이 가장 싫었다. 뛰기보다는 걷기를 걷기보다는 앉거나 눕기를 원했다. 특히, 구기 종목은 매번 나를 비참하게 만들었다. 혼자 하는 운동은 그래도 좀 낫다. 하지만 팀워크를 발휘해야 하는 단체 운동은 매번 나로 인해 팀이 지는 것 같아 불편했다.

그랬던 내가 이제는 "운동"을 위한 시간을 계획하고 있다. 물론 이유는 불어나는 체중과 나빠지는 건강 수치 때문이다. 운동해야 한다는 생각은 자주 했지만, 행동으로 전환하지 못하고 핑계만 대고 있었다. 그러던 어느 날 우연히 『세상을 바꾸는 15분』이라는 강연을 보게 되었다. 잠시 스쳐 간 영상이었지만 내 눈에 한 문장이 진하게 각인되었고, 들고 있던 수첩에 얼른 그녀의 이름을 적었다. 이런 날이 있다. 본능적으로 '이거다.'하는 날 말이다.

"체력 하나만 달라져도 인생의 많은 것들이 변한다." – 이영미 –

바로 이 문장이 나를 자극했다. 나는 곧바로 강연을 들었고 그녀의 책 『마녀 체력』을 주문했다. 책이 도착할 다음날까지 기다리자니 조급증이 나서 퇴근길 도서관에 들러 책을 대출했고 그날 저녁 다 읽었다. 책을 읽으면서 그녀의 이야기에 완전히 동화되었고 다음 날 바로 수영장에 전화를 걸어 강습 신청을 예약했다. 그렇게 시작한 수영 강습이 벌써 3개월째다. 그녀의 운동 방법 "조금씩, 천천히, 하지만 꾸준히"를 나 역시 따라 하며 조금씩 내 생활에 운동을 채워 넣고 있다. 이렇듯 그녀의 책이 나를 행동하게 했다. 그리고 그녀를 알게 되면서 그녀의 활동을 하나하나 찾아보게 되었다. 그녀는 출판 에디터로 활동 중이면서 트라이애슬론에 참가하는 선수라서 특히 관심이 많이 갔다. 포털사이트를 통해 나와 비슷하게 『마녀 체력』을 통해 운동을 시작한 사람들의 이야기를 찾아보게 되었다. 블로그와 SNS를 활용해 그녀의 책 리뷰를 공유했고 운 좋게도 그녀가 직접 내 SNS를 방문해서 답글을 남겨주기도 했다. 이런 피드백들이 내가 꾸준히 운동하는데 톡톡한 자극제 역할을 하고 있다.

이영미 작가를 알게 되면서 연결된 또 다른 에피소드도 있다. 그녀의 책에 살짝 언급된 〈인생 학교〉 이야기를 통해 손미나 작가에 대한 관심이 다시 일어났다. 이영미 작가와 손미나 작가는 친한 사이로 손미나 씨가 운영했던 〈인생 학교〉의 강사로 이영미 작가가 활동한 적이 있었다. 덕분에 내 서재에 오래 묵혀두었던 손미나 작가의 책 『스페인, 너는 자유다』에 관심이 갔다. 그래서 앞서 감동하였다고 언급했었던 이 책을 읽게 된 것이다. 그녀의 책을 읽으면서 스스로 쌓았던 성을 비우고 떠날 수 있는 결정을 내린 그녀가 거인으로 보였다.

2002년 온 나라가 월드컵으로 흥분에 젖어있던 그때 나는 미국의 한 대학도시에서 어학연수 중이었다. 대학 졸업을 미루고 싶었던 마음에 부모님을 설득해 떠나온 연수였지만, 아는 사람 하나 없는 외국에서 1년을 넘게 버텨야 한다는 것은 두려움이었다. 물론 내가 선택했기에 오롯이 내가 감당해야 했고, 귀국할 때는 지출한 돈과 부모님의 기대만큼의 성과도 있어야 했기에 떠나는 마음이 가볍지는 않았다. 하지만 두려움은 착실한 준비로 상쇄시킬 수 있다고 믿었고, 친구는 사귀면 되고, 언어는 자신감이면 된다고 생각했다.

결론부터 얘기하자면 나는 13개월의 연수를 무사히 마쳤고 제법 괜찮은 영어 실력과 멋진 추억 그리고 자신감을 가득 안고 귀국했다. 연수 기간 많은 시련이 있었고 무작정 버티며 노력하느라 힘들기도 했지만, 돌이켜보니 매 순간이 즐거움이었다. 떠날 때는 자유라고 말할 용기가 없었지만 돌아올 때는 그 기간이 자유였다고 느꼈다. 손미나 작가가 스페인 유학을 통해 10년 웃을 웃음을 얻을 수 있었던 것처럼 나는 연수 기간 내 인생 최고로 값진 여행경험과 새로운 분야의 사람들을 많이 남겼다.

손미나 작가를 통해 다시 일어난 도전에 대한 내 열정은 그녀가 출연하는 강연장으로 나를 이끌었고 그녀의 이야기를 경청했다. 책을 통해 상상했던 그녀의 삶과 강연장에서 직접 들으며 느껴본 그녀의 삶의 온도가 다르지 않아서 행복했다. 바쁘게 떠나는 그녀를 붙잡아 내 책 한 권을 선물하기도 했다. 지금, 이 순간도 떠남이 간절한 나라서 그랬을까? 현재 내가 무엇을 주저하고 있는지 다시 한번 돌아보는 계기를 마련해준 책이 바로『스페인, 너는 자유다』였다.

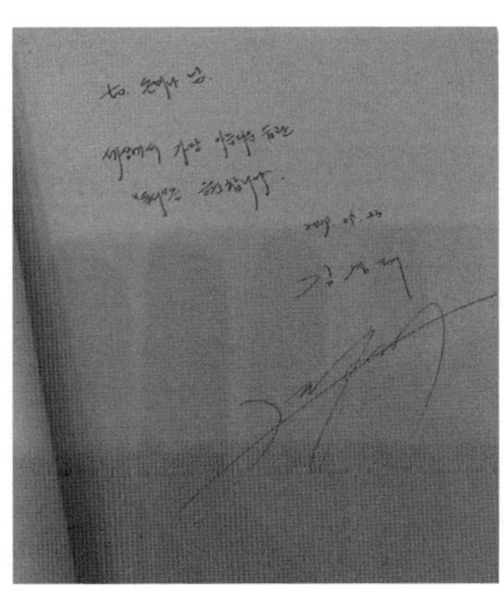

하나의 문이 닫히면 또 다른 문이 열린다고 했다. 나는 다시 떠남을 계획하고 있다. 내 걸음 뒤에 닫힐 문과 내 앞에 새롭게 열릴 문을 기대하며 하루를 살아가고 있다는 사실이 기쁘다. 최근에는 그녀가 스페인행을 택하게 된 결정적인 계기를 마련해 준 무라카미 하루키의『먼 북소리』를 읽고 있다. 이 책도 나에게 분명 새로운 결정과 좋은 행동을 마주하게 해줄 거라 믿는다.

내가 확실히 말할 수 있는 것은 독서는 변화가 목적이라는 것이다. 지식과 즐거움을 위해 책을 읽지만, 그 뒤에 반드시 깨달음이 있어야 한다. 누군가에게는 웃음이 깨달음일 수도 있고, 누군가에게는 슬픔이나 분노가 깨달음일 수도 있다. 또 어떤 이들에게는 이러한 감정이 생기게 된 이유나 가치가 깨달음일 수도 있다. 결국, 독서를 통한 깨달음이 우리를 지금보다 조금 더 깊고 높은 사유의 영역으로 인도한다. 우리는 이 깨달음의 빈도와 밀도를 높이기 위해 더 많은 책을 읽는 것이고, 그 촉을 더욱 더 예리하게 벼리기 위해 다양한 분야의 책을 읽는 것이다.

독서를 통한 변화는 시간에 정비례하는 함수라고 말하고 싶다. 때론 갑작스레 찾아오기도 하지만 대부분은 아주 천천히 오랜 시간에 걸쳐 나타난다. 그래서 독서를 통해 변화를 느낀 사람들은 오랜 시간 꾸준히 독서를 해온 사람들이다. 내가 언급한 경험이 너무 개인적인 행동 변화의 이야기라 깊이 공감할 수 있을지는 모르겠다. 하지만, 행동을 부추기는 글이 잘 쓴 글이며, 행동하게 만드는 책이 좋은 책이라는 사실은 변치 않으니 잊지 말고 지금부터라도 행동을 위한 독서를 시작해보기 바란다.

05

이제
진짜 공부가 시작된다

"어른이 되면 진짜 공부가 시작된다."

고등학생 때 담임선생님께서 말씀하신 문장이다. 당시 입시로 인해 스트레스받고 있던 우리들에게 지금 성적이 미래의 삶에 절대적 영향은 주지는 않을 것이라며 건넨 말이었다. 지금의 성적이 현재의 진로를 결정할지는 몰라도 꼭 그 길만 가야하는 것은 아니라는 말을 덧붙이셨다. 공부에 지쳐가고 있었고 교실에만 앉아 있기에는 너무 혈기왕성한 청춘이었기 때문에 선생님께 "우리 중 누가 제일 부자가 될 것 같은가?" 같은 질문을 던지면서 공부에 찌든 교실의 분위기를 전환했던 추억이 떠오른다.

고등학교를 졸업한 지 30년이 다 되어가는 지금 갑자기 이 문장이 기억났다. 이젠 내가 담임선생님의 나이가 되었다. 전람회 2집에 수록되어 있는 〈10년의 약속〉 노랫말처럼 10년 후 다시 만나자 다짐했던 졸업식의 약속은 세월 속에서 잊혔고, 매일 12시간이 넘도록 함께했던 친구 중 연락이 닿는 녀석은 1명뿐이다. 그때 우리 반 녀석들 대부분은 그 시절의 성적이나 전공과는 전혀 다른 삶을 살고 있을 것이다. 나처럼.

대학을 졸업할 때까지 내 공부는 머릿속에 지식을 채우는 것이었다. 관심도 없던 화학공학과에 진학했고, 졸업을 위해 온갖 공식을 외웠다. 이해하지 못하는 문제들을 기억력에 의존해 풀었고 적당한 학점을 받고 졸업했다. 고등학교 때까지는 수학과 영어에 관심이 많았지만, 대학생이 된 후 문학과 사회에 관심이 커져서 전공을 제쳐두고 그 분야에 열중했다.

선생님이 말씀하셨던 진짜 공부는 회사에 들어오면서 시작되었다. 회사는 지금까지 내 머릿속에 들어있던 지식을 무시했고, 아이가 걸음마를 배우듯 아주 기초적인 것부터 다시 가르쳐주기 시작했다. 머릿속으로 이해하고 있는 지식이라도 구현되지 않으면 쓸모없는 지식이라는 것을 그때 알았다. 회사는 생산자를 원했다. 책에서 배운 지식을 현실에서 구현할 방법을 찾는 것이 내가 해야 할 진짜 공부라는 것을 그때 깨달았다.

비단 회사뿐만이 아니었다. 부모님으로부터 독립하고 한 가족의 가장이 되면서 내가 처리해야 할 일들이 조금씩 늘어가기 시작했다. 이런 일은 학교에서 배운 적이 없었다. 살면서 겪게 되는 여러 상황에서 예고 없이 발생하고, 오롯이 내가 풀어야 하는 문제들이었다. 이런 문제들을 하나씩 풀게 되면서 진짜 인생 공부를 시작하게 되었다.

인생 공부는 나 혼자 책을 뒤져 답을 찾기보다는 이 문제를 먼저 겪어본 사람을 찾는 데서부터 시작되었다. 내 문제였지만 내가 아닌 다른 사람의 경험과 의견을 통해서 실마리를 찾고 문제를 해결해나갔다. 이런 경험의 반복을 통해 나는 점점 어른이 되어가는 공부를 하고 있었다. 이것을 통해서 가장 크게 깨닫게 된 것은 "아는 것에 그치는 것은 아무것도 하지 않는 것과 같다."라는 것과 "저절로 이루어지는 것은 아무것도 없다."라는 것이었다. 또한, 학창시절의 공부는 다양한 지식을 머릿속에 넣는 것보다, 평생 공부하는 습관을 만들기 위한 연습이었다는 걸 알게 되었다.

뭐든 혼자 처리하는 것에 익숙했던 나는 인생 공부를 하면서 내 의지와는 다르게 여러 사람들에게 자꾸만 휘둘렸다. 사소한 것 하나도 손해보기 싫어하는 사람이 이렇게 많은 줄 몰랐다. 믿음 때문에 사람에게 상처받았고, 거절을 못 해 숙제를 잔뜩 짊어지고 힘들어하는 일이 잦았다. 능력 밖의 일이었지만 죽이 되든 밥이 되든 나 혼자 처리하려고 발버둥 쳤다. 지쳐가는 내 모습을 지켜보던 아내는 화를 내고 싫은 소리를 하라며 못마땅해했다. 아내는 이런 나를 이해해줄 것이라 믿었는데 그렇지 않은 태도에 더 좌절하기도 했다. 어릴 때 작고 왜소했던 탓에 본능적으로 화를 내기보다는 겸연쩍은 웃음으로 상황을 자주 모면해왔기 때문에 나는 화내는 모습이 매우 어색하다. 가족이나 지인 몇 명을 제외하고는 내가 화를 내는 모습을 본 사람은 없다. 이런 나였기 때문에 풀지 못하고 계속 쌓여만 가는 문제들로 나는 점점 더 고갈되어갔다.

우울했던 시기에 사람들과의 관계를 풀어보고자 읽었던 책을 통해 독서의 효능을 새삼 깨닫게 되었다. 겉으로 강인한 척했지만 사실 나는 연약한 온실 속의 화초였고, 타인들에게 미움받는 것을 두려워하고 있었다는 것을 책을 통해 깨닫게 되었다. 『미움받을 용기』, 『나는 까칠하게 살기로 했다』, 『완벽하지 않은 것들에 대한 사랑』과 같이 자존감을 일깨우고 잔잔하게 나를 보듬어주는 책을 많이 읽었다. 이런 책을 읽으면 귓가에 바람 소리가 들리는 것 같았다.

악착같이 이겨내기보다는 흘려보낼 수 있는 마음을 가져야겠다고 결심한 후 상처받았던 내 마음은 봄날 얼었던 땅이 녹듯 서서히 치유되어 갔다. 사람들과의 관계도 조금씩 회복되었고 좀 더 두터워졌다. 그러면서 하고 싶었던 일과 공부에 다시 집중할 수 있게 되었다. 이 시기를 겪으면서 마음치유에 관련된 책과 작가의 생각이 담긴 에세이를 매월 한두 권씩 꼭 읽게 되었다. 무언가 열심히 하고 있지 않으면 불안해하고, 휴식이 불편했던 내 심리가 쉼을 진짜 휴식으로 느낄 수 있는 여유로 조금씩 변하게 된 건 모두 이 책들 때문이었다.

임경선 작가의 에세이 『태도에 관하여』에는 이런 문장이 있다.

"인간관계에서 무리하면 안 되는 이유는, 무리한 대가를 언젠가는 상대에게 딱 그만큼 받아내려고 하기 때문이다."

"어떤 일을 하더라도 일의 본질은 같다. 최선을 다해야 하고, 사람들과 조율할 줄 알아야 하고, 규칙을 따라야 하며 스스로 통제할 줄 알아야 한다."

더 좋은 결과를 위해 무리한 시도를 하지 않고 적당히 흘려보내기로 마음먹은 내 결정이 잘못된 결정이 아니라는 것을 이 문장을 통해 재확인할 수 있었다. 또, 일과 공부에 임하는 자세에 있어서 가장 중요한 것은 "기본을 충실히 하는 것이다."라는 내 생각과 작가의 생각은 정확히 일치했다.

우리는 생각보다 많은 것을 누리고 살지만 동시에 많은 것을 포기하고 산다. 누리는 것은 당연하다고 생각하지만 포기하는 것에 대해서는 아쉬워하고 놓지 않기 위해 악착같이 노력한다. 남보다 앞줄에 서야, 남보다 더 가져야 행복한 삶이라고 배워왔다. 하지만 불혹이 넘은 지금 생각해보면 앞서 말한 행복은 수많은 행복 중 한 가지 방법일 뿐이다. 남보다 앞에 서지 않고도 얻을 수 있는 행복은 넘쳐난다. GDP 1위의 부자 나라가 세상 사람들이 가장 살고 싶은 나라는 아니듯, 한 줄로 서서 하나의 방향만 보며 경쟁하는 것이 이제는 우리의 삶에 행복감을 더 높여주지 못한다. 1과 2 사이에도 무한의 숫자가 숨어있듯, 우리들의 인생도 자신만의 방향과 방법으로 충분히 행복할 수 있다.

정해진 방법 안에서만 답을 찾기 위해 고민하지 말자. 좀 더 넓고 깊게 생각해보자. 그리고 주변 사람들을 경쟁과 비교의 대상이 아닌 협력과 공감의 동반자로 여기자. 그들을 통해 진짜 멋진 인생 공부를 시작할 수 있었으면 좋겠다. 물론 직접 경험하는 것이 가장 값지고 보람되다고 생각할 수도 있지만, 책을 통해 여러 분야의 생각을 접하고 자신의 인생에 그 깨달음을 접목해보는 것도 충분히 괜찮은 방법이다. 물론 책을 읽는 즐거움은 덤이다.

06

책에서 배운 교훈을 일상에서 실천하라

『일년만 닥치고 독서』 출간 후 많은 분들로부터 다양한 피드백을 받았다. 가깝게는 부모님부터 친구, 친척, 학창시절 소식이 끊겼던 친구들 그리고 이제까지 나와의 인연이 없던 많은 독자분들까지. 한 분 한 분에게 모두 답장을 드리지는 못했지만, 정성을 다해 문의하신 질문에 답변을 드리려고 노력했다. 악플보다 무서운 것이 무플이라고 했듯, 나에게 보내준 관심은 분명 서로에게 피와 살이 되는 것이라 믿었기 때문이다. 이 분들 중 조금은 특별했던 몇 분을 소개해 보려고 한다.

첫 번째 분은 자신의 꿈을 위해 교사라는 직업을 던지고는 새로운 도전을 시작하고 계신 분이었다. 자신감으로 출발한 도전이었지만 실패한 후로 방향을 잃고 좌절하고 있을 때 친구로부터 읽어보라며 건네받았던 내책에서 처방전 같은 문구를 발견했다고 했다. 그녀는 책을 읽고 최소 하루 한 권의 책을 읽겠다고 결심을 했지만, 이것마저 쉽지 않아 점점 좌절의 늪에 빠지고 있었다. 과연 이렇게 책만 읽는 것이 도움이 될지, 단지 시간만 허비하는 것이 아닌지 불확실하다고 했다. 단지 새로운 도전이 두려워 익숙해진 독서만 붙들고 있는 것 같다고 했다.

편지를 읽은 뒤, 나는 그녀가 반드시 자신의 도전에 성공할 것을 예감했다. 이유는 자신의 도전에 대한 고민의 깊이가 겉핥기 수준이 아니었기 때문이다. 불안의 원인이 자신의 마음에 있다는 것을 깨닫는 중이었기 때문에 주변으로부터 "잘될 거야."라는 응원의 메시지만 있다면 이겨낼 것이라 짐작했다. 나는 그녀에게 "꾸준함"과 "작은 성공"에 대한 응원의 메일을 보냈다.

두 번째는 고등학교 친구 녀석이다. 책 출간을 했을 때 친구 중에 작가가 생겼다며 자랑스럽다고 추켜세워주던 친구인데, 가끔 만날 때마다 내 책 덕분에 책을 꾸준히 읽고 있다며 고맙다고 자주 술을 샀다. 회사 동료들에게 내 책을 선물했는데, 책을 읽은 뒤 함께 공감하고 행동하는 사람들이 생겼다고 좋아했다. 녀석은 지난 1년간 약 70권의 책을 읽었고, 자신이 읽고 좋았던 책을 내게 권하기도 했다. 덕분에 우리는 만날 때마다 서로에게 책을 추천하며 바쁘다는 핑계로 소원했던 관계가 부쩍 가까워지게 되었다.

또 한 분은 내 고향 부산에서 한의원을 운영하시는 분이다. 이분의 메일을 받고 놀랐던 것은 책을 대출한 도서관이 내 고향 집 뒤에 있던 예전에 내가 자주 다니던 도서관이었기 때문이다. 그곳에 내 책이 비치되어 있었다는 것에 놀랐고, 나이 차는 있지만 같은 지역에서 비슷한 꿈을 꾸며 학창시절을 보내온 분을 만나서 기뻤다. 이분은 어린 시절 책을 무척 좋아했는데, 고등학생이 되면서 공부에 치여 책이 마음 한구석에서 멀어지게 되었다고 했다. 다행히 내 책을 통해 독서 열정이 다시 타오르기 시작했다며 자신도 준비하여 한의학의 한 분야에 관해 책을 쓰겠다고 했다. 그리고 얼마 전 곧 책을 출간하게 되었다는 연락을 받았다.

내가 추구하는 독서에 관한 생각을 내 경험과 엮어 풀어쓴 책이 이렇게 독자들에게 영감을 주게 되고, 생각을 변화시키고, 행동을 부추기게 되었다는 사실에 큰 만족감을 얻었다. 그와 동시에 펜의 영향력에 놀랐고 독서와 글쓰기에 더욱 노력해야겠다고 다짐했다.

첫 번째 책 『일년만 닥치고 독서』에서 언급했듯 여러분들은 책을 읽고 얻게 된 생각의 조각들을 어떻게 조합하여 일상에 접목하고 있는가? 혹시 마지막 페이지를 덮으면서 뭉게구름처럼 일어났던 생각들까지 덮어버리지 않는가? 만약 그렇다면 지금까지 해오던 독서방법을 조금 바꿔볼 필요가 있다. 여러 번 말했듯 생각은 휘발성이 강하기 때문에 책을 읽은 뒤 갖게 된 새로운 생각을 다른 행동으로 전환하지 않고 거기서 멈추게 된다면 독서는 하나의 즐거운 여가에 그치게 된다.

좋았던 문장을 다시 읽고 메모를 하는 것도 좋지만 꼭 한번 권해보고 싶은 것은 정말 마음이 움직이는 책을 만났다면 저자에게 연락을 해보라는 것이다. 여러분이 지금까지 시도하지 못했듯, 저자에게 문자메시지나 메일을 보내는 사람은 극히 드물다. 마찬가지로 작가들은 여러분의 예상보다 독자들로부터 메일을 받는 경우가 드물다. 그래서 메일을 받은 작가는 답장할 것이다. 물론 무시하는 작가들도 간혹 있겠지만 3번만 시도해보자. 반드시 2~3건의 답장을 받게 될 것이다. 여러분들은 기대하지 않았던 작가의 답장을 통해 다음 단계의 독서를 시작할 수 있는 동력을 얻게 될 것이다.

받게 되는 답장의 내용이 중요한 것이 아니다. 연락을 시도하는 행동, 작가에게 메시지를 쓰면서 갖게 되는 읽었던 책에 관한 생각, 그리고 답장에 대한 기대감이 그 책을 여타의 책들과 다른 별도의 기억 창고에 각인시킬 것이다. 작가로부터 답장을 받게 되고 그것이 인연이 되어 강연이나 상담에 초대받게 될 수도 있다. 간혹 자필로 사인 된 저서를 선물받기도 한다. 이렇듯 기존에 해오던 독서에서 한 걸음 더 내딛게 되면서 여러분의 독서 열정은 강해지고 책에 대한 애착은 커지면서 독서습관은 조금씩 완전한 모양을 갖추게 될 것이다.

대한민국 독서습관에 큰 영향을 미쳤던 이지성/ 정회일 작가의 『독서천재가 된 홍 대리』를 읽어보면 독서의 다음 단계로 10명의 멘토를 만나라는 내용이 있다. 나 역시 이 책을 읽으면서 지금 여러분들이 갖게 된 생각과 똑같은 생각을 했다.

'책은 읽겠는데, 어떻게 작가와 연락을 하고 찾아가서 만날 수가 있어! 그렇게 유명한 사람이 나를 만나줄까?'

잔뜩 의심이 들었지만, 이메일을 보내는 것은 큰 노력 없이 시도해볼 수 있었기 때문에 반신반의하며 메일을 보냈다. “과연?”이라는 생각으로 몇 줄 적었던 메일에 “감사합니다.”로 시작하는 장문의 회신을 받았다. 첫 메일을 받고 너무 행복했고 그 작가가 쓴 다른 책들을 연달아 읽게 되었다. 그렇게 작가들과 몇 통의 메일을 주고받으면서 그들의 강연 소식도 받게 되고 초대 메시지도 받게 되었다. 대형서점에서 주최하는 사인회에 참석하여 사인을 받을 때 내 이름을 이야기했더니 친구를 만난 것처럼 반갑게 맞아주셨고, 꼭 연락하라며 전화번호를 남겨주기도 했다. 이런 작은 행동들이 내 독서 열정에 기름을 부었고 결과적으로 나는 이렇게 책을 쓰는 작가가 되었다.

크고 거창하게 시작해야만 좋은 결과를 얻는 것은 아니다. 사소한 행동, 별것 아닌 몇 줄의 글, 무심코 남긴 SNS의 댓글 하나가 시작이다. 지금까지 내 삶에 없었던 작은 시도가 관심과 시간을 만나면 뿌리를 내리고 잎사귀를 만들고 가지로 자라고 꽃이 되고 열매가 되는 것이다. 나의 시도가 어떤 변화를 가져올지는 아무도 모른다. 모르기 때문에 불안하고 괜한 짓 같지만, 모르기 때문에 무궁무진한 가능성을 기대해볼 수 있다.

책을 읽어 지식을 얻고, 즐거움을 얻고, 새로운 생각을 얻었다면 그것들을 지금의 나에게 접목해보자. 내 행동을 바꿀 무언가를 계획하고, 엉뚱하더라도 몸을 움직여 어제까지 시도해보지 않았던 것에 도전해보자. 한 번의 시도로 큰 변화를 얻지는 못하겠지만, 두 번 세 번 횟수가 늘게 되면 분명 달라진 자신을 느끼게 될 것이다. 결국, 독서는 행동을 통해 내 속에 숨겨져 있던 자신을 깨닫게 되어 변화로 나아가는 것이다. 그게 바로 독서의 지향점이며 최고의 즐거움이다.

07

닥치고 독서하라

나는 "닥치고 독서"를 내 삶의 키워드로 정했다. 이번 장에서는 그 이유 3가지에 관해서 이야기해 보려고 한다.

1. 역지사지(易地思之) : 남과 처지를 바꾸어 생각해보다

어린 시절 나는 누구보다 이기적인 놈이었다. 내 잘난 맛에 살았고, 또래들보다 좀 더 잘났다고 착각했다. 선생님들에게 관심받는 법을 일찍이 깨우쳐 칭찬받기로 날개를 달아 우쭐하는 정말 제멋대로인 놈이었다. 그때 세상은 내 중심으로 돌아가고 있다고 믿었고, 난 앞으로도 쭉 그렇게 살 수 있다고 믿었다.

11살, 초등학교 4학년. 나는 옆 동네의 학교로 전학을 했다. 세 개 반만 있던 작은 학교에서 일곱 반이나 되는 규모의 학교로 전학하다 보니 쉬는 시간이면 복도에서 뛰어노는 녀석들이 얼마나 많은지 정신이 하나도 없었다. 새로 전학 온 내게 친구들은 관심이 많았지만 반대로 선생님은 전혀 관심을 주지 않았다. 관심에 목매던 나는 선생님에게 관심을 받을 방법으로 공부를 선택했고 그러면서 나보다 공부를 잘한다고 생각했던 녀석들을 조금씩 알아가게 되었다. 시험에서 그들을 이겨보려고 노력했다. 그 도전은 참으로 순수했다. 시험을 못 보면 분해서 잠이 오지 않아 울기도 했다. 부모님께 문제집을 더 사달라 조르기도 하고 학원에서 보충수업을 받기도 했다.

몇 번의 좌절을 겪었다. "월등하다."라고 생각되는 녀석이 있었기 때문이다. 녀석에게는 이겨볼 방법이 없었다. 돌이켜보면 그건 공부 방법이나 노력의 질이 아닌 축적된 시간의 차이였던 것 같다. 나는 도전해야 할 것들이 너무 많았고 뭐든 다 잘하고 싶었기 때문에 한 가지를 잘하기보다는 올 라운드 플레이어이길 원했다. 그래서 하나에 집중하지 못했다.

또래들보다 내 체격이 작다는 것을 인정했을 때, 나는 방법을 바꿔야 한다는 것을 깨닫게 되었다. 남자들은 강한 사람에게 끌리게 마련이다. 나는 왜소한 나를 어떻게 강하게 할 것인가를 고민하기 시작했다. 한참을 고민해서 내가 내린 결론은 "지적이어야 한다."였다. 그래서 지적인 사람의 모습이라고 생각해오던 독서에 몰입했다. 책은 내 사춘기의 가장 큰 동기부여 아이템이었다.

그때부터 나는 추리소설을 시작으로 연애소설, 한국문학으로 장르를 넘나들며 책을 읽었다. 그런데 지적으로 보이고 싶다는 처음의 의도는 책의 내용에 빠져들면서 금세 잊어버렸다. 문학 작품들을 읽으면서 교과서에서 배우지 못했던 다양한 사람들의 생활과 그들의 생각들을 조금씩 알아가기 시작했고, 겪어보지 못했던 전쟁과 가난, 고난과 위협에 흥미로움과 동시에 아픔을 느끼게 되었다. 지금도 잊을 수 없는 김원일 작가의 소설 『마당 깊은 집』은 당시에 드라마로도 방영되었는데, 가족/ 가난/ 계층 간의 갈등에 가슴 아팠고, 그들의 처지가 너무 안타까워 화나기도 했다. 또, 추운 겨울 연탄을 살 돈이 없어 동생이 방에서 얼어 죽었을 때는 코끝이 찡해져 혼났다.

그때는 독서가 내 인생의 화두가 될지 몰랐다. 그냥 책을 읽고, 친구들과 읽었던 책에 관해 이야기하고, 혼자서 생각해보는 것들이 좋았다. 이것이 학생이 해야 할 일이고, 혹시라도 나를 돋보이게 할지도 모른다는 막연한 기대감 속에 지속했다.

그로부터 30년의 세월이 흘러 마흔이 넘은 지금, 나는 어린 시절의 나보다 조금 더 사려 깊은 사람이 되었다. 사람들은 내게 "화내지 않는다."라고 말한다. 생각해보면 지금 내 성격은 오랜 시간 책을 통해 접한 수많은 인물들의 삶 속에서 나 스스로 빚어낸 삶의 태도일 것이다. 적반하장 같은 상황에서도 화내지 않기 때문에 성인군자 났다며 핀잔을 주기도 한다. 그래도 나는 지금의 내 모습이 좋다. 어릴 때 너무 독선적이고 이기적이었기 때문에, 그때의 내가 얼마나 힘겨웠는지를 안다. 그래서 지금 내 모습을 좋아하고 때로는 "나는 아름다운 사람이다."라며 혼자 취하기도 한다. 정말 책 속에서 만난 수많은 사람의 이야기가 나를 이렇게 만들었다. 좀 더 상황을 객관적으로 보려고 노력하고 상대의 입장을 먼저 짚어보려고 하는 사람이 되어가고 있다.

2. 경험의 중요성

대학시절 미친 듯 컴퓨터 오락에 몰두했던 적이 있었다. 밤낮이 없었고 식음을 전폐해가며 오락에 열정을 쏟아부었다. 그때 생긴 오락에 관한 관심은 지금까지도 계속되고 있다. 하지만 예전과 달리 지금은 스스로 제약을 두고 있다. 목표로 정했던 일을 성취하고 난 후 그 보상으로 며칠간 즐기는 수준이다. 작은 목표를 달성한 뒤, 틈을 만들어 정말 좋아하는 것을 하는 시간은 꿀같이 달콤하다. 특히, 나는 모험을 하면서 캐릭터를 성장시키는 RPG 오락을 좋아한다. 주인공에게 좋은 무기를 건네고, 강한 옷을 입혀 강력한 괴물들과 대결하는데, 그럴 때마다 승리욕에 불타오른다. 수차례 도전하여 승리를 거머쥐었을 때 얻게 되는 짜릿한 희열은 덤이다.

책을 좋아하게 된 것도 RPG 오락을 즐겼던 것과 비슷했다. 대학생 때, 시간 여유가 많았기 때문에 장편 무협지와 판타지 소설을 많이 읽었다. 등장인물 사이의 갈등 관계에서 비롯되는 이야기가 재미있어서 읽기 시작했는데, 소설 속의 세상도 현실과 비슷한 사건과 갈등이 즐비했다. 갈

등의 골이 깊고, 사건이 꼬리를 물며 점점 더 복잡해지고, 주인공의 시련이 클수록 책은 재미있었다. 이런 픽션들은 읽을 때마다 상상하지 못했던 새로운 세계를 발견하는 느낌이었다. 특히, J.R.R 톨킨의 『반지 전쟁』을 읽었을 때는 주인공 프로도의 모험과 갈등에 경도되어 시간을 잊은채 빠져들었다. 또, 드라마 〈왕좌의 게임〉으로 유명해진 『얼음과 불의 노래』를 읽었을 때도 특유의 웅장한 세계관과 다양한 가문들의 이야기에 푹 빠져 한동안 책만 읽었다. 이런 종류의 책을 읽으면서 내가 겪어보지 못한 세상에서 벌어지는 등장인물들 사이의 혈투 속에서 그들이 고민하는 문제와 지키고자 죽음을 불사르는 신념을 통해 내 삶의 의미와 신념을 고민해보기도 했다.

이렇듯 독서는 내 삶에서 실제로 벌어지는 사건 이외의 다른 여러 경우를 간접적으로 경험하게 해주었다. 다채로운 이야기와 다양한 생각들이 내가 새로운 일을 계획하고 결정할 때 다방면으로 고민할 수 있도록 해주었다. 흔히, 독서를 "거인의 어깨에 올라 세상을 내려다보는 일"이라고 한다. 더 높은 곳에서 더 멀리 보며 깊이 있게 생각할 수 있는 통찰력을 가져다주는 것이다. 그래서 나는 오늘도 책을 읽는다.

3. 행동하는 힘 : 졸속이 지완을 이긴다

강연을 진행하다 보면 "당신은 무엇을 가장 잘합니까?"라는 질문을 자주 받는다. 나는 이 질문에 대답하기 위해 많은 고민을 했었다. 그리고 언젠가부터 이렇게 말하기 시작했다.

"저는 꾸준히 하는 걸 잘합니다."

그렇다. 나는 꾸준히 하는 걸 잘한다. 해야 할 일이 아닌, 내 마음이 하고 싶어서 하는 일은 정말 꾸준히 잘한다. 사실 난 무언가를 꾸준히 하는 사람이 아니었다. 새로운 것을 시도할 때면 진입 속도는 빨랐지만 싫증을 잘 냈다. 어릴 때 부모님께 자주 혼났던 이유도 "뭐 하나 진득하게 하는 게 없다."라는 것 때문이었다. 그랬던 내가 언제부터인가 바뀌었다. 아무리 생각해보아도 그 이유를 독서 외에는 찾질 못하겠다. 독서가 나를 차분하게 만들었고, 가만히 한 곳에서 뭔가를 오랫동안 할 수 있게 했다.

10년 전, 자기계발서를 만나게 되었다. 그때까지 문학을 좋아했기 때문에 자기계발 분야는 전혀 관심이 없었다. 하지만 이제는 문학과 자기계발서를 비슷한 비율로 읽을 정도로 자기계발서에 빠져있다. 예전에 내가 그랬던 것처럼 수많은 사람들이 자기계발서를 폄훼한다. "당연한 말, 뻔한 말"이 쓰여 있는 책이라며 누구나 알고 있는 것들을 써 놓았기 때문에 읽을 가치가 없다고 말한다. 그럴 때면 나는 그들에게 되묻는다.

그렇게 당연한 말만 쓰여있는 뻔한 책이 시중에 왜 이렇게 많이 출간되어 팔리고 있냐고 말이다.

모든 원리와 원칙은 단순하다. 성공은 아틀란티스의 보물처럼 알 수 없는 신비로운 비밀이 숨어있는 것 같지만, 성공한 사람들이 말하는 비결을 들어보면 참으로 단순하다. "일찍 일어나라. 책 많이 읽어라. 생각을 많이 해라. 사람을 많이 만나라." 이런 말이 전부다. 마치 성공의 비급을 꼭꼭 숨기기 위해 하는 말처럼 말이다. 하지만 이제는 깨닫게 되었다. 그들이 말하는 그 당연한 문장이 진리라는 것을. 그래서 나는 더욱 자기계발서를 많이 읽기로 했다.

자기계발서는 꾸준히 나를 행동하게 해줬다. 특유의 직설적인 문장들이 내 생각을 자극했다. 그들의 도전기, 실패담, 성공담이 나를 좀 더 신중하게 만들었다. "나중에, 좀 더 준비해서"라며 항상 미루는 이유만 찾던 나를 바꿨다. 새벽에 눈을 뜨게 만들었고, 목표를 세워서 책을 읽게 했고, 내 삶의 비전을 그리게 했다. 이런 변화의 자극이 모여 책을 쓰게 되었고, 블로그와 SNS를 통해 공유하며 매일 바쁘게 살고 있다. 결국, 책이 나를 이렇게 만들었다.

읽었던 책의 조각들로 인해 보이지 않던 내 삶의 퍼즐이 조금씩 맞춰지고 있는 느낌이다. 그래서 점점 더 즐거운 인생을 만들어가고 있다. "졸속이 지완을 이긴다."라는 손자병법의 명언처럼 자기계발서에서 읽고 실천해보기로 했던 것을 바로 시작해보길 바란다. 완벽함보다는 불완전해도 시작하면서 고치는 게 낫다. 행동이 먼저라는 걸 잊지 말자.

08

결국
꾸준함이 이긴다

무언가를 꾸준히 하다 보면 어느 날 한 차원 높은 경험을 하게 되는 순간이 있다. 내게는 그런 경험이 몇 번 있는데 새벽 공부가 그중 하나다.

학창시절 시험 기간이면 으레 늦은 밤까지 공부했다. 쏟아지는 잠과 싸우며 세상 가장 무겁다는 눈꺼풀을 들어 올리느라 안간힘을 썼던 기억이 선하다. 그럴 때면 부모님께서는 알람시계를 맞춰 주시며 그만 자고 다음 날 새벽에 일어나서 마저 공부하라고 하셨다. 아침에 못 일어나면 어떡하나 걱정했지만 시끄러운 자명종은 내 잠을 깨웠고 나는 곧장 세수하고 책상에 앉아 다시 공부를 시작했다. 새벽은 고요하고 잔잔했다. 참고서를 마주하는 내 정신은 맑았고 집중력은 굉장히 높았다. 그때부터 나는 늦은 밤보다는 새벽 공부를 선호했던 것 같다.

부지런하신 아버지 덕분에 주말도 7시 넘어서까지 잠을 자본 기억이 거의 없다. 물론 아버지 품을 떠나 독립했던 시기에는 정오까지 늘어지게 잠을 자보겠다고 결심하기도 했지만, 어김없이 새벽이면 눈이 떠졌다. 아버지 덕분에 나는 아침 일찍 일어나는 것이 습관으로 자리 잡았다. 남들은 일찍 일어나는 게 힘든 일이라고 하지만, 나는 지금도 부담 없이 새벽이면 일어난다. 그래서 나는 매일 새벽 책을 읽고 글을 쓰게 되었다.

몇 년 전, 특별할 것 없는 어느 날. 여느 때와 같이 밤 11시쯤 잠자리에 들었고, 새벽 4시 50분 알람 소리에 잠을 깼다. 매번 시작은 버겁지만 일단 침대에서 등만 떼면 된다는 것을 알기에 허리에 힘을 주고 나를 일으켰다. 떠지지 않는 눈을 비비며 욕실로 걸었다. 양치질하며 거울에 비친 내 모습을 봤다. 눈에는 아직 피곤함이 묻어있었고 나는 기계적으로 양치질을 하고 있었다. 아무런 생각이 없었다. 뜨거운 물로 샤워하며 잠을 씻어내고 서재로 들어와 바닥에 앉아 명상을 시작했다. 깊게 숨을 들이쉬면서 머릿속으로 숫자를 세며 생각을 천천히 지워나갔다. 몇 분이 지났는지 알 수 없지만, 어느 순간 내 귀에 새소리가 들리기 시작했다. 처음 들어보는 새소리였다. 내 귓가에서 아주 큰 소리로 꽹과리를 치듯 울리는 새소리. 너무 이상해서 눈을 떴을 때, 새소리는 사라지고 없었다.

특이한 경험을 한 후, 책상에 앉아 글을 쓰기 시작했다. 평소와 다름없는 글쓰기인데 그날은 달랐다. 한 문장을 시작했는데 문장을 쓰면서 생각이 화산처럼 폭발하기 시작했다. 주체할 수 없을 만큼 생각이 넘쳐나서 내 손이 생각을 따라잡을 수 없었다. 그래서 처음으로 연습장에 그림을 휘갈기면서 생각을 잡아보려고 애썼다. 처음 느껴본 이상한 경험이었다. 지금도 그 순간이 명확한 것은 내 머리가 그토록 청량감을 느껴본 것은 처음이었기 때문이다. 마치 내가 차가운 물속에 풍덩 빠졌지만, 아가미를 가진 물고기처럼 자유롭게 숨을 쉴 수 있는 것 같았다.

내가 왜 이런 경험을 했는지는 모르겠지만, 그 순간의 나는 지금까지의 내가 아니었다는 걸 어렴풋이 느꼈다. 마치 영화 〈인터스텔라〉에 나오는 책장 뒤에서 세상을 보는 느낌이라면 너무 과장일까. 그날 이후로 나는 점점 더 새벽이라는 시간에 몰입하게 되었다.

독서도 새벽 공부 중 하나의 과정이었다. 정신이 맑은 시간에는 생산적인 일을 계획하게 된다. 물론 독서는 시간에 구애 없이 해오던 거라 진취적인 새벽 시간에는 글을 쓰거나 생각을 정리하거나 하루 계획을 세우는 등의 일이 우선이었다. 그러던 어느 날 책을 읽고 싶은 순간이 있었다. 아마도 전날 읽던 재미있는 책의 뒤 내용이 궁금해서였을 것이다.

그래서 책을 읽었고 나는 새벽이 얼마나 멋진 시간인지를 다시 느끼게 되었다. 문장 하나하나가 내 머리에 각인되는 느낌이랄까. 좋은 문장에 줄을 그으면 그 문장과 관련된 생각들이 동시에 뭉게구름처럼 일어났다. 생각이 꼬리를 물었고 나는 이미 책 저 너머에서 내 생각들로 하나의 글을 만들어내고 있었다. 그 순간이 너무 좋아서 그날 이후로 나는 새벽 알람시계를 한 시간 당겼다.

생활 리듬의 변경으로 한동안 힘들었지만, 새벽 독서를 놓칠 수 없었다. 그렇게 나는 한 시간씩 새벽 독서를 시작했다. 그리고 독서 후 한 시간 동안 글을 썼다. 계절이 바뀌고 꽃이 피고 나무가 자라듯 그렇게 내 삶에 책과 글이 스며들었다.

"티핑 포인트"

물이 99도까지는 끓지 않다가 100도에서 갑자기 끓게 되듯, 어떠한 현상이 서서히 진행되다가 어느 순간 폭발하는 것을 말한다. 결국, 티핑 포인트를 만드는 것은 꾸준함이다. 지루하지만 계속, 멈추고 싶지만 계속, 포기하고 싶지만 포기하지 않고 계속하는 것이 바로 꾸준함이다. 꾸준함에는 노력이 가장 큰 가치이지만 나는 하나를 더 추가하고 싶다. 그건 바로 즐기려는 마음이다. 어찌 매 순간 즐거울 수 있으랴만, 그래도 꾸준히 하려면 즐겁다는 생각이 필요하다. 생각해보라. 지옥 같다는 마라톤도 러너스 하이 때문에 버틴다고 하지 않던가.

책이 내 삶에 스며들면서 생각이 많아졌다. 눈은 책을 읽지만, 머리는 자꾸 생각한다. 주인공을 생각하고, 상황을 생각하고, 작가의 마음을 생각한다. 그리고 내 생각을 고친다. 어제의 생각을 보완하고 현재의 생각을 더 넓게 펼쳐본다. 이렇게 나는 점점 생각이 많아져 간다. 생각을 붙잡고 싶어져서 손글씨를 많이 쓰게 되었다. 자판보다는 손글씨가 내 생각의 방향을 잘 잡아냈다. 때론 굵게, 때론 가늘게, 때론 작게, 때론 크게. 문득문득 들락거리는 생각을 잡아두려고 하니 손이 바쁘다. 손이 바빠지면서 여백을 채우게 되고, 채워진 여백은 나를 즐거움으로 데려간다. 엉망진창인 그림을 그려놓고선 혼자 예술가인 양 즐거워한다. 이렇게 나는 점점 글쓰기를 즐기고 있다.

종이를 채운 생각들이 문장이 되고, 단락이 되고, 문단이 되었다. 뭉쳐진 글은 조금씩 무게를 가지게 되었다. 이런 글이 하나둘 쌓이면서 내 글을 읽어주는 사람들이 생기기 시작했고, 다음번 내 글을 궁금해하기 시작했다. 쌓인 글은 무게감을 더해갔고, 나는 무거움을 덜어내고 싶었다. 그래서 생각을 덜어내기 위해 명상에 더욱 열을 올렸다. 이게 과연 맞는 방법인지 아닌지도 모른 채 나는 명상 시간을 조금씩 늘려서 "비움"을 익히고자 노력했다.

이런 루틴으로 인해 매일 아침 일어나면 먼저 비우고 다시 채우는 습관이 만들어졌다. 비움은 시작을 준비하는 시간이 되었다. 매일 시작을 준비하다 보니 독서와 글 쓰는 시간이 더 알차게 되었다. 또한, 준비는 설렘을 불러왔고 설렘은 가슴을 뛰게 했다. 결국, 이 습관이 새벽의 나를 몰입하게 했다. 그래서 나는 새벽이 참 좋다. 이런 순환의 끝에 과연 무엇이 기다리고 있을까? 상상만으로도 즐겁다. 이렇게 나는 매일 새벽 독서에 몰입하게 되었다. 결국, 꾸준함이 내게 색다른 경험을 하게 만들었다.

제 4 장

묘한 맛

: 취하지 않으면 독서가 아니다

01

내 시간의 주인으로 살아라

이번 장에서는 자신의 삶을 차별화시킬 수 있는 시간/ 목표/ 성과/ 행동/ 동기부여에 대해 알아보도록 하겠다. 위에서 열거한 것은 책에서 배운 것들을 하나씩 실행해가면서 내 몸에 맞는 것들을 취한 것이다. 여러분도 공감한다면 하나씩 행동으로 몸에 각인시키도록 하자.

내 인생의 롤 모델 故 구본형 선생의 『마흔세 살에 다시 시작하다』에는 이런 문장이 있다.

"관성에 따라 굴러가는 하루 말고, 전혀 새로운 뜨거운 하루를 가지고 싶었다."

그는 마흔여섯 살에 20년을 넘게 다니던 회사를 관뒀다. 웃으면서 세상 밖으로 한 걸음 내딛는 계획된 퇴사였지만, 튼튼한 울타리 안에서 20년이 넘도록 오랫동안 머물렀던 그는, 막상 퇴사 후 집에서 시간을 보내고 있는 자신을 보면서 불안해지기 시작했다. 불안한 시간 속에서 그는 진지하게 자신을 들여다보며 예전과는 전혀 다른 마음가짐으로, 진짜 사는 듯싶게 살고 싶었다. 이 깊은 생각이 만들어 낸 그의 새 직업이 "변화경영 전문가"이며 새 회사가 〈구본형 변화경영 연구소〉였다. 그곳에서 그는 강연을 기획하고 교육과정을 만들어 사람들에게 변화를 화두로 이야기하는 진짜 삶을 살았다.

나는 "뜨거운 하루", "사는 듯싶게 살고 싶다."라는 구절에서 한참 동안 생각에 빠졌다. 그가 쓴 책들을 읽으면서 내 삶이 그와 닮았으면 좋겠다고 생각했었고, 회사를 졸업하고 세상 밖으로 나갈 때는 나도 그처럼 살아보겠다고 결심했다. 그런데, 오랜 불안과 고뇌를 통해 길을 발견하게 된 그와 달리, 그가 밟았던 길을 따라가려고 한다는 데에서 나의 고민이 시작되었다. 비슷하긴 해도 같지 않은 길을 원하는 나는, 어떤 방법으로 나만의 길을 만들어낼지 생각하기 시작했다.

첫 단추가 바로 시간에 대한 개념을 바꾸는 것이었다. 나도 "관성에 따라 굴러가는 하루 말고, 전혀 새로운 뜨거운 하루"를 살아보고 싶었다. 그렇지만 퇴직 후가 아닌 바로 지금부터 시작하고 싶었다. 뜨거운 하루라는 단어 속에 숨어있는 것은 땀 냄새라고 생각했다. 나는 철저하게 계획하고 만들어가는 하루를 살아야겠다고 결심했고 시간계획을 세우는

데 노력했다. 지금까지의 내 삶이 레디메이드(Ready-Made) 인생이었다면, 앞으로 만들어 갈 내 삶은 웰메이드(Well-Made) 인생이라고 정의했고, 이 관점의 전환은 시간계획에서 시작될 거라 기대했다.

또 하나의 이야기가 있다. 현존하는 최고의 작가라는 호칭이 어색하지 않은 무라카미 하루키다. 그의 책 『바람의 노래를 들어라』 서문을 보면 그가 소설가가 되어야겠다고 결심한 이야기가 있다.

1978년 4월, 그가 29살이었던 어느 오후, 그는 동네 야구장 외야 잔디석에서 야구를 보며 맥주를 마시고 있었다. 타자가 첫 볼을 외야로 2루타를 쳐냈을 때 그는 갑자기 자신이 소설을 쓸 수도 있다고 생각했다. 그건 갑작스러운 계시 같은 것이라 설명할 방법이 없다고 그는 말했다. 이 에피소드는 이유 없는 우연이 필연으로 둔갑해 지금의 그를 만들었다는 것을 보여준다.

나는 혼란스러웠다. 필연을 위해 노력하는 것이 맞는 것인지? 우연을 기대하며 지금을 살 것인지? 이 문제로 한참을 고민하던 나는 아주 싱거운 결론에 도달했다. 그건 바로 "현재를 치열하게 사는 것이 맞고, 그러다 보면 어느 날 우연이라고 느껴지는 필연적인 순간이 온다."라는 것이었다. 내 결론이 옳은지는 중요하지 않았다. 이런 깊은 고민 덕분에 나는 시간을 계획하는 삶을 살게 되었다는 것이 중요하다. 다이어리에 오늘 할 일을 기록하고, 주간/ 월간계획을 만들어 실천하기 시작했다. 그러면서 세 가지를 깨우쳤다.

첫째, 기록은 기억보다 훨씬 강하다는 것이다. "뚜렷한 기억보다 흐릿한 메모가 낫다."라는 말은 진리였다. 날짜별로 한 페이지씩 기록할 수 있는 다이어리에 며칠 후 예정된 일정을 기록해놓는 순간 절대 잊어먹지 않았다. 출근해서 다이어리를 열어보면 오늘 해야 할 일들이 리스트화되어있기 때문에 놓치는 경우가 없었다.

둘째, 기록은 기억보다 강하지만 펼쳐보지 않으면 무용지물이라는 것이었다. 제아무리 열심히 기록해도 다음 날 펼쳐보지 않으면 소용이 없었다. 즉, 다이어리는 항상 내 책상에 있어야 하고 펼쳐져 있어야 한다는 것을 깨우쳤다. 생각해보라. 무언가를 매일 하겠다고 결심한 뒤, 며칠간 열심히 했는데 깜빡 잊고 하루를 빠뜨렸을 때, 그 빠뜨린 하루가 이틀, 사흘이 되고 결국 계획은 실패하고 다시 제자리로 돌아간 경험이 있지 않은가?

작심삼일은 그냥 생겨난 말이 아니다. 다이어리도 깜빡 잊고 챙기지 않은 날이 며칠씩 계속되다 보면 의지는 약해지고 다시 예전으로 돌아가게 된다. 그래서 기록을 하겠다는 계획보다 다이어리를 매일 가지고 다닐 방법을 계획하는 게 먼저다.

나는 회사에서 활용하는 업무 다이어리를 매일 잊지 않기 위해 회사 서랍에 두었는데, 서랍을 열지 않아 기록하지 않은 날도 있었다. 그래서 나는 사원증을 다이어리에 꽂아두는 방법을 선택했다. 사원증은 출근할 때 항상 들고 다녀야 한다. 그래서 불편하더라도 출퇴근이나 그 외 회사 내에서 이동할 때 항상 다이어리를 함께 들고 다니도록 강제했다. 두 달 정도 이렇게 했더니 사원증이 없어도 다이어리는 항상 내 몸 옆에 붙어 있었다.

『아주 작은 습관의 힘』에서 제임스 클리어가 주장했듯 습관은 하루는 쉬어도 절대 이틀 쉬면 안 된다. 절대 잊지 말자.

셋째, 계획에 몰입해서 실행을 늦추면 안 된다. 완벽한 계획은 없고, 머릿속 완벽은 실체가 없다. 완벽한 것은 실행을 통해 만들어진다. 그러므로 완벽한 계획을 위해 많은 시간을 할애하기보다는 당장 시작하고 실행하면서 계획을 수정하는 것이 맞다. 앞 장에서도 언급한 "졸속(拙速)이 지완(遲完)을 이긴다."라는 문장은 진리다.

나는 여러 권의 시간 관리 책을 읽었고 책에서 알려준 방법대로 다양하게 시도했다. 저자들이 소개하는 여러 종류의 다이어리를 사용해보면서 여러 번 실패했지만, 이제는 "시간 관리가 습관이 되었다."라고 말할 수 있다.

여러분에게 제안하고 싶은 시간 관리법은 다음과 같다.

시간 관리는 내가 사용 중인 시간의 기록에서 시작된다. 지금 내가 시간을 어떻게 사용하고 있는지를 눈으로 직접 보아야 내가 얼마나 많은 시간을 헛되게 소비하고 있는지 알 수 있다. 단, 너무 상세하게 기록하느라 실패하지 말자. A4 용지 한 장의 앞뒤에 표를 하나 만들자. 가로축에는 요일을 세로축에는 00시부터 24시까지 표기할 수 있는 표를 만들어서 2주간 여러분의 시간을 네모 박스로 기록해보자. 취침, 업무, 개인정비, 미팅, 자기계발, 모임, 식사, 운동, 가족, 휴식 정도로 구분자를 단순화해 표시하면 된다. 일단 2주간 표기만 하자. 마지막 날 구분자 별로 색을 칠해보면 여러분의 현재가 어떻게 구성되고 있는지 알 수 있을 것이다. 직접 그려보면 알게 된다. 꼭 해보길 바란다.

또 하나, 위 기록에 남지 않는 시간이다. 기록에는 없지만 어쩌면 여러분이 가장 많이 쓰고 있는 시간, 바로 스마트폰 사용시간이다. 스마트폰 앱을 활용해 사용시간을 점검하자. 요즘은 관련 어플이 많아서 일/ 주/ 월별 사용 통계를 도표화해서 잘 보여주고 있다. 결과를 보는 순간 여러분은 깜짝 놀라게 될 것이다. 아마도 회사 일보다 더 많은 일을 스마트폰을 통해서 하고 있을 것이다. 여러분들이 무료로 스마트폰 속 기업에게 얼마나 많은 일을 해주고 있었는지를 깨닫게 될 것이다.

시간 기록이 끝났다면 다음은 필요 없는 시간을 제거하고 분리된 시간을 합치는 것이다. 컴퓨터 하드 디스크 조각 모음처럼, 나눠서 하던 일은 한 번에 하도록 조정하고, 매일/ 매주 루틴하게 진행했지만, 시간을 특정하지 못했던 일은 같은 시간에 진행할 수 있도록 조정해 몸이 시간을 기억하도록 해야 한다. 나는 이 과정을 통해서 제각각이던 일상 업무를 요일을 지정해 처리하도록 했고, 운동과 독서에 필요한 시간을 고정했다. 그 결과 자연스럽게 점심 식사 후 자리에 오면 독서를 하게 되고, 주말에는 헬스장에 가는 것을 몸이 기억하게 되었다. 스마트폰은 책상 한쪽에 뒤집어 두기로 했다. 전화와 문자 외에는 알람을 모두 껐고, 이동시간이나 자투리 시간에만 사용하도록 스스로 제약을 걸었다. 알람을 끄면서 일의 집중력이 올랐고, 급한 일은 모두 전화로 해결이 되었기 때문에 연락이 안 될 거라는 걱정은 기우였다.

시간과 계획을 기록하기 위한 일정표는 주간 계획표를 기본으로 사용하고 있다. 『바인더의 힘』을 쓴 강규형 대표의 3P 주간 계획표를 기본으로 활용하여 주간을 계획하고 있고, 항상 소지하는 포켓 사이즈 몰스킨 노트와 독서를 기록하는 A5 크기 노트 한 권을 활용하고 있다. 포켓 노트는 순간순간 떠오르는 생각을 기록하는 데 사용 중이고, 독서 노트는 꾸준히 진행하는 독서와 글쓰기를 연습하며 자기계발의 흔적을 모으고 있다.

스마트폰 앱도 몇 개 활용 중인데, 수많은 앱을 사용하다 이제는 나에게 맞는 두 개의 앱만 집중적으로 활용한다. 에버노트는 기록과 저장용으로, 분더 리스트(Wunder List)는 할 일이 생각났을 때 바로 기록해놓는 용도다. 이 앱들은 바쁜 와중에도 중요한 아이디어를 놓치지 않게 하고, 잊어버린 일을 알람을 통해 알려준다.

작고 사소한 시도가 시간을 만나면 큰 변화를 만들어낸다. 시작부터 커다란 여백의 시간을 계획하기보다는, 우선 자투리 시간을 조정해서 시간을 모으자. 조금씩 모인 시간이 마중물이 되어 커다란 나만의 자기계발 시간이 만들어진다. 그때까지 꾸준히 자투리 시간을 관리 할 수 있어야 한다. 이 작은 습관이 익혀지면 자연스럽게 큰 시간도 알차게 사용할 준비가 되는 것이다. 가장 중요한 것은 일단 시작하는 것이다. 그리고 하루는 쉬어도 절대 이틀은 쉬지 않는 것이다.

02

조금씩 매일 성장하는 나를 발견하라

"성장"이라는 키워드는 우리의 인생에 평생 따라다니는 영원히 끝내지 못할 숙제다. 성장이 정확히 무엇을 뜻하는지 사전을 찾아보았다. 영어사전에는 성장이라는 단어에 growth 외에도 develop/ expand/ process가 쓰여 있었다. 육체적 성장 외에도 발전/ 확장/ 나아감이라는 뜻이 숨어 있었다.

육체적인 성장(growth)은 20대 중후반 이후로 멈춘다고 하지만 사실 우리 몸의 세포는 숨이 끊어지는 그 순간까지 새롭게 생겨나고 죽기를 반복한다. 정신적인 성장(develop, progress)은 어떠한가? 사람마다 차이는 있겠지만 정신은 나이를 먹어갈수록 더욱더 큰 폭으로 성장하는 듯하다. 공자는 마흔을 불혹(不惑)이라고 했다. 어떤 일에도 흔들리거나 망설이지 않는 나이. 공자는 정신적으로 자아가 제대로 자리 잡게되는 나이를 마흔으로 보았다.

서른셋에 자기계발 독서를 다짐했으니, 마흔 살에는 독서를 실행한 후 7년을 넘기고 있었다. 연평균 100권 정도의 책을 읽었으니 700권 정도를 읽어냈다. 자기계발 독서의 시작은 소설에서 자기계발서로 독서 분야를 변경하는 것이었다. 재미를 위한 독서보다는 미래의 불확실성을 대비하는 방법을 책에서 찾아보겠다는 취지였다. 해가 지날 때마다 독서법이 조금씩 변했고 편식에서 잡식으로 책의 주제가 변해갔다.

처음 3년 동안은 전혀 변화를 감지하지 못했다. '책이라도 읽지 않으면 안 되겠다.'며 불안을 붙드는 것에 만족했고, 월 단위 목표했던 10권이라는 분량을 채워가는 독서였다. 뚜렷이 해야 할 것이 무엇인지도 몰랐고 그냥 관심 가는 대로 책을 읽었다. 자기계발서를 읽다 보니 책에서 책으로 추천서와 인용서를 따라 꼬리를 물며 독서가 진행되었다. 돌이켜보면 분기별로 하나의 주제에 따라 한 분야에 대해 독서량을 조금씩 늘렸던 것 같다.

3년이 지나면서 새해 목표를 10개 정도 정했고, 서재에 칠판을 들여 목표를 기록하기 시작했다. 월별로 계획했던 독서 목표를 분기별로 변경했고, 재정적인 목표와 더불어 미래에 대한 꿈을 기록하기 시작했다. 또 기록의 힘과 시각화의 힘을 믿기 시작했다. 버킷리스트를 늘리게 되었고 하나씩 지워가는 일에 재미를 느끼게 되었다. 아마도 이때부터 조금씩 변화를 감지했던 것 같다.

5년을 넘겼을 때, 나는 매일 새벽에 일어나 무언가를 하기 시작했다. 새벽의 즐거움에 취하게 되었고, 그 시간을 활용해 두서없는 글이지만 흔적을 남겼다. 여전히 독서는 계속되었고, 읽은 내용을 잊어버리는 게 싫어서 독서 노트를 쓰기 시작했다.

7년을 넘겼을 때 나는 마흔이 되었다. 내 변화를 주변 사람들이 자주 언급했다. 사람들과 이야기 도중에 책에서 읽은 내용을 사례로 들며 이해시키는 경우가 잦았고, 후배들이 나를 따라 책 읽기를 시작했다는 얘기가 자주 들렸다. 생각이 많아져서 자주 멍하니 생각에 빠졌고, 혼자 있는 시간이 가장 바쁘고 소중한 시간이 되었다. 하지만 그때도 내가 책을 쓸 거라는 생각은 하지 못했다. 그저 우량 독자의 삶을 살 거라는 믿음만 있었다.

지금 내 나이 마흔셋. 자기계발을 다짐한 지 꼭 10년째다. 처음 성장을 맛보았을 때는 '좀 더 젊을 때 이것을 알았더라면'이라며 무척이나 조급했었는데 이제는 그런 조급함이 사라졌다. 속도보다는 방향이 중요하다는 걸 알게 되었고, 끝이 없는 성장의 길을 나만의 페이스로 계속 달릴 수 있기를 바라게 되었다. 그러기 위해서 건강을 자기계발의 우선순위에 놓아야 한다는 것이 최근 깨우친 또 하나의 발견이다.

이렇게 정리를 해보니 글을 쓰고 책을 읽는 지금의 내 모습은 책을 읽

2018년 나의 목표 Draft. (2018년 1월 1일 작성)

올해 나에게 가장 중요한 것은 삶의 방향을 명확히 결정하고 1단계를 완료하는 것 이다.

올해 우리 가족에게 가장 중요한 것은 Balance 이다.
(생활·건강·교육·사랑·행복·재정 등의 균형을 맞추는 것을 최우선)

위의 목표를 달성하기 위해 나는 [illegible] 을 하겠다.
명확히 하고 비전을 세워서 실천

나는 나와 우리 가족의 방향과 Balance를 을 실천하기 위해 연간·월간·주간 계획을 세우고 착실히 실천할 것이다.

• 내 삶의 방향
⇒ 내가 가지고 있는 지식과 기술을 주위에 널리 전파하겠다.
⇒ 평생 배움에 소홀하지 않겠다.
⇒ 절약하고 절제하는 삶을 살겠다.
⇒ 최선을 ~~다하겠다는 말보다~~ 다했다는 말이 어색하지 않도록 하겠다.
⇒ 마무리를 잘하겠다.
⇒ 건전한 정신과 건강한 육체를 가꾸겠다.
⇒ 아내와 아들·딸의 얼굴에 미소가 넘치게 하겠다.
⇒ 스스로 하고자 하는 목표는 200% 산정하고 최고의 가치를 부여하여 실천하겠다.
⇒ 2018년을 마무리하는 시점에는 가슴이 뿌듯하여 벅차오를 수 있도록 하겠다.

* 실천과제.
① 건강. : 몸무게 77kg 유지.
· 식습관 개선. (주1회 음주. 라면. 식사 줄이기)
· 하체 강화 + 팔굽혀펴기 2times + 달릴 때 할 수 있는 체력 + 5km 달리기.
마라톤(Bucket)

② 학습 · 영어(TOEFL) 커리큘 진입 (토플 90점 취득)
↳ 단어. 숙어. 원서 읽기 나열
· 가계부 (생활비 줄이기)
· 컴퓨터 (책 2권. C++. AI 공부하기)
↳ Pro 자격 취득 (10月 전에)
· 독서 (50권)
↳ 지루하게는 독서 보다는 생각의 폭을 넓히는 독서. "매일 읽는다" 원칙.

서재 게시판과 연간 목표

어야겠다는 결심을 행동으로 옮긴 데서 시작된 것이었다. 내 하루에 독서를 끼워 넣었고, 그것을 유지하는 데 정성을 쏟았다. 읽어야겠다는 생각이 '읽는 삶'으로, 그리고 '생각하는 삶'으로 나를 바꿨다. 다양해진 생각을 가둬두기 위해 '쓰는 삶'을 시작했고, 쓰면서 점점 더 나를 느끼게 되었다.

육체는 형체가 있지만 정신은 형체가 없기에 내 몸 어딘가에 존재하는 어쩌면 전부일지도 모르는 영적인 자아를 형상화 시키고 싶었다. 이런 생각도 독서를 하면서 시작하게 되었다. 키보드를 두드리고 종이에 글을 쓰면서 정신이 내게 하는 말을 내가 받아쓰기하고 있다는 생각이 들기 시작한 것이다. 그러면서 나는 나를 '느끼는 삶'이 조금씩 열리기 시작했음을 깨닫게 되었다. 이런 경험이 축적되면서 나는 점점 나를 알아간다는 만족감이 생기는 중이고, 비로소 행복이라는 단어가 내 삶에 조금 더 가까이 다가왔음을 느낀다.

구본형 작가의 책 『마흔세 살에 다시 시작하다』에서 그 역시 독서에 관해 나와 비슷한 생각을 기록해 둔 문장을 발견했다.

"독자는 작가와 같다. 그들 역시 책을 읽으면서 자신들의 책을 쓴다. 그들은 자신들의 체험과 사유의 한계 속에서만 저자를 이해할 수 있게 된다. 한 권의 책이 읽힐 때마다 다시 한 권의 책이 독자에 의해 써진다. 책은 그 독자 수만큼의 새로운 버전을 만들어낸다. 그래서 모든 독자는 자신이 읽은 책의 또 다른 저자이기도 하다."

그는 독서를 통해 자신만의 사유의 세계를 만들었고 그 속에서 자유를 즐기고 있었다. 나 역시 내가 읽은 책에서 얻게 되는 모든 것들은 직간접적인 내 경험 속에서 이해하고 있었다.

지금 내 속에는 수많은 저자의 느낌과 생각과 경험이 살아 숨쉬고 있다. 독서를 통한 배움은 서로를 같은 생각을 하는 동지로 만들기도 하고, 어느 순간 전혀 다른 생각을 하는 남으로 만들기도 한다. 독서를 통해 우리는 생각의 지평을 넓히며 돌연 자신이 속했던 생각의 세계를 떠나 전혀 이질적인 사유의 쾌락에 빠져들기도 한다.

책을 쓰면서 더욱 확실히 깨닫게 된 사실은 책 한 권은 오롯이 작가 한 명의 인생이고 분신이라는 것이다. A4 용지 100장을 혼자 힘으로 채워가는 것은 누구나 도전해 볼 수 있는 일이지만, 아무나 할 수 없는 일이기도 하다. 첫 문장부터 마지막 문장까지 모두 내 손으로 채워야 하는 혼자만의 지난한 활동이 바로 책쓰기다. 책은 작가의 생각을 벌거벗긴다. 제아무리 비유하고 은유를 해도 결국 작가는 문장을 통해 자신을 드러낼 수밖에 없다. 그래서 책은 그 자체로 인격을 가진다.

독자는 자신의 생각과 작가의 생각을 부딪쳐가면서 생각을 키우고 생각을 부수고 생각을 쌓는다. 독서는 "성장"이라는 인생의 중요한 가치의 또 다른 이름이다. 독서가 나를 성장시켰고, 여러분들을 성장시켰으며, 이 성장은 책을 놓게 될 마지막 순간까지 계속될 것이다. 성장을 멈추지 않는다면 우리는 앞으로 나아갈 수밖에 없다. 이렇게 매일 한 뼘씩 성장하는 자신을 기대하며 책을 읽기를 바란다.

03

꿈꾸는 사람은 지치지 않는다

"지금 우리의 모습은 우리가 생각한 것의 결과다." – 붓다 –

본격적으로 독서를 습관화하면서 '지금 내 머릿속에 맴돌고 있는 생각은 어디서부터 시작되었을까?'라는 생각을 자주 갖게 되었다. 생각에 관한 생각, 어찌 보면 철학적인 것 같고 어찌 보면 쓸데없는 것 같지만 생각의 근원이 어디인지 찾아보는 것은 꽤 괜찮은 탐험 활동이었다.

80년대 유년시절을 보냈던 나는 당시 친구들과 함께 우후죽순처럼 생겨나는 주택 공사현장을 어른들 몰래 탐험하곤 했다. 돌이켜보면 위험천만한 일이지만, 당시 공사장 출입 규제 같은 것을 알지 못했기 때문에 또래 아이들이 공사장에 몰래 숨어 들어가 이곳저곳을 돌며 숨바꼭질이

나 공사 도구를 가지고 어른 흉내를 내보는 놀이는 흔했다. 나는 벽을 타다 튀어나온 철사에 자주 긁혔고, 친구는 널빤지 위를 걷다가 튀어나온 못에 발바닥을 찔리기도 했다. 위험한 곳이기 때문에 가서는 안 되는 것을 알고 있었지만, 우리들이 계속 공사판을 들락거렸던 이유는 호기심 때문이었다. 모래와 시멘트는 어떻게 쓰이는지, 벽돌은 어떻게 쌓는지, 계단은 어떻게 만드는지, 그래서 집은 어떻게 지어지는지 너무 궁금했다. 호기심 덕분에 매번 친구들과 공사장을 들락거렸고 그곳에서 이것저것 체험을 해보면서 놀았다.

지금 이 얘기를 꺼낸 이유는 "호기심" 때문이다. 호기심은 사람을 움직이는 힘이 있다. 하기 싫던 일도 호기심이 생기면 해보게 되고, 호기심 덕분에 시도하는 횟수가 늘면서 재미를 발견하게 된다. 결국 재미는 그 일을 계속하게 만든다. 지금까지 내가 꾸준히 해오는 거의 모든 것들은 이 순환 법칙을 벗어난 적이 없다. 습관은 대부분 호기심에서 비롯되었고, 시작이 호기심이 아닌 경우라도 어떻게든 재미를 찾게 된 것들이 지금까지 내게 남아있다.

가서는 안 된다는 것을 알면서도 공사장을 뻔질나게 드나들던 행동, 매번 주인에게 혼나 줄행랑을 치면서도 개구리를 잡으러 논밭에 숨어들던 일들은 모두 내 마음이 동해서 움직인 것이었다. 그 결과 나는 공사장에서 여러 도구와 재료들의 사용법을 알게 되었고, 집이 만들어지는 과정을 직접 두 눈으로 볼 수 있었다. 또, 개구리와 올챙이 등 많은 논밭 생물들을 직접 잡아보면서 책에서 보던 지식을 직접 몸으로 체험해볼 수 있었다.

그렇다면 내 호기심은 어디에서 왔을까? 나는 두 눈으로 무언가를 보면서 호기심이 시작된다고 생각한다. 눈이라고 표현했지만 오감(시각, 촉각, 미각, 청각, 후각)을 뜻하는 것이다. 감각기관이 무언가를 받아들이는 과정에서 기존의 내 생각과 다른 새로운 느낌이 툭 하고 나를 건드리고, '이거 뭐지?'라며 반응하면서 호기심이 생기는 것이다.

호기심은 에너지를 만들어 관심과 행동을 유발한다. 이 에너지가 원천이 되어 상상과 경험, 그리고 창의력을 만든다. 따라서, 호기심을 자주 느낄 방법을 찾는다면 우리는 창의력 있는 사람이 될 것이다. 그런데 호기심을 유발시키는 소재는 "새롭다"라는 느낌이 드는 것들이다. 그래서 우리는 기존의 것에서 새로움을 발견할 줄 아는 능력을 키워야 한다.

누군가를 사랑하게 되는 순간을 떠올려보자. 사랑을 시작하면 우리는 온통 내 시간을 상대방과 함께하기 위해 고민한다. 그와 함께 먹을 음식, 함께 볼 영화, 함께 할 대화 등 상상하는 모든 것에 새로움과 특별함이라는 의미를 부여하려는 자신이 떠오를 것이다. 소설가 김연수는 그의 책 『소설가의 일』에서 "사랑은 사랑하는 사람의 눈을 갖는 것, 그래서 그 사람의 눈으로 세상을 바라보는 것"이라고 표현했다. 즉, 무언가에 몰입이 시작되는 그 순간부터 우리는 세상의 모든 것들을 특별하게 보기 시작하는 것이다.

나 역시 비슷한 경험이 있다. 책을 쓰겠다고 결심한 순간, 책을 어떻게 써야 할지 고민이 시작되었다. '남들은 어떻게 책을 썼을까?' 호기심이 생겼고 도서관과 인터넷을 통해 관련된 자료를 찾아보기 시작했다. 알려진 작가들 중에서 내가 원하는 스타일의 책을 찾아서 읽었고, 책 쓰기 강연도 듣게 되었다. 머리로 한 생각, 마음으로 한 결심이었지만 그것이 행동으로 옮겨지면서 '어쩌면 내가 작가가 될지도 모른다.'라고 기대하게 되었다. 가슴이 뛰기 시작한 것이다.

하나씩 책의 뼈대를 만들면서부터는 지금 읽는 책과 과거에 읽었던 책들을 책상에 쌓아두고 작업을 시작했다. 책에서 내가 쓸 소재를 찾아내고, 어제오늘 그리고 내일 내가 겪어왔고 또 겪게 될 일들을 소재로 변환시키는 작업을 해나갔다. 그때 나는 5개의 촉수(오감)에서 수백 개의 촉수를 가진 사람으로 변해가고 있었다. 내 오감이 점점 더 예민해지고 날카로워지면서 평범했던 일상이 점점 특별한 일상으로 변해감을 느꼈다. 한 줄씩 여백에 문장이 채워지면서 점점 기대가 현실이 되어간다는 사실에 가슴이 두근거렸다.

책 쓰기에 대한 내 관심은 어린 시절 방학 숙제로 썼던 글짓기나 독후감이 좋은 평가로 돌아오면서부터가 아닐까 생각한다. 그 작은 칭찬의 조각들이 쌓여 글쓰기라는 단어로 태어났고, 블로그나 SNS를 통해 남들에게 살짝살짝 엿보이면서 더욱더 내 호기심을 자극했던 것 같다. 책을 한 권 출간한 것, 결과물을 만들어 바깥세상에 선보인 것은 마치 팬티만 입고 길을 걷는 것처럼 나를 완전히 드러내는 부끄러운 일이기도 했지만, 혼자만의 기대를 결과물로 만들어 냈기에 커다란 벽 하나를 넘은 것 같았다.

내 책 『일년만 닥치고 독서』를 사람들은 성공과 실패의 관점에서 물어본다. 위에서도 언급했지만 '과연 내가 책을 쓸 수 있을까?'라는 불확신을 확신으로 바꿔냈기 때문에 "충분히 성공했다."라고 말하고 싶다. 책이 많이 팔렸다면 더 좋았겠지만 그렇지 못했더라도 나는 충분히 많은 것을 얻었다. 독자들로 부터 과분한 사랑을 받았고, 뼈 때리는 피드백도 받았다. 내 책을 읽고 생각이 변하게 된 분들로부터 메일과 문자를 받고 선물도 받았다. 무엇보다 나 스스로 후하게 평가하는 이유는 '다시 책을 써도 되겠다.'라는 결심을 끌어냈기 때문이다. 시작이 반이라고 했지만 이제 겨우 책 한 권 냈기에, 작가라는 명함이 무겁게 느껴졌던 나에게 첫 책은 더없이 큰 훈장으로 자리매김했다.

다시 호기심으로 돌아가 보자. 이 장의 첫 문장 "지금 우리의 모습은 우리가 생각한 결과다."라는 붓다의 말처럼 우리는 자신의 머릿속에서 키워낸 생각대로 살아가게 되어있다. "누가 시켜서요.", "남들이 가니까 저도 갑니다."라고 말하지만 그건 핑계일 뿐이다. 제아무리 진수성찬이 차려져 있어도 먹느냐 마느냐는 자신이 결정하는 것이지 남이 먹으라고 해서 먹는 게 아니다. 지금까지 자신에게 일어난 모든 결정은 스스로 한 것이고, 그 결정의 집합체가 바로 지금 당신의 모습이다. 결국, 자신의 머릿속에 자라나는 생각을 스스로 발전시킬 수 있어야 진짜 뜨거운 자기 삶을 살 수 있다.

꿈꾸는 사람은 지치지 않는다. 혹시 내 안의 호기심을 외면하고 있지는 않은지 다시 한번 곰곰이 생각해보자. 사람은 누구나 특별한 존재다. 그 특별함은 타인의 입을 통해 만들어지는 것이 아니라 나 스스로 만들어가는 것이다. 내가 나를 특별하게 생각하지 않는데 남들이 나를 특별하다고 생각할까? 그러므로 나와 내 주변에 내가 특별하게 보일 수 있도록 나에게 일어나는 호기심에 관심을 가지자. 어느 날 문득 꿈에 한발 다가선 자신의 모습에 놀랄 수 있게 말이다.

04

나에게 전성기는 아직 오지 않았다

주변에서 일어나는 모든 사건에는 반드시 처음이 존재한다. 처음을 어떻게 시작하느냐에 따라 전혀 다른 방향으로 상황이 전개되기도 한다. "첫 단추를 잘 끼워야 한다.", "시작이 반이다."라는 것과 같은 속담은 이러한 처음의 무게감을 일깨워 주는 좋은 예다.

처음은 항상 버겁다. 매일 같은 시간에 일어나는 습관을 갖고 있더라도 매일 아침 침대에서 등을 떼는 순간은 버겁다. 막상 침대를 벗어난 뒤에는 몸이 앞서서 행동으로 나아가게 되지만 시작은 항상 갈등 상황을 연출한다. 독서도 마찬가지다. 읽던 책을 마저 다 읽기는 쉽지만 새 책을 시작하는 것은 매번 결심을 요구한다. 어쩌면 나는 이런 이유로 책을 읽는 도중에 새 책을 한 권 미리 시작해 놓는 것일지도 모른다. 마침표를 찍고 새로운 점을 향해 나아가기보다는 점과 점 사이를 계속 오버랩해두면 자연스럽게 시작의 무게를 줄일 수 있다는 말도 안 되는 나만의 방법이다.

처음이라는 단어에는 설렘과 두려움이 공존한다. 우리는 저마다 시작이 두려웠던 기억이 있다. 내 경우를 예로 들면 처음 엄마 손을 잡고 유치원에 가던 날, 그리고 흰 수건을 가슴에 달고 초등학교를 입학하던 날의 두려웠던 기억이 뚜렷하다. 엄마가 아닌 선생님을 따라서 교실로 들어가 줄을 서서 번호를 정했고 정해진 번호에 따라 책상에 앉아서 선생님 말씀을 들었다. 뒤에서 엄마가 지켜보고 있다는 것이 한편으로는 위안이 다른 한편으로는 부담이 되었던 것 같다. 그날 내 뺨을 때리던 운동장의 차가운 바람, 처음 들어가게된 교실의 미닫이문 색깔, 교탁에 새겨져 있던 작은 흠집까지 고스란히 기억나는 이유는 그때의 긴장이 내게 준 집중력 때문일거다. 처음, 시작이라는 두려움은 긴장감을 유발하고 그건 곧 최고의 집중력을 만들어 낸다.

살면서 경험들이 하나둘 쌓일수록 점점 익숙해질 줄 알았는데 여전히 처음이 편하지 않은 것은 비슷해 보여도 매번 상황이 조금씩 다르고, 나는 그 속에 또 다른 두려움을 느끼고 있기 때문인 것 같다.

고등학생 때까지는 부모님의 그늘에 있었지만, 대학 입학과 동시에 시작된 독립생활은 이전과는 확연히 다른 나를 요구했다. 부산에서 상경한 도시 촌놈이었던 그때, 내가 가진 아킬레스건은 바로 사투리였다. 지방 출신이라는 자격지심 때문이었는지, 부산 사투리 특유의 거센 억양 때문이었는지는 몰라도 사람들과의 대화가 부담스러웠고 그때부터 나는 가면을 쓰기 시작했다. 지금 생각해보면 그때의 어설픈 표준어에 웃음이 나지만 그때 나는 표준어를 쓰겠다며 문장 끝을 한껏 올려댔다. 가끔 고향 친구들을 만날 때 나도 모르게 튀어나오는 서울 사투리 덕분에 욕도 많이 먹었다. 마흔이 넘은 지금 내가 가진 말투는 이것이 사투리인지 표준어인지도 모르게 변했지만, 그때 나는 정말 표준어를 구사하고 싶어서 필사적이었다. 그래서 서울 사람들이 많이 모여있는 독서토론 동아리에 참가하여 선배와 동기들이 하는 말을 열심히 경청했고 표준어 연습도 열심이 했다. 독서 동아리 덕분에 뜻하지 않게 사회과학 분야의 책을 많이 접하게 되었고, 나는 그전까지 모르고 살았던 새로운 분야의 책에 점점 몰입해가고 있었다.

서점에서 구하지 못하는 책들을 대학도서관에서는 구할 수 있었다. 지금은 유명해진 유시민 작가의 책 『거꾸로 읽는 세계사』도 그때 읽었다. 오래된 서고에서 보석을 발견하듯 책을 찾아 읽으면서 어느덧 나는 표준어라는 본래의 목적은 잊고, 시대정신과 역사 그리고 정치, 사회, 문화에 빠져들었다. 이런 책들을 읽고 지식이 쌓이면서 아마도 나는 조금씩 자신감이 생겼던 것 같다. 사투리를 쓰더라도 내 말에 논리가 있으면 부끄럽지 않았고, 지식이 부족하더라도 내가 알게 된 내용을 사람들 앞에서 말하는 것에 점점더 익숙해지면서 자신감이 생기기 시작했던 것 같다.

“이 시점부터 나 자신을 믿게 되었습니다.”라며 정확히 시점을 특정할 수는 없지만, 혼자라고 느꼈던 두려운 순간마다 나는 나를 믿을 수밖에 없었고, 그 믿음은 나를 한 뼘씩 때로는 몇 뼘씩 성장시켰다. 군대 생활이나 어학연수 기간같이 내 과거를 아는 사람이 아무도 없는 곳에서의 외로운 시간은 내 정신적 성장의 가장 큰 마일스톤이었다.

지금도 나는 항상 새로운 배움을 기대한다. 학창시절에 이런 마음가짐이었더라면 얼마나 좋았을까 후회 해보지만, 그래도 아직 늦지 않았다고 생각하고 꾸준히 공부하고 있다. 최근에는 오랫동안 미뤘던 논어를 필사하기 시작했다. 매일 새벽 논어 한 구절을 읽고 노트에 필사하고 블로그에 정리한 후 지인들과 SNS에 공유하고 있다. 나보다 조금 늦게 일어나는 사람들이 매일 아침 배달되는 논어 한 문장과 함께 기분 좋은 하루를 시작했으면 한다. 그들로부터 전해지는 아침 인사를 포함한 알찬 피드백은 새로운 공부를 지속하는 힘이다.

나는 항상 내일이 기대되는 사람이고 싶다. 올해 일흔이 되신 어머니는 살아온 세월의 내공만큼이나 나에게 좋은 말씀을 많이 해주신다. 얼마 전 어머니와 통화 중에 "아들아 이제는 조금 천천히 살아라."라고 말씀하셨는데, 이 말이 한동안 계속 귓가에 맴돌았다. 회사 업무도 녹록지 않은데 퇴근 후 성장을 위해 노력하는 자식이 대견하기도 하지만, 강하게 자신을 채근하다 보면 언젠가 탈이 난다는 것을 경험적으로 알기 때문에 하신 말씀일 거라 짐작했다. 현재의 내 인생으로도 충분히 행복할 수 있을 텐데, 미래를 위해 또 타인의 기대에 부응하기 위해 쉬지 않는 자식의 모습에 안타까움이 묻어났을 것이다. 어머니의 그 말씀에 고은 시인의 〈그 꽃〉이라는 시가 떠올랐다.

"내려갈 때 보았네. 올라갈 때 못 본 그 꽃"

그리고 속도를 조금 늦춰야겠다고 마음먹었다. 건강을 잃어본 사람만이 건강의 소중함을 알고, 가족을 잃어본 사람만이 가족의 소중함을 안다고 했다. 아직 나는 소중한 것을 잃어본 경험이 없어서 어머니의 깊은 마음을 전부 이해하지 못할지도 모른다. 하지만 부모의 기대에 보답하는 삶보다, 나와 내 가족이 행복해하는 모습을 자주 보여주는 게 훨씬 더 부모님을 행복하게 해드리는 것이라는 걸 조금씩 알아가고 있다.

나는 "전성기"라는 단어를 좋아하지 않는다. 전성기는 자신의 인생에서 가장 높은 지점에 올라본 사람이 쓰는 단어이기 때문이다. 정상에서 아래로 내려와 더는 오를 수 없을 때 그때를 회상하며 쓰는 말이 바로 전성기이기 때문에 나는 항상 "전성기는 아직 오지 않았다."라고 말한다.

성공을 이룬 사람의 이야기를 자주 접한다. 비단 성공의 기준이 경제력만은 아니지만, 경제적으로 윤택한 그들의 이야기를 들으면 내심 부러우면서도 한편으로 아직 내가 성장 중이라고 믿기 때문에 주눅 들지 않으려고 한다. 성공한 사람보다 실패를 경험한 사람들이 주변에 훨씬 더 많고, 성공이라고 박수갈채를 보냈지만, 시간이 성공을 실패로 뒤집는 경우를 자주 보았다. 성공은 시간의 함수다. 언제 어떻게 상황이 변할지 모른다. 그러므로 우리는 항상 겸손해야 한다.

우리는 완벽하지 않은 존재라는 사실을 마음속에 항상 간직하고 있다면, 우리는 언제든지 발전할 가능성을 안고 사는 것이다. 아직은 미생이지만 완생을 위해 나아가고 있다는 생각은 나를 다독이는 동시에 나를 채근한다.

05

꿈을 꾸고 있다면 여전히 청춘입니다

고3 어느 봄날, 체육수업을 막 끝내고 돌아온 교실은 땀 냄새로 흥건했다. 수업 종이 울리자 교실 문을 열고 들어오신 문학 선생님은 교실에서 풍기는 이상한 냄새에 반응하셨다.

"이놈들 봐라. 청춘의 냄새가 진동한다."

선생님은 교탁에 책을 내려놓으시고는 창가로 가서 큰 소리로 멋진 글 한 편을 암송하셨다.

"청춘(青春)! 이는 듣기만 하여도 가슴 설레는 말이다…."

여느 선생님들과 달리 문학작품의 본질은 문장을 느낌 그대로 받아들여야 한다며 정의할 수 없는 모호한 방법을 열심히 알려주셨던 분이었기에 그때 선생님의 입을 통해 나오던 문장을 아직도 기억하고 있다. 그때 나는 멍하니 "청춘"이라는 단어에 심취했었다. 기억 속에 각인되었던 그 글이 민태원의『청춘 예찬』이었다는 것을 알게 된 것은 대학에 입학한 후였다.

"보라, 청춘을! 그들의 몸이 얼마나 튼튼하며, 그들의 피부가 얼마나 생생하며, 그들의 눈에 무엇이 타오르고 있는가? 우리 눈이 그것을 보는 때에, 우리의 귀는 생의 찬미를 듣는다. 그것은 웅대한 관현악이며, 미묘한 교향악이다. 뼈끝에 스며들어 가는 열락의 소리다. 이것은 피어나기 전인 유소년에게서 구하지 못할 바이며, 시들어 가는 노년에게서 구하지 못할 바이며, 오직 우리 청춘에게서만 구할 수 있는 것이다. 청춘은 인생의 황금시대다. 우리는 이 황금시대의 가치를 충분히 발휘하기 위하여, 이 황금시대를 영원히 붙잡아 두기 위하여, 힘차게 노래하며 힘차게 약동하자."

만물이 역동하는 싱그러운 봄 같은 젊음을 상징하는 "청춘"이라는 단어를 이렇게 멋지게 풀어낸 글이 또 있을까? 나는 이 글을 너무 좋아하기 때문에 청춘이라는 단어를 불혹을 넘긴 지금까지도 나에게서 놓지 않고 있다. 그의 글처럼 인생의 황금시대인 청춘을 영원히 내게서 붙잡아 누기 위해 매일매일 열심히 살고, 매일 아침 눈뜰 때마다 가슴 뛰는 하루를 기대한다. 이렇듯 뜨겁게 다가올 하루를 계획하고, 그날에 최선을 다하는 사람들을 청춘이라고 나는 재정의하고 싶다.

일본의 유명 작가 다치바나 다카시의 『청춘표류』에는 방황과 실패를 통해 깨지고 부서지며 자신을 찾아가는 청춘들의 땀에 관한 이야기가 여러 편 수록되어있다. 책 속의 주인공들은 부끄럽지 않고, 실패를 경험하지 않은 청춘을 과연 청춘이라고 부를 수 있는지 독자에게 되묻는다. 그들은 세월이 흘러 그 시기를 벗어나 봐야 그때가 비로소 청춘이었음을 깨달을 수 있다고 말한다. 또한, 삶에 있어 가장 큰 회한은 자신의 의지대로 인생을 살지 못했을 때 생긴다고 주장한다. 이 책을 읽으면서 푸른색으로만 보였던 청춘 속에는 훨씬 다양한 스펙트럼이 있다는 생각을 했고, 나 역시 그 수많은 색 중의 어느 하나의 색을 지나는 중이라고 믿고있다.

청춘은 꿈이 있어야 한다. 하고 싶은 것, 되고 싶은 것이 있어야 비로소 청춘의 심장이 두근거림을 자각할 수 있다. 그 꿈은 아주 크고 거창하고 때론 무모하기도 해야 한다. 지금까지 세상을 변화시킨 사람들은 모두가 안 된다고 했던 것을 되게 만든 사람들이다. 그들은 모두가 안 될 거라고 뒤돌아서는 순간에도 한 번 더 시도해 본 사람들이다. 그래서 청춘은 크고 거창하고 무모하지만 계속 질주할 수 있는 꿈이 있어야 한다.

지금 주변을 돌아보자. 자신의 주변에 크고 거창한 꿈을 가진 사람들이 몇 명이나 있는가? 당신은 어떠한가? 당신은 꿈은 안녕하신가? 안타깝게도 주변의 너무나도 많은 사람들이 꿈을 잊은 채 하루를 살고 있다. 우리는 경제적 궁핍, 맞지 않는 적성, 불편한 인간관계 등에 괴로워하며 꿈을 잊어버린 채 하루하루 버티는 삶에 익숙해져 버렸다. 어른들은 수저 색깔론을 만들어 냈고 아이들의 꿈은 건물주가 되어버렸다. 불평등에 익숙해졌고 노력의 가치가 퇴색돼가고 있는 것이 현재 우리가 사는 세상의 모습이다. 이런 시기지만 나는 감히 다시 꿈을 꾸자고 주장한다.

철학자 윌리엄 제임스는 "생각은 행동을 만들고, 행동은 습관을 만들고, 습관은 인격을 만들고, 인격은 운명을 만든다."라는 유명한 명언을 남겼다. 결국, 생각 = 꿈에서 시작된다. 인간은 꿈을 통해 자신의 행동에 당위성을 부여한다. 라이트형제는 하늘을 날고 싶다는 꿈을 가졌기 때문에 비행기를 만들었고, 빌 게이츠는 모든 사람의 책상 위에 컴퓨터를 올려놓겠다고 꿈꿨기 때문에 마이크로소프트가 탄생했다. 이렇듯 시작은 누구와 견줄 필요 없이 가슴속에 꿈틀거리는 자신의 꿈에서 출발한다.

나는 "독서"를 내 인생의 키워드로 정한 후 원대한 꿈을 꾸고 있다. 그 꿈은 바로 우리나라 성인들의 연평균 독서량을 12권(2017년 기준 8.4권)으로 만드는 것이다. 독서를 통해 대한민국 성인들의 의식 수준을 높여 더욱 경쟁력 있는 나라를 만드는 데 일조하고 싶다. 나는 "성공을 희망하는 사람들의 생각을 돕습니다." 와 "세상에서 가장 아름다운 습관, 독서를 응원합니다."라는 두 개의 캐치프레이즈를 만들었다. 그리고 이렇게 독서를 예찬하는 글을 쓰고 사람들을 만나 독서의 즐거움과 효과를 전파

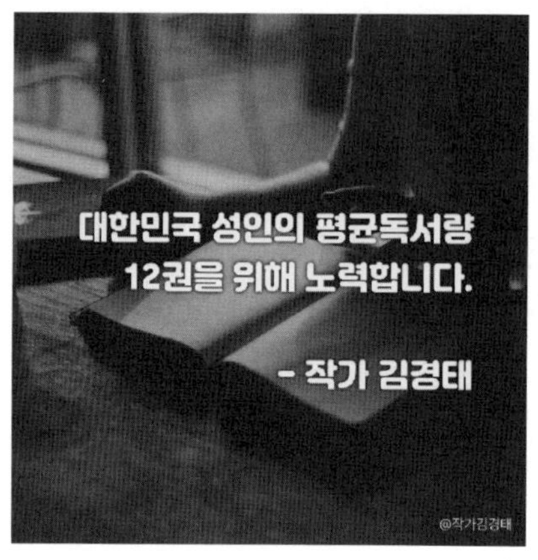
대한민국 성인의 평균독서량
12권을 위해 노력합니다.
- 작가 김경태
@작가김경태

하고 있다.

사람들을 만나 생각을 나누고 글을 공유하면서 내 꿈은 보완되고 있다. 내 꿈의 종착역은 멈추지만 않으면 언제가 도착할 수 있을 거라 믿는다. 나는 앞서 언급했던 윌리엄 제임스의 명언 맨 앞에 한 줄을 추가하고 싶다. "독서는 생각을 만들고, 생각은 행동을 만들고, 행동은 습관을 만들고, 습관은 인격을 만들고, 인격은 운명을 만든다." 이렇듯 모두가 독서를 통해 꿈을 이루겠다는 생각을 갖기를 간절히 희망한다.

청춘을 다른 단어로 표현하면 가능성이다. 무라카미 하루키는 『기사단장 죽이기』에서 흔들림 없는 진실보다는 흔들릴 여지가 있는 가능성을 선택하고, 그 흔들림에 몸을 맡기는 쪽을 선택하겠다고 말했다. 나는 그의 문장에서 청춘의 냄새를 맡았다. 내 아버지 연배인 그에게서 청춘의 냄새를 맡고선 다시 한번 나이는 숫자에 불과하다고 확신했다. 사람은 자신의 믿음과 자신감만큼 젊고 포기와 절망만큼 늙는 것이다.

자신감 넘치는 카리스마로 수년간 조직을 이끌었던 회사의 상사들이 퇴직 후 다시 만나보면 그새 무슨 병이라도 앓았던 것처럼 많이 늙어있는 모습을 목격한다. 분주하고 짜임새 있던 리더의 삶 속에서 높은 집중력을 유지하다가, 퇴직 후 그 긴장을 탁하고 놓아버린 순간 그들은 또래의 중년으로 돌아가 버린 것이다. 물론 퇴직 후 곧바로 새로운 일을 찾아 도전을 이어가시는 분들은 여전히 에너지를 가득 붙들고 있다.

꿈을 꾸자. 크고 거창한 꿈을 꾸자고 다시 한번 강조하고 싶다. 남들이 무모하다고 말해도 무시하자. 그 꿈은 내가 만들어갈 나의 길이다. 그리고 책을 읽자. 읽은 책이 늘어갈수록 내 꿈은 더욱 구체화되고 단단해질 것이다. 안갯속처럼 흐릿했던 꿈이 조금씩 색깔을 갖추고 형태를 갖추게 되면서 성장하고 있음을 직감할 수 있을 것이다. 그 순간 당신은 청춘의 길 어느 한 점을 통과하고 있다. 그 길 위를 달리는 자신의 모습이 기대되지 않는가?

06

취하지 않으면 독서가 아니다

어떤 책이었는지 기억나지는 않지만 “인생 참 별것 없다.”라는 문장을 읽은 적 있다. 살아지는 대로 살다 보니 나이를 먹게 되었고, 주위 사람들이 사는 것처럼 살려다 보니 일을 가지게 되었고, 결혼했고 자녀를 키우게 되었다는 것이다. 무덤덤한 듯 건조하게 쓴 이 구절을 그냥 지나치지 못했던 것은 그 문장 속에서 나 자신을 보았기 때문이었다.

꿈은 전업 작가지만 현실은 직장인인 나는 직장을 박차고 세상 밖으로 나가지 못하고 현실이라는 상자 안에서 열심히 칼만 벼리는 중이다. 열심히 갈고 있는 내 칼로 박스를 찢고 세상을 향해 걸어나가고 싶지만 “아직은”, “조금 더”라며 계속 주저하고 있다. 도끼로 바늘을 만든다는 마부작침의 교훈처럼 열심히 나를 단련시키고 있지만, 제자리에서 주저하며 계속 바늘만 갈다 보면 바늘이 사라질 것 같다는 생각을 자주 한다.

이렇게 의지가 흔들릴 때면 나는 서재에 꽂아둔 자기계발서를 다시 꺼내 읽는다. 밑줄 그어둔 문장을 다시 읽으며 그 뻔한 말에 다시 감동하고 힘을 얻는다. 그리고 책상에 앉아 몇 줄이라도 더 쓰려고 노력한다. 하수는 뻔한 말을 흘려넘기고, 중수는 뻔한 말을 실천하려고 노력하고, 고수는 그 뻔한 말을 삶의 원칙으로 만들어 그 너머의 무언가를 향해 나아간다.

나는 지금 어디쯤 와있을까. 자기계발서가 내게 건넨 좋은 영향을 경험했기에 저자들이 언급하는 뻔한 진리를 그냥 흘려보낼 수 없다. 하지만 아직도 나는 실천 의지가 부족하다는 것을 느낀다. 인간은 자신이 믿는 것만큼 이루어내는 존재다. 의심 없이 자신을 믿는 그 순간 우리는 자신이 믿은 그것을 손에 쥐게 된다. 이순신 장군은 패할지도 모를 전쟁을 준비하지 않았다. 반드시 이긴다는 믿음으로 준비했기 때문에 전승이라는 업적을 이루어낸 것이다.

내가 확실하게 믿는 것이 있다. 독서습관은 반드시 나를 한 차원 높은 인생으로 만들어 줄 것이라는 믿음이 바로 그것이다. 이제 나에게 독서는 도전이 아닌 습관의 영역이다. 습관은 당연함을 전제로 한다. 그래서 나에게 독서는 당연한 일상이다. 나는 자연스럽게 몸에 밴 이 독서습관으로부터 즐거움을 얻는다. 책을 들고 있는 내가 전혀 어색하지 않다. 어느 자리에서나 책을 읽고 있는 내 모습이 무척 자연스럽다. 이런 일상의 모습 덕분에 나에게 관심을 두는 사람들이 제법 생겼다. 내가 읽는 책에 관심을 가지고 내가 쓴 글에 공감하는 사람들이 조금씩 늘어간다. 그들과 여러 채널을 통해 이야기하고 그 이야기 속에서 새로운 책 추천을 주고받는다. 책을 매개체로하여 그들을 독서 습관의 과정으로 안내하고 있다.

책과 글을 통해 새롭게 알게 된 분 중 "그래"라는 필명을 쓰시는 작가님이 있다. 같은 지역에 살고 있어서 가끔 뵙게 되는데 필명 "그래"처럼 정말 긍정 에너지가 넘치신다. 처음 알게 되었을 때는 첫 책을 준비 중이셨는데 벌써 개인 저서를 두 권이나 내셨다. 여러 채널을 통해 다방면으로 활동 중이며 점점 인지도를 높여가고 계신다. 작가님의 활동을 지켜보면서 미친 실행력에 감탄한다. 나이도 나보다 열 살 정도 많으신데 간호사라는 직업과 함께 작가로 강연가로 유튜버로 활동하시는 것을 보면 그 무한한 에너지에 혀를 내두를 정도다. 비단 그래 작가님뿐만 아니라 다른 여러 작가들의 활동을 보면서 서로 자극받고 독려하고 위로도 받는다. 책을 읽고 글을 쓰고 공유하면서 비롯된 인연인데 이제는 서로를 벤치마크하며 도움을 주고받을 수 있어서 기쁘다. 이분들과의 인연이 결국 나를 더욱 실행하는 사람으로 만들어주고 있다.

책을 읽고 글을 쓰는 행동이 쌓이다 보니 하나둘 결과물을 만들어 냈다. 읽은 책이 쌓인 만큼 좋은 문장을 발췌한 노트가 쌓였다. 독서 노트가 쌓이면서 책 리뷰가 한편씩 만들어졌다. 내 리뷰를 통해 그 책을 함께 읽는 사람들이 생겼고 그들도 나와 비슷하게 책 읽은 후 소감을 남기기 시작했다. 조금씩 물결이 일렁이고 있음을 느낀다. 아직은 소규모지만 시간과 노력이 버무려져 점점 덩치가 커질 것이다. 이 활동이 정말 매력적인 이유는 서로의 노력과 피드백에 취할 수 있다는 점 때문이다.

내가 가장 많이 받는 피드백 중 하나가 바로 자신의 독서가 달라졌다는 말이다. 책을 읽는 것에서 그쳤던 분들이 책을 읽은 후 생각을 남기기 시작하면서 달라짐을 느끼기 시작했다는 것이다. 어떤 책을 읽었는지 기억하지 못했던 분들이 읽은 책을 정리하면서 다시 읽기를 시도하고 자기 생각으로 문장을 만들면서 책을 곱씹는다. 과거의 독서가 닭튀김이라면 지금의 독서는 닭백숙처럼 문장 속 정수까지 뽑아내려고 노력하는 것이다. 거기에 서로 간의 피드백이 더해지면서 한꺼번에 여러 가지 닭요리를 맛보는 것과 같은 효과를 내게 된 것이다. 이런 독서가 반복되면서 변화를 직시하게 된 것이다.

변화는 자신을 더욱 몰입시키고, 몰입은 더 좋은 변화를 이끈다. 그 과정에서 얻게 되는 즐거움은 자신의 독서를 한 걸음 더 내딛게 만든다. 그 한 걸음 한 걸음이 모여 한참 뒤 뒤돌아봤을 때 자신의 독서력은 퀀텀 점프해 있음을 알게 되는 것이다. 독서력의 발전을 기대하고 싶다면 지금 당장 이 방법에 도전해 보기 바란다.

독서에 제대로 취하게 되면 알게 되는 3가지가 있다.

첫째, 내 삶에 도움이 되지 않는 책은 없다는 사실을 알게 된다. 『언어의 온도』로 유명한 이기주 작가는 그의 최신작 『글의 품격』에서 독서는 작가가 닦아놓은 '활자의 길'을 각자의 리듬으로 산책하는 것이라고 했다. 작가는 자신만의 방법으로 새로운 길을 열심히 개척하는 사람이다. 누군가가 걸었던 길을 따라가는 것이 아닌 자신만의 길을 찾아가는, 정답이 없는 미로를 헤쳐가는 사람이 바로 작가다. 그들이 쓴 책은 오랜 시간 숙고하여 문장을 만들고 부수기를 반복하면서 나온 결과물이다. 그래서 책을 읽는 것은 작가들이 닦아놓은 길을 진중하게 걸어가 보는 것으로 지금까지 내가 가져온 생각을 때론 단단하게 만들고 때론 부숴버리기도 한다. 그러므로 책은 자신의 삶에 어떻게든 영향을 끼치게 된다.

둘째, 읽은 책보다 읽을 책에 집착하는 자신을 발견하게 된다. 즉, 과거의 반성을 넘어 앞으로 내가 어떻게 할 것인가에 대해 고민을 하게 만드는 것이 바로 독서다. 책을 통해 새롭게 알게 된 지식이나 제안은 삶의 욕구를 자극해 관련된 자료를 찾게 만든다. 공부도 깊이 있게 이해하면 할수록 해야 할 것들이 더 많아지듯, 한 분야의 책도 여러 권 읽다 보면 그 분야의 새로운 시각을 가진 고수들이 눈에 들어오기 시작한다. 그러다 보니 그들의 책들을 찾아 읽게 되고 관련된 강좌나 뉴스, 칼럼 등을 찾아보게 된다. 독서에 취한 여러분들의 책상에는 분명 읽어야 할 책들이 수북이 쌓이게 될 것이다.

셋째, 문제를 푸는 방법을 고민하게 된다. 지금까지 우리는 남들이 가던 길이 옳은 길이라 생각하고 정답을 외워 적용하는 방식으로 살았다. 하지만 책을 읽다 보면 책 속의 그들은 모두 자신만의 방식으로 문제를 풀어냈다는 것을 발견하게 된다. 그들이 겪으면서 풀어낸 문제를 같은 방법으로 답습하게 되면 중간은 갈 수 있을지 모르겠다. 하지만 독서는 우리 자신을 그러지 말라고 독려한다. 그들의 생각을 넘어 자기 생각을 가지라고 말한다.

"왜?"라는 질문이 머릿속에서 시작되고 "만약에"라는 단어가 머릿속에서 떠올랐다면 우리는 자신만의 방식으로 문제를 풀기 시작한 것이다. 가장 중요한 것은 내 방법이 틀릴지도 모른다는 우려가 아니라, 나는 남들과 다른 길로 가보겠다는 자신감이다. 독서는 우리를 동서남북의 정해진 네 방향이 아닌 새로운 방향으로 안내할 것이다.

내가 독서에 취했던 첫 순간이 언제였는지는 기억하지 못한다. 하지만 독서에 취했던 어느 순간 나는 책이 너무 읽고 싶어서 책을 사서 책장에 꽂아두기 시작했다. 빌려 읽던 것에서 직접 구매해서 읽기 시작하면서 내 독서의 온도는 훌쩍 올라갔다. 소중히 다루던 책에 줄을 긋고 책을 접고 메모했다. 책이 나에게 던지는 질문에 답하려고 노력하면 할수록 책은 지저분해졌지만, 대신에 내 생각은 점점 더 맑아지고 있었다. 독서와 글쓰기를 통해 머릿속의 꼬여있던 실타래를 풀어내면서 내가 알던 것은 정보를 넘어 지식이 되어가고 있었고 행동으로 변하고 있었다. 여러분들도 이 같은 변화를 경험해보길 바란다. 감히, 그 어떤 즐거움과 견주어도 손색이 없을 것이다.

07

파랑새는 책 속에 있다

어릴 적 그림책으로 읽었던 마테를 링크의 동화『파랑새』는 인간의 행복이 과연 무엇인가에 대한 깊은 통찰이 담겨있는 희곡이다. 주인공 틸틸과 미틸은 요정으로부터 숙제로 받게 된 파랑새를 찾으러 모험을 떠나지만 결국 찾지 못하고 집으로 돌아오게 된다. 다음 날 아침, 잠을 깨보니 집에서 키우던 새장의 새가 파랑새인 것이 아닌가. 기쁜 마음에 새장을 열어 파랑새를 손에 잡으려고 하는 순간 파랑새는 날아가 버린다. 행복으로 상징되는 파랑새는 결국 가장 가까운 곳에 있었다. 하지만 그것을 알아보지 못한 사람들은 엉뚱한 곳에서 행복을 찾고자 했고, 뒤늦게 행복이 가까이 있음을 깨달았지만 그것을 소유하려고 하자 사라져버린다.

우리의 삶도 이와 비슷하지 않은가? 소중한 것, 중요한 것은 모두 지금 내가 가지고 있는 것 속에 있는데 스스로 타인과 비교하며 상실감을 느끼고, 가지지 못한 것에 집착하다 보니 정작 가장 중요한 것들을 놓치고선 뒤늦게 깨닫고 후회하는 것 말이다. 이 굴레를 벗어나기 위해서 우리는 자존감을 가져야 한다. 스스로 자신의 행복을 정의할 줄 알아야 하고, 그것을 믿고 우직하게 나아가야 한다. 흔들림 없는 자존감과 타인과 비교 불가한 나만의 정체성을 찾아가는 과정 그 속에서 우리는 자신만의 파랑새를 발견하게 될 것이다.

얼마 전 나는 자신의 파랑새를 발견한 사람을 만났다. 그분은 바로『김밥 파는 CEO』의 김승호 회장이다. 내가 이분의 강연을 듣고 모임에 참석하게 된 것은 우연일지도 모르지만, 또한 필연적으로 연결된 것이라고도 생각한다. 내가 어떻게 그분을 만나게 되었는지 이야기해 보겠다.

시작은『파리에서 도시락을 파는 여자』라는 책 한 권이었다. 우연히 어느 칼럼에서 켈리델리(Kelly Deli)의 켈리 최(Kelly Choi) 이야기를 접하게 되었고, 그녀의 자서전을 읽어보겠다고 마음먹고 메모해두었다. 메모를 까마득히 잊고 있던 어느 날, 서재를 정리하면서 그녀의 책을 발견했다. 사실 난 내 서재에 그녀의 책이 있는 줄도 몰랐다. 몇 년 전 중고서점에서 자기계발서를 수십 권 구매한 적 있었는데 그때 골랐던 책이었다. 메모했던 기억에 잠시 몇 페이지를 읽었는데 진정성 있는 그녀의 글은 단번에 내 시선을 사로잡았다.

자살 결심으로 시작하는 그녀의 책은 그동안 많이 읽었던 자기계발서와 특별히 다르지는 않았지만, 이상하게 나는 그녀의 이야기에 경도되었다. 시간 가는 줄 모르고 재미있게 읽었고, 건전한 그녀의 사고방식이 담긴 좋은 문장들에 내 의견을 담아 블로그와 SNS에 리뷰를 남겼다. SNS를 통해 그 글이 그녀에게 닿았고, 그녀가 내 블로그를 방문해서 답장 인사를 남겨주었다. 그걸 계기로 나는 그녀의 SNS에 관심을 갖게 되었고 거기에서 가끔 그녀가 들려주는 김승호 회장 이야기를 읽었다.

그녀의 책에서도 에피소드로 소개되었던 김승호라는 인물에 대해 그때부터 관심이 생겼다. 켈리 최는 김승호 회장에게 사업을 배워서 켈리델리를 시작하게 되었고, 이제는 비슷한 규모로 회사를 키워 어깨를 나란히 하고 있었다. 나는 김승호 회장이 어떤 사람인지 궁금했고 그의 저서를 찾아서 읽어나갔다. 『김밥 파는 CEO』, 『자기경영 노트』, 『생각의 비밀』을 읽으면서 그의 생각에 매료되었다. 특히 그가 이야기하는 장사와 사업의 차이를 정의한 부분에 크게 공감했다. 그리고 내 가슴속에 그를 만나고 싶다는 불씨가 조금씩 타오르기 시작했다. 그에게 직접 사업 이야기를 듣고 싶었고 대화해보고 싶었다. 수천억 원을 가진 부자여서 그가 부러운 것보다 그의 올바른 생각과 가치관이 부러웠다. 나는 그를 만날 방법을 찾아보기 시작했다.

김승호 회장이 주관하는 〈사장학 개론〉 수업이 있었다. 8시간짜리 강의인데 수강료가 제법 비쌌다. 하지만 돈에 앞서 그 강의는 사장만 수강할 수 있다는 점이었다. 구멍가게라도 사장이어야 했다. 사장들의 고충

을 들어보고 그들에게 방향을 제시해주는 수업이기 때문이었다. 그 강의 포스터를 보고 마음이 동했던 나는 주최 측에 메일을 보냈다. 샐러리맨이지만 향후 사업을 꿈꾸고 있다는 내용과 내 꿈에 대한 청사진을 보냈고 추가로 내가 리뷰했던 김승호 회장의 책에 관한 글을 첨부했다. 주최 측에서는 합격을 장담할 수는 없지만 일단 지원을 해보라고 했고 나는 지원하고 다행히 합격 통보를 받았다. 그래서 나는 지난 8월에 그를 직접 만나게 되었다.

강연장에서 만난 김승호 회장은 곧았고, 건강한 웃음을 가지고 있었고, 아우라가 있었다. 무엇보다 육체와 정신의 균형이 좋다는 인상을 받았다. 말에 자신감이 묻어있었고 사람들의 이야기를 들을 줄 아는 사람이었다. 8시간의 약속된 강연시간을 훌쩍 넘기면서까지 수강생들에게 한 가지라도 더 지혜를 보태주려고 노력하는 그를 보면서 생각했다.

'아! 이분 진짜 자기만의 파랑새를 발견한 분이구나. 나도 꼭 그렇게 되어야겠다.'

그에게 나는 강연을 들은 수백 명 중에 한 명이었을지 모르지만, 나에게 그는 단 한 명의 스승으로 자리매김했다. 그 강연을 계기로 나는 수백 명의 사장을 알게 되었다. 물론 직접 만나보지 못한 분들이 대부분이지만, 〈사장학 개론〉이라는 강의가 구심점이 되어 서로에게 자극을 주며 매일매일 서로를 칭찬하고 격려하고 있다. 그분들과 함께 "미라클 모닝"이라는 새벽 기상 프로젝트를 진행 중이고, 내가 읽었던 좋은 책을 추천하며 나만의 영역을 만들어가고 있다.

서두에서 이야기했듯, 우연처럼 시작된 것이 필연처럼 내 인생에 들어왔다. 책 한 권에서 비롯된 관심이 나를 움직였고, 그 행동은 조금씩 물결을 만들어 사람들을 만나게 했고, 이제는 내 생각과 생활을 조금씩 변화시키고 있다. 켈리 최의 책과 김승호 회장의 책을 읽은 사람은 아주 많다. 그들 중 대부분은 자신이 그 책을 읽었다는 정도에서 만족했을 것이다. 소수만이 그 책을 통해 변화를 만들어 냈다. 비단 그들의 책뿐만이 아니다. 어떤 책이든 책을 통해 생각의 변화를 만들어 내는 사람들은 꼭 있다.

자신이 읽은 책에 대한 리뷰를 인터넷 서점, 블로그, SNS를 통해 찾아보기 바란다. 대부분 책의 내용을 발췌한 것에서 끝나는 리뷰지만, 가끔 저자와 자기 생각을 비교하며 자신의 변화나 통찰이 담겨있는 멋진 리뷰를 만나게 될 것이다. 이런 글을 읽으면서 그들의 생각을 흡수하고 자신의 생각과 비교하며 생각을 고치고 다져가는 과정을 통해 자신의 독서력을 키울 수 있다. 한 차원 높은 독서는 자신의 노력을 통해 만들어지는 것이다.

우리는 모두 자신만의 파랑새를 발견할 수 있다. 지금 내가 가지고 있는 관심, 내가 가장 중요하게 생각하는 가치, 내가 가장 소중하다고 생각하는 것들을 메모장에 적어보자. 하나씩 읽어보면서 '지금 나는 그것을 위해 무엇을 하고 있는가?'를 나에게 질문해보자. 적어놓은 것과 관련된 책을 검색해서 딱 세 권만 읽어보자. 여러분이 진심으로 고민해서 적은 단어가 맞았다면 관련된 책 속에서 새로운 시선을 발견하게 될 것이다.

독서를 통해 자기 생각을 부수고, 뒤엎고, 단단하게 다듬을수록 자신의 파랑새를 만날 시간이 다가오고 있다. 분명 파랑새는 있고, 그것은 모두 여러분 속에 존재한다. 여러분 속에 감춰져 있는 것을 꺼낼 수 있는 지혜가 필요하며, 그것은 생각의 변화를 통해 행동으로 만들어진다. 생각의 변화를 끌어내는 도구가 바로 책이다. 여러분이 읽은 책, 읽게 될 책이 여러분의 파랑새가 숨어있는 장소를 알려주는 도구라는 것을 잊지 말자. 우리 모두 자신의 파랑새를 발견하길 간절히 응원한다.

08

나는 나의 꿈을 응원한다

학창시절 매일 똑같은 하루가 지겨웠다. 힘겹게 잠을 깨면 엄마가 차려준 밥을 먹고 학교에 가야 했고, 짜여진 시간표에 맞춰 수업을 듣고 공부해야 했다. 매일 똑같이 반복되는 시간을 보내면서 중간고사와 기말고사를 끝냈고 그러다 보면 한 학기가 지나가 있었다. 몇 번을 똑같이 반복해야 이 생활이 끝날까? 머릿속으로 숫자를 세면서 이런 하루가 어서 끝나기를 바랐다.

군대에 입대한 첫날 밤, 보급품으로 받은 작은 수첩에 달력을 그렸다. 2년 2개월, 790일의 날짜를 빼곡히 쓰고 오늘 날짜에 가위표를 그렸다. 이제 겨우 하루가 지난 것이 아니라 789일밖에 남지 않았다고 생각했다. 오늘같이 똑같은 하루를 보내기만 하면 된다고 나를 위로했다. 매일 버겁겠지만 다시 이 수첩을 열어보게 되면 시간이 훌쩍 지나가 있을 거라 기대하면서 오지 않는 잠을 청했다. 눈뜨면 며칠이 지나가 있기를 기대했다.

요즘 나는 매일 똑같은 하루가 반갑다. 앞으로도 매일 똑같기를 기대한다. 어제처럼 오늘도 내 얼굴에 웃음이 많았으면 좋겠고, 어제처럼 오늘도 아내와 아이들이 즐겁고 건강하고 행복했으면 좋겠다. 어제처럼 오늘도 내 걱정을 해주시는 부모님이 항상 그 자리에 계셨으면 좋겠고, 어제처럼 오늘도 내 노력이 계속되었으면 좋겠다. 어제와 모든 게 똑같지만 나만 조금 성장해 있기를 바란다. 난 참 욕심이 많은 놈이다.

지구는 50억 년 동안 단 하루도 똑같은 날씨였던 적이 없다는 글을 읽은 적이 있다. 온도 변화, 파도 높이, 바람 세기, 물의 흐름. 단 하루도 지구는 변하지 않은 적이 없다.

"변하지 않는 것은 변하지 않는 것은 없다는 사실뿐이다."라는 말처럼 지구는 단 하루도 변화를 멈춘 적이 없는 것이다. 이 지구에 하나의 먼지 같은 존재인 나는 이 명백한 진리에 역행하며 점점 내 존재가 멈추길 기대한다. 구본형 작가는『익숙한 것과의 결별』에서 이런 내 생각을 노회와 기득권이라는 말로 표현했다.

멈춘다는 것은 두 가지 의미로 해석될 수 있다. 시작을 위한 멈춤과 끝을 위한 멈춤이다. 구본형 작가가 언급한 노회와 기득권은 끝을 위한 멈춤에 관한 이야기다. 하지만 나는 끝을 위한 멈춤(stop)이 아닌 시작을 위한 멈춤(pause)을 이야기하려고 한다.

정중동(靜中動)

『채근담』에 나오는 이 말은 고요한 가운데 움직임을 감추고 있다는 뜻이다. 멈춰있는 것처럼 고요하지만 끊임없이 움직여 변화를 만들어 내는 상태, 바로 살아있는 지구와 같은 모습이다. 나는 독서를 정중동에 비유하고 싶다. 숨을 쉬고 책장을 넘기고 눈을 움직이고 있지만 멈춘 것처럼 고요하다. 솔바람 부는 호숫가 잔잔한 물결 같지만, 머릿속은 태풍이 휘몰아치며 얼어붙어 있던 고정관념의 틀이 깨지고 있는 순간을 맞이하는 활동이 바로 독서다. 나는 독서를 통해서 내가 멈추고자 했던 이유를 발견할 수 있었다. 그것은 바로 놓치고 싶지 않은 현재가 내게 유혹하는 편안함(stability) 때문이었다.

나는 지금의 내 모습에 만족하지 못해 매일 공부하고 강연을 듣고 책을 읽고 글을 쓰고 있었지만, 사실 마음 한구석에는 현재에 만족하고 있었다. 새로운 도전이 즐겁기보다는 부담스럽게 다가오는 경우가 많았고, 육체적 정신적 피로도가 높았기 때문에 지금의 내 상태가 계속되었으면 하는 마음을 가지고 있었던 것이었다. 그래서 여기서 멈추고 싶었던 것이었다. 타인을 속일 수는 있지만 나 자신은 속일 수 없기에 이 결론을 낼 수 있었다. 그렇지만 멈추지 말아야 한다고 말해주는 것도 역시 책이었다.

우리는 인생에 대한 사전지식이 전혀없이 인생을 시작한다. 모르기 때문에 과감하기도 하고 때로는 소심하기도 하다. 먼저 인생을 걸어간 사람들의 발자취를 따라가며 걷기도 하고, 때론 밤새 내린 눈밭에 새로운 발자국을 남기듯 남들이 가지 않은 길에 내 흔적을 남기면서 자신만의 길을 만들어가기도 한다. 이런 의미에서 우리는 모두 개척자다. 인간은 죽음이라는 종착지만 알뿐 자신이 어느 방향으로 가고 있는지 모른 채 살아가고 있다. 지금의 내 방향이 맞는지는 먼 훗날 지금의 길을 되돌아볼 때 알게 되겠지만 사실 알 필요도 없다. 왜냐하면, 내가 선택하지 않았던 다른 길은 가볼 수 없기 때문이다. 타인이 겪었던 이야기를 통해 때론 위로를 때론 한탄을 할 뿐이다.

어쩔 수 없이 타인이 가는 길을 곁눈질해가며 내 길을 만들어가는 게 인생이라면 많이 엿볼수록 내 길에 대한 정당성과 신념은 커지고 단단해질 것이다. 마치 알파고에게 바둑 기보를 알려주면 줄수록 바둑의 묘수를 더 많이 발견하게 되는 것처럼 말이다. 바둑 기보처럼 인생에는 앞선 사람들의 뚜렷한 발자국이 있다. 바로 그들이 남긴 책이다.

참고서는 성적 향상에 도움을 주지만 똑같은 문제가 공인된 시험에 출제된 적은 없다. 우리는 수많은 문제를 풀면서 경험을 통해 응용력을 기르는 방법을 학습했다. 좀 더 넓게 보면 인생에 참고할 책들은 많지만, 책에서 알려준 대로 똑같이 살 수는 없다. 다만, 책을 읽으므로 여러 상황에 따른 경우의 수와 그 수가 만들어 낼 미래의 사건을 짐작하고, 내가 가고자 하는 방향을 결정하는 것이다. 따라서, 책을 많이 읽는다는 것은 좀 더 많은 참고서를 보면서 거기서 나온 다양한 경우를 통해 내 결정을 돕는 것이다. 물론, 천재는 과정을 생략해버리는 능력을 갖추고 있기에 무언가를 참고할 필요가 없는 사람도 가끔 있기는 하다. 하지만 대부분은 천재가 아니고, 산다는 것은 과거에 일어났던 비슷한 경험적인 사건들에 의해 벌어지는 상황을 내가 맞닥뜨리는 역할 게임이기에 독서는 간접적이지만 분명 큰 도움이 된다. 그래서 나는 독서량을 늘리라는 말을 자꾸만 강조하고 되풀이한다.

똑같은 일은 없더라도 비슷한 일이 반복되는 것, 그 속에서 우리는 자기 생각을 만들고 행동을 일으켜 내 존재를 각인시키고 존재감을 만든다. 하루, 이틀, 일 년, 십 년, 이십 년, 오십 년의 시간이 반복 패턴을 만들면 그게 뭉쳐져서 자아가 되고 꿈이 되고 희망이 되어 다시 자신의 존재를 성장시킨다. 나는 40년이 넘는 시간 동안 이런 반복적인 활동을 통해 여러 생각들을 행동으로 바꿔보면서 나에게 맞는 미래를 찾아가고 있다. 현재 내가 찾은 것이 독서와 글쓰기다. 이게 정답인지 확신할 수는 없다. 하지만 해답이라고 생각하고 있고, 매일 반복하면서도 전혀 지루하지 않다. 그리고 무엇보다 이 시간이 즐겁다. 이 정도면 계속해볼 만하지 않을까?

나는 내 꿈을 열렬히 응원한다. 그리고 이 꿈을 나 혼자가 아닌 수많은 사람에게 알리고 함께 나누면서 함께 즐겁고 행복해질 수 있는 꿈이 되도록 노력할 것이다. 멈추기를 기대하는 마음이 깊숙이 자리 잡고 있지만 그걸 부수어 낼 도구 역시 가지고 있기 때문에 잠시 멈춰 전열을 가다듬고 다시 도전할 것이다. 다시 한번 나는 나의 꿈을 응원한다.

제 5 장

변하는 맛

: 단언컨대 독서입니다

01

단언컨대 독서입니다

한동안 미뤘던 서재의 책들을 정리했다. 보통 반기에 한 번 서재의 책을 정리한다. 책상 앞에 두었던 책 중에 읽은 것은 뒤쪽 책장으로 옮기고, 새로 구매한 것 중에 이번에 읽기를 결심한 책과 최근 관심을 두게 된 분야의 책 그리고 화제가 된 책을 눈에 잘 띄는 책상 앞으로 옮긴다. 이렇게 정리를 하고 나면 사두고서는 읽지 않았던 책을 보면서 반성하고, 뒤편 책장에 늘어가는 책을 보며 뿌듯해한다. 서재의 책을 정리하는 것은 하나의 의식 같은 것이다. '이번에는 이쪽 분야에 관심을 두고 제대로 한번 공부해보겠습니다.'라고 스스로 다짐하는 것이다. 눈앞에서 시선을 빼앗는 책 제목을 보고 있으면 저절로 의욕이 샘솟고 어서 읽고 싶다는 생각에 마음이 분주해진다.

학창시절 공부가 잘되지 않을 때나 마음이 심란할 때면 책상 서랍을 정리했다. 지저분한 서랍의 물건을 모두 꺼내 상자 한곳에 쏟아붓고 서랍을 한 칸씩 차례로 물걸레로 닦고 마른걸레로 다시 한번 훔쳤다. 상자에 모아둔 물건 중 버릴 것과 제자리로 옮길 것을 분류하고, 자주 쓰는 것들은 위 칸에 서류와 가끔 쓰는 물건들은 아래 칸에 넣어 정리했다. 이렇게 서랍을 정리하다 보면 잊었던 물건을 발견하기도 하고 메모해둔 채 잊어버렸던 추억들이 가끔 튀어나오곤 했다. 누가 가르쳐 준 것도 아닌데 정리하는 방법에 루틴이 생겼다. 서랍 정리를 하고 나면 새 노트에 필기하는 것처럼 다시 공부에 집중하기가 쉬웠다.

자기계발서 중에는 계획과 정리법 그리고 메모 방법에 관한 책들이 많다. 특히 나는 이 분야에 관심이 많아서 관련 서적 수십 권을 읽었고 책을 통해 깨닫게 된 것이 있다. 메모를 예로 들어보면 저자마다 방법이 다르고 쓰는 다이어리나 노트는 다르지만, 공통점이 있는데 그건 바로 항상 메모한다는 것이다. "꾸준함을 갖춘 쓰기"가 바로 메모의 본질이다.

계획하기도 메모와 다르지 않다. 연간, 월간, 주간, 일간 계획처럼 수많은 계획 작성법이 책에 쓰여 있지만, 전체를 꿰뚫는 하나의 본질은 "일단 계획을 종이에 쓴다."라는 것이다. 머릿속에 상상한 계획은 금세 잊어버리기 때문에 찢어진 여백에라도 직접 손으로 계획을 써야 한다. 이렇게 보면 펜으로 종이에 기록을 남기는 행동은 모든 자기계발의 시작이자 근간이고 정점이자 본질이다.

내가 이 사실을 깨닫게 된 것은 관련된 책을 반복해서 읽었기 때문이다. 누구나 다 알고 있는 사실이지만 대부분이 지키지 못하고 있는 "펜으로 종이에 쓰는 것"이 자기계발의 거의 모든 것이라는 것을 나는 강연에서 자주 얘기했다. 강연을 듣는 사람들 대부분이 자기계발의 핵심은 독서가 아니냐며 반문을 해왔다. 내 의견이 진리는 아닐지도 모르겠지만 나는 지금까지 내가 깨달은 자기계발의 핵심에 대해 이렇게 말했다.

"자기계발의 결과는 변화입니다. 하지만 단순히 A에서 B로 바뀌는 것이 자기계발의 결과는 아닙니다. 기존에 내가 왜 A라는 생각하고 있었는지 고민하는 것이 자기계발의 시작입니다. '지금은 B가 맞다.'라고 판단하는 것은 자기계발의 과정이고, 향후 C가 될지도 모르겠다고 예측하는 것이 결과입니다. 변화는 머릿속 생각에서 점화되는데, 점화된 불씨는 행동이라는 재료를 만나 큰불로 성장하게 됩니다. 행동의 시작은 머리로 그려보던 흐릿했던 생각을 손으로 직접 종이에 뚜렷이 눈에 보이도록 쓰는 것입니다. 쓴 글을 눈으로 보면서 그다음 행동을 계획하는 순환의 사이클이 만들어집니다. 그 사이클의 주기가 짧아지고 횟수가 증가하면서 우리는 발전하게 됩니다."

"책은 하나의 주제에 대한 타인의 생각이며 그 생각을 읽는 것이 독서입니다. 타인의 생각을 읽으면서 내 생각과 비교 대조하는 과정에서 우리는 '왜 나는 A라고 생각했는가?'를 고민을 하게 됩니다. 독서는 이런 형태로 내 생각의 모양을 다듬고 부숩니다. 그래서 저는 독서가 자기계발의 핵심이라기보다는 자기계발의 시작이라고 생각합니다. 독서를 통해 생각의 변화를 감지하고 행동을 통해 변화의 결과물이 만들어질 때, 우리는 자기계발의 성과를 인지하게 됩니다. 따라서 자기계발의 핵심은

행동에서 비롯된 변화이며 그 행동은 바로 생각을 글자로 쓰는 것입니다. 쓰지 않고 이루어지는 것은 없다는 것을 반드시 아셔야 합니다."

처음 자기계발을 시작했을 때 위의 말처럼 거창한 의미를 부여하면서 책을 읽고 글을 쓴 것은 아니다. 10년가량의 자기계발 시간이 내 생각을 변화시켰다. 처음 자기계발을 시작하면서 한 걸음씩 나아간 것이다.

나는 봉급쟁이였다. 매일 아침 회사로 출근해서 내 보직에 맞는 일을 하고 회사에서 봉급을 받고 있었다. 대다수 봉급쟁이의 생각이 나와 비슷하겠지만, 내 노력에 비해 적은 돈을 받고 일하고 있다고 생각했다. 이런 생각 때문에 회사에 애정을 쏟지 못하고 정당한 대가를 받으며 할 수 있는 다른 일을 찾아 퇴근 후 시간을 두리번거렸다. 다시 말해, 회사에서 일하는 시간은 최소한의 경제적 삶을 유지하기 위해 버텨야 하는 시간이고, 퇴근 후 남은 시간에 내 미래를 위해 무언가를 해야 한다는 생각을 계속했었다. 이 생각이 얼마나 잘못되었는지를 깨닫는 데까지 너무 오랜 시간이 걸렸다. 회사는 내 발전에 도움이 안 된다는 이 생각을 부수는 데 결정적인 계기를 한 것이 바로 독서다.

어느 책이라고 특정하지는 못하지만, 계획을 세우고, 실천을 독려하고, 시간을 관리하게 만드는 자기계발서를 읽기가 지쳤을 때 생각이 변하기 시작했던 것 같다. 나름대로 열심히 계획을 세웠고 실천을 하면서 작은 성공을 만들어내고 있었지만, 회사 업무 때문에 시간이 모자랐다. 이미 새벽 시간을 활용 중이라서 수면시간을 더 줄인다는 것은 몸에 무리가 될 것 같았다. 퇴근 시간만 일정하다면 훨씬 더 큰 폭의 발전이 가능할 것으로 생각했다. 하지만 퇴근 시간은 일정치 않았고, 가끔 일찍 퇴근하더라고 휴식의 유혹을 뿌리치기 어려웠다. 주말에는 '온종일 자기계발에 열을 올리겠다.'라고 매번 다짐했지만, 아빠를 기다리는 아이들과의 시간이 자기계발보다 더 만족스러웠다.

계획의 실패가 이어지자 나는 다른 방법을 찾기 시작했다. 한참을 고민하다 보니 '회사 업무 시간을 자기계발에 활용해보자.'라는 생각에 닿았다. 처음부터 업무 시간은 제외하고 계획했는데, 반대로 업무 시간을 포함했더니 자기계발의 패러다임이 완전히 바뀌어버렸다. 회사 업무 자체를 자기계발의 과제로 가져갈 수 있겠다는 생각을 하게 된 것이다. 매일 쓰는 이메일, 보고서들을 책에서 언급했던 방법으로 완성도를 올려보는 것부터 시작해서, 업무에 우선순위를 정해서 시간을 관리하고 급한 일과 중요한 일을 나누어 중요도를 표시하다 보니 그동안 회사 밖에서 해오던 것보다 훨씬 더 많은 과제를 자기계발과 연계해서 응용해볼 수 있었다. 이러면서 내 자기계발의 관점이 변하기 시작했다. 그동안 고려하지 못했던 부분을 보게 되면서 생각이 변한 것이다.

지금도 나는 여전히 봉급쟁이다. 하지만 이제 더는 그냥 봉급쟁이가 아니다. 내 업무에서 재미를 찾았고, 동료들을 통해 많은 것을 배운다. 서로의 삶의 방식, 업무처리 방식을 벤치마크하면서 내 삶을 조금씩 보완해가고 있다.

자기계발서를 읽으면서 직장보다 직업을 갖겠다는 업의 개념으로 생각을 전환하면서 내 삶은 매일 조금씩 방향을 조정해가며 발전하고 있다. 그리고 조금씩 월급날이 즐거워지고 있다. 일한 기간만큼 두툼해진 월급봉투 때문이 아니라, 내가 하는 일에 보람을 느끼고 있기 때문이다.

나는 회사를 '졸업'하는 날을 계속 기대한다. 아마도 그때는 지금의 나보다 몇 배는 더 성장해 있을 거라고 기대한다. 월급을 받기 위해서 일하는 것이 아닌, 내가 배우면서 성장을 하는 곳이고 덤으로 돈까지 챙길 수 있는 곳이 바로 회사다. 이곳에서의 졸업은 아마도 내가 주인인 새 회사의 출발을 의미하는 것이리라.

02

훌륭한 삶보다 나다운 삶을 위해

인간은 누구나 자기만족을 위해서 산다. 주변의 칭찬에 우쭐하기도 하고 비난에 움찔하기도 하지만, 타인으로부터 비롯된 관점은 나를 오롯이 대변하지 못한다. 타인은 온전한 내 모습 중 몇 개의 단면만 볼 뿐이다. 결국, 내 안에 존재하는 나 스스로를 인정하는 자존감이 내 전체를 대변하고 그것만이 삶을 지탱하는 힘이다. 그러므로 우리는 스스로 만족하는 법을 깨우쳐야 한다.

고등학교에 입학하면 서울대를 목표로 하고, 2학년이 되면 서울에 있는 대학을 목표로 하고, 3학년이 되면 대학을 목표로 한다는 말이 있었다. 저마다 큰 포부를 가지고 고등학교에 입학한 우리는 대학이라는 삶의 중요한 목적지를 향해 출발선에 서게 되었다. 3년이라는 시간은 길었지만 돌이켜보면 무척 짧았다. 하루는 길지만 일 년은 짧다는 것을 지나고 나서야 깨닫게 되는 것과 같았다. 우리는 자신의 삶이 자로 그은 듯 반듯한 직선으로 그려지기를 기대하며 그 시기를 보냈다. 하지만 대학 입시라는 현실이 손가락으로 꼽을 수 있을 정도의 날짜가 남았을 때 즈음 내 삶이 기대한 것처럼 반듯하게 그어지지만은 않는다는 것을 깨닫게 된다. 처음 기대했던 것과 달리 한참 동떨어져 있는 성적을 마주하고 당황해하며 결국 지원 가능한 학교를 찾게 될 때, 줄어든 성적보다 훨씬 크게 자존감이 상처받는다. 성적이 항상 꾸준했던 친구들도 있었지만, 특히 나는 등락 폭이 컸기에 학년이 올라갈수록 불안감이 커졌고, 불안감은 공부에 대한 열정 대신 요행을 기대하며 정석보다는 정답 찾는 기술을 기웃거리게 했다.

"실력은 거짓말을 하지 않는다."라는 사실을 그 시기에 몸으로 체득하게 되었다. 내가 다니던 학교는 우등생들을 별도로 모아 도서관에서 자율학습을 하도록 배려하고 있었는데, 처음 그곳에서 만난 녀석들 대부분이 3년 동안 계속 상위권 성적을 유지했다. 물론 시험을 볼 때마다 조금씩 이동이 있긴 했지만 80~90%는 변함없이 그 자리에서 비슷한 성적을 유지하고 있었다. 그 친구들의 특징은 열심히 공부한다는 것뿐이었다. 요행보다는 무거운 엉덩이와 꾸준한 노력이 그들의 자리를 계속 지킬 수 있게 만들었다는 것을 내 눈으로 직접 보았다. 좀 더 일찍 그 사실을 깨달았더라면 내 성적이 더 나아졌을지도 모르겠다. 묵묵히 공부하는 친구들을 보면서 결국 노력이 실력을 만들어낸다는 것을 알게 되었고, 내 주변에는 특별히 노력의 축적을 거부할 수 있는 천재성을 가진 인물은 없었다. 나 역시 늦은 감은 있었지만, 그들처럼 공부해야겠다는 생각을 했었다.

세월이 많이 흘렀다. 그때 그 친구들은 각자의 자리에서 자신의 인생을 살고 있을 것이다. 대부분 연락조차 되지 않지만, 그들은 분명 자신의 삶을 잘 살아가고 있다는 것을 느낌으로 알고 있다. 왜냐하면, 나 또한 이렇게 잘살고 있기 때문이다. 가끔 그때를 돌이켜보면 슬며시 웃음이 난다. 그때 나는 지금보다 훨씬 무모했고 감정적이었고 소모적이었다.

'그때의 내가 지금 나 같은 생각을 했었다면 어땠을까? 내 인생은 많이 바뀌었을까?'

하지만 후회도 없고 미련도 없다. 다시 돌아간다고 해도 나는 아마 그때와 똑같은 말과 행동과 생각을 하게 될 것이다. 그때는 그것이 최선이라고 생각했기 때문에 결정하고 움직였던 것이다. 그때가 다시 온다고 해도 나는 그 상황에서 최선의 결정을 하게 될 것이고 아마도 결정은 차이가 없을 것이다.

돌이켜보면 나는 타인의 시선을 많이 의식하면서 살았던 것 같다. 내가 좋아서 공부했다고 말하기보다는 부모님의 기대를 저버리지 않기 위해서 노력한 게 더 컸다. 또, 대학생이 되어 어릴때 헤어졌던 친구들과의 재회의 순간에 내가 좀 더 그럴듯해 보이면 좋겠다고 생각했었다. 타인에게 멋있게 비치는 삶을 통해 내가 만족할 수 있도록 나를 편집하며 살았다. 유명 고전을 가지고 다니면서 내가 이런 책도 읽는 사람이라는 것을 드러내고 싶어했던 것처럼, 타인의 눈에 내가 훌륭하게 성장하고 있는 것으로 보이고 싶었다. 이런 생각은 나의 다름을 드러내지 못하도록 강제했고, 주변 사람들과 비슷하게 보여야 한다고 채근했다.

대학생이 되자마자 나는 "남들과 비슷하게"라는 생각을 벗어야겠다고 생각했다. 학과 공부에 관심이 없었기 때문에 나는 맨 먼저 학업에 대한 경쟁을 관뒀다. 10년 가까이 팽팽하게 잡고 있던 성적에 대한 줄을 툭 하고 놓아버린 것이다. 그 순간 엄청난 자유로움을 느꼈다. 학교에 가지 않아도, 온종일 딴생각에 빠져있어도, 계획 없이 정처 없이 돌아다녀도 나를 제약하는 사람이 없었다. 친구 학교를 찾아가 강의를 들어보기도 하고, 친구의 친구들과 밥을 먹고 술을 마시며 새로운 사람들을 알아갔다. 때로는 며칠 동안 만화방에 틀어박혀 만화책을 읽었고, 무협지 시리즈를 빌려 도서관 열람실에서 공부하는 사람들 틈에서 킥킥거리다 눈총을 받기도 했다. 군대에 입대하기 전까지 나는 내가 즐겁고, 행복하고, 하고 싶어 하는 것들을 해보는 것에 흠뻑 빠져 시간을 보냈다. 잃은 것은 성적이었고 얻은 것은 자유로운 생각과 나라는 인간이 가진 본성과 특징이었다.

2년 가까운 시간 동안 나는 참 많은 것을 경험했다. 여러 부류의 사람들과 만났고, 그들의 이야기를 듣고 내 이야기를 했다. 일주일에 서너 편의 영화를 보았고, 들어보지 못했던 장르의 음악을 많이 들었다. 콘서트와 음악회도 다녀보고 무료로 주최하는 여러 행사를 기웃거리며 체력이 바닥날 때까지 진짜 열심히 즐겼다.

무엇보다 그 기간 동안 책을 많이 읽었다. 대학에서 내 도서대출 성적이 순위권에 있었을 거라 기대한다. 그 시기에 길고 지루한 장편 소설을 많이 읽었다. 마음 맞는 친구들과 경쟁하듯 책을 읽었고 독서 토론을 핑계로 한 술자리에서 맞는지 틀리는지도 모르는 이야기를 참 오랫동안 했었다.

생각해보면 그때 읽었던 책, 대화, 경험들이 버무려져 지금의 내 색깔이 만들어진 것 같다. 그때는 그 시간이 내 삶에 도움이 되리라고 생각하지 못했다. "학생은 공부"라는 책임감을 뿌리쳤고, '어차피 내 인생인데 내가 하고 싶은 것을 해볼 기회를 주자.'고 한 것이 전부였다. 고교시절까지 부모님 말씀 잘 듣는 모범생이었던 내가 시도하는 작은 반항이었다. 아마도 부모님과 떨어져 살지 않았다면 불가능했을 것이다. 매일 놀기만 하는 자식을 옆에서 두고 본다면 부모님 속은 시커멓게 타들어 갔을 테니 말이다.

그 시기를 거치면서 나는 성장했다. 한참 동안 멋대로 살아보고서야 무계획인 내 생활에도 질서와 계획이 존재한다는 것을 깨달았다. 맘대로 살려고 즉흥적으로 행동했지만 매일 나는 같은 시간에 일어나 밥을 먹고 있었고, 비슷한 곳에서 비슷한 행동을 하고 있었다. 그러고 싶지 않아도 일상의 루틴이 내 미토콘드리아에 각인되어 있었기 때문에 나는 매일 똑같은 삶을 살고 있었다. 습관은 이렇게 무서웠다.

그때 나는 내 안의 어린 나를 성장시켜가고 있었다. 남 앞에서 부끄러워하고 부모의 등 뒤에 숨어있던 나는 그 시간 동안 홀로 설 수 있는 체력과 정신력을 마련했다. 스스로 당당할 줄 아는 방법을 체득했고, 어디에서도 주눅 들지 않는 뻔뻔함으로 포장된 자신감을 키웠다. 그때 내가 가졌던 개똥철학이 바로 "타인에게 비치는 훌륭한 사람보다 나만의 색깔을 가진 사람이 되자."였다.

지금 나는 참 평범한 대한민국의 40대 직장인이다. 하지만 나는 나만의 색을 가지고 있다. 나만 알고 있던 색깔이었는데 이제는 제법 주변에 퍼져서 사람들이 내 색깔을 알아본다. 평범한 직장인 대신에 열심히 자신의 삶을 사는 자기계발가, 생각을 글로 표현하는 작가, 사람들에게 독서의 효과와 즐거움을 전파하는 독서 전문가로 나를 인식하고 있다. 돌이켜보면 방황했던 그 시간 덕분에 지금의 내가 만들어졌다고만은 할 수 없다. 하지만 그 시간이 발화점이 되어 내 가치관을 바꿔낸 것은 사실이다. 특히, 그 시간 동안 읽었던 수백 편의 소설을 통해 책 속 주인공과 나를 비교해가면서 어른이 될 내 모습을 다듬어갔다. 마치 영화 〈할리우드 키드의 생애〉의 주인공이 쓴 시나리오처럼, 나도 모르는 사이에 내 자아는 수많은 책 속 주인공의 색깔을 녹여 나의 색을 만들었다. 물론 그 작업은 지금도 현재 진행형이다. 나는 이런 내 모습을 사랑한다. 그리고 내 경험을 나누면서 모두가 자신만의 색을 만들어갈 수 있도록 돕고 싶다.

03

내 인생의 저자가 되어라

"비밀은 없다."

사람들은 모두 비밀을 가지고 있다. 우리는 인간관계 속에서 타인에게 알려줄 수 없는 때론 알려서는 안 되는 비밀을 간직하면서 산다. 비밀은 말하지 않아야, 아니 말할 수 없어야 비밀이라는 본래의 의미를 가진다. 그런데 우리는 비밀이라는 단어로 사건이나 이슈를 묶어 상자에 봉인함과 동시에 본래의 뜻과는 정반대로 비밀을 알리고 싶은 마음에 갈등하게 된다. 비밀의 이면이자 역설이다.

기술이 발전하면서 세상이 급속도로 변하고 있고 우리는 변화에 편승해 자신의 일상을 무수히 노출하면서 살고 있다. 일부러 자신의 삶을 드러내는 SNS 활동을 비롯하여 길가의 수많은 CCTV와 자동차의 블랙박스, 그리고 모두의 손에 쥐어져 있는 휴대폰 카메라는 자신이 인지하지 못하는 사이에 내 모습을 여러 군데 드러낸다. 이런 세상이다 보니 예전보다는 자신을 노출하는 것에 대한 거부감이 많이 줄었다. 특히, SNS를 통해 내 삶을 드러내고 타인의 삶을 엿보기 시작하면서 예전엔 맛보지 못했던 새로운 즐거움을 얻고 있다. 나 역시 블로그와 인스타그램, 페이스 북을 통해 내 삶의 일부를 드러내고 있다. 사람들에게 내 생각과 활동을 공유하고 그들로부터 공감을 얻고 의견을 나누면서 많은 사람들과 연결되어 있음을 느낀다.

하지만, 이런 장점 이면에는 단점이 숨어있다. 타인의 삶을 들여다보기 시작하면서 그들과 나를 비교하기 시작하게 된 것이다. 이로 인해 상대적 박탈감이 커졌다. 내가 타인에게 드러내고 싶은 일상이 자랑하고 싶고 주목받고 싶은 순간이듯, 그들도 일상이라고 말하지만, 사실은 특별하고 자랑하고 싶은 순간을 기록하고 공유한다. SNS를 보면 그들은 맛있는 것만 먹고, 좋은 옷만 입고, 멋진 곳만 여행하며 사는 것 같다. 이런 기록들을 들여다보면 볼수록 상대적 박탈감에 내 자존감이 상처를 받는 경우가 많다.

나 역시 SNS 활동을 열심히 하면서 또래의 화려하고 풍요로운 삶에 시기와 질투를 느꼈고, 내 노력의 부족보다는 상대적 박탈감과 질투심이 커갔다. 주변 사람들보다 부지런하고 열심히 살고 있다고 자부했지만, 그것만으로는 채우지 못하는 게 있었다. 사진 몇 장과 글 몇 줄일 뿐인데 나는 물질적인 것뿐만이 아니라 정신적인 면에서도 그들에게 뒤처져있다는 생각이 들었고, 이런 생각이 깊어질수록 나는 점점 더 조급해지기 시작했다.

이 시기에 읽었던 구본형 선생의 책은 내 자존감에 대해 다시 생각해 볼 기회를 갖게 해주었다. SNS는 순간의 기록이며 파편화된 일상의 한 부분일 뿐이라는 것에 생각이 미치게 되었다. 인생은 짧게 보면 비극이고 길게 보면 희극이라는 말처럼, 내 삶을 관통하며 진실한 나를 드러내는 것은 SNS의 사진과 글 몇 줄이 아닌 내 전부를 쏟아부어 쓰게 될 내 자서전이라는 생각을 하게 된 것이다.

구본형 선생은『마흔세 살에 다시 시작하다』에서 자신의 삶을 10년 단위로 끊어서 한 권의 자서전으로 담을 계획을 알리고 있었다. 10년이면 강산이 변한다는 속담이 있다. 말콤 글레드웰의 저서『아웃라이어』에 나오는 1만 시간의 법칙에서도 평범한 사람이 비범의 단계로 들어서는데 필요한 시간을 10년이라고 언급하고 있다. 선생님의 자서전 집필 계획을 읽으면서 내 심장이 뛰는 것을 느꼈다. 지난 몇 년간 책을 읽고 글을 쓰면서 자기계발의 정점은 자서전을 쓰는 것이라고 어렴풋이 짐작은 했지만 실천할 엄두를 내지 못하고 있었다. 하지만 그는 너무나도 간결하고 뚜렷하게 그 방법을 내게 제시해주고 있었다. 나는 그의 생각에 완벽하게 공감했고, 나도 선생의 계획처럼 주기를 정해 자서전을 쓰겠다고 결심했다.

생각해보았다. '남들이 내 삶을 알게 되면 나에게 어떤 일이 생길까? 또, 그들에게는 어떤 변화가 생길까? 그들은 내 삶을 궁금해할까? 내 자서전이 독자들의 선택을 받으려면 내가 먼저 유명해져야 하는 게 아닐까?' 이런 생각은 지금 내가 쓰고 있는 글을 다시 한번 읽어보게 했고, 생각과 행동에 좀 더 집중하게 했다.

처음 내 생각을 글로 표현하기 시작했을 때는 잔뜩 힘이 들어갔다. 한껏 문장을 꾸미며 나를 포장했다. 똑똑한 척 고급스러운 단어를 찾으려 노력했고, 비유와 은유가 포함된 문장을 쓰기 위해 고민했다. 하지만 한두 줄의 문장은 그렇게 쓸 수 있을지 몰라도, 수백 수천 줄의 문장으로 이루어진 책은 그렇게 쓸 수 없다는 것을 곧 알게 되었다. 한참을 쓰다 보니 결국 본질만 남게 되었다. 화려해 보이려고 선택한 단어와 비유는 수정하면서 전부 삭제되었고 짧고 담백한 내 의견만 남았다.

예전에는 말보다는 글이 내 재치를 뽐내기에 적합하다고 생각했다. 하지만 이제는 오히려 즉흥과 번뜩이는 재치를 보여주기에는 말이 쉽다는 걸 느낀다. 글은 묵직하고 차분하게 내 속마음을 드러내야 했다. 그래서 구본형 선생의 자서전 이야기에 그토록 경도되었던 것 같다. 내 생각의 시작과 현재 그리고 미래를 간결하고 담백하게 남기고 싶었던 욕망이 그의 책을 읽으면서 개화한 것이다.

사실, 처음으로 내 삶을 글로 남기고 싶다고 생각했던 것은 고3 때였다. 누군가에게는 가장 힘든 시기였을지 모를 그 시기가 나에게는 추억만으로도 가슴 벅찬 최고의 시절이었기 때문이다. 첫사랑의 애틋함, 공부에 대한 노력과 좌절, 평생 함께할 친구들과의 우정의 씨앗을 뿌리던 시기가 바로 그때였다.

당시 나는 학교 수업을 마치고 친구들과 독서실에서 새벽까지 공부했다. 하루하루를 모두 기록해두고 싶을 만큼 즐겁고 재미있는 사건들이 많았다. 그래서 그때 친구들과 농담처럼 했던 말이 "우리들의 독서실 이야기를 책으로 만들면 좋겠다."였다. 결국, 생각만으로 끝난 프로젝트였지만, 그런 생각 덕분에 당시 기록했던 일기와 사진들이 추억으로 남아 있다. 한 권의 완성된 책으로 그때의 이야기를 써내기는 어렵겠지만 내가 쓰게 될 내 자서전에는 그때의 이야기가 많이 담길 거라 확신한다. 아마도 그 시간이 내 자아를 형성하던 중요한 시기였고, 그때 겪게 된 다양한 사건들, 또 해결하기 위해 나누었던 수많은 대화가 지금의 나를 뿌리내리게한 거름이기 때문이다.

여러분도 자신의 삶을 글로 남겨보는 프로젝트를 시작해보라고 제안하고 싶다. 이제까지 여러 경로를 통해 타인의 삶에 공감했다면, 이제는 자신이 저자가 되어 자기 인생을 기록해보는 것이다. 자신의 삶을 복기하면서 문장을 만들어가는 것은 감동적인 책 수십 권을 읽는 것보다 훨씬 더 감동적일 거라고 확신한다. 분명 자신의 책을 쓰는 동안 몇 번씩 울컥한 순간을 만나게 될 것이다. 그런 감정의 울림은 여러분을 한 차원 높은 자기계발의 공간으로 인도할 것이다. 어떤가? 여러분 자신의 이야기를 책으로 남겨보고 싶지 않은가?

04

남들이 밑줄 그은 내 삶을 위하여

"새로운 내일은 오늘 아침에 시작된다."

유명한 자기계발서 『미라클 모닝』에 나오는 구절이다. 2016년에 읽었던 책인데 최근에 다시 읽고 있다. 예전부터 새벽의 유익함을 깨닫고 있었기에 5시면 하루를 시작하고 있었다. 이 책을 읽은 그때 이후 나는 새벽 시간에 대한 내 활동의 루틴을 바꿨다. 그리고 약 100일간 힘겨운 변화의 노력 끝에 좀 더 이른 새벽 4시를 몸으로 받아들일 수 있게 되었다. 이 책을 처음 읽었을 때 가슴 깊이 스며든 청량감 넘치는 두근거림을 아직도 기억한다. 눈을 뜨면 가슴이 뛰어서 침대를 박차고 나올 수밖에 없도록 내 정신을 설계하고 새벽이 어서 오기를 기대했던 그때. 문득 눈을 떴는데 3시 50분이어서 너무 기뻤던 순간들, 시간이 갈수록 알람보다 내 몸이 먼저 알고 나를 깨우던 순간들이 기억난다.

책에서 시키는 대로 눈을 뜨는 순간 침대에서 벌떡 일어나 양치질부터 했었다. 찬물을 한잔 마시고, 요가 매트에 앉아서 스트레칭으로 새벽을 시작했다. 일 년 뒤 명상을 배운 뒤엔 스트레칭 전에 10분 정도 명상을 하기 시작했다.

2019년 12월, 3년이 훌쩍 지난 지금도 여전히 똑같은 하루를 시작하고 있다. 그리고 나는 다시 『미라클 모닝』을 읽고 있다. 이제는 저자의 말 하나하나가 내 삶의 일부분이 되었다. 처음 읽었을 때 나를 압도했던 두근거림은 없지만, 여전히 떨림과 울림이 있는 문장들이 눈에 들어온다. 최근 침대에서 빠져나올 때 조금씩 미적거렸었는데, 이 책을 다시 읽으면서 그 주저함을 없앴다. 나는 여전히 새벽에 일어나 씻고, 명상하고, 몸을 움직이고, 목표를 기록하고, 책을 읽고, 필사하고, 글을 쓰고, 하루를 계획하며 새벽을 활용하고 있다. 예전과 변함없지만 나는 내가 변했음을 잘 알고 있다.

올해 초부터 다시 읽게 되는 책이 많아졌다. 신간을 꾸준히 구매하고 있는데도 이상하게 읽었던 책에 자꾸만 관심이 갔다. 새로운 영화가 극장에서 상영 중이지만, 그걸 제쳐두고 예전에 감동하였던 영화를 다시 보는 것과 매우 비슷하다. 특히 요즘은 20대에서 30대 초반에 읽었던 소설과 수필에 자꾸 관심이 간다.

지난 2월 무라카미 하루키의 『상실의 시대』를 다시 읽었다. 서재의 책장을 정리하다가 구석에 꽂혀있던 빛바랜 이 책을 다시 발견한 것이다. 확인해보니 2판 47쇄로 1997년 1월에 출간된 책이었다. 이 책은 군인 시절 휴가 나왔을 때 부산의 한 서점에서 샀던 기억이 있다. 선임병 중 하루키를 좋아하는 분이 있어서 나도 그에게 관심을 갖게 되었고, 몇 권을 빌려 읽다가 결국 휴가 때 그의 책을 사게 된 것이었다. 하루키의 글은 젊지만 허무했고 뭔지 모를 안타까움에 담배를 피우고 싶다는 생각을 하게 했다.

『상실의 시대』를 처음 읽었던 그때, 나는 주인공 와타나베의 생각을 도무지 이해할 수 없었다. 하루키가 와타나베를 통해 말하고 있는 20대 초반의 청춘이 겪는 자아의 내적 갈등과 방황 그리고 끊임없는 갈증은 같은 시기를 겪고 있던 내 감정과 너무나 달랐다. 그래서 나는 인정할 수 없는 것들이 많았다. 이제 막 스무 살이 된 파릇파릇한 청춘이 어떻게 그렇게 주장이 없고 주관도 없는지 무척 당황했다. 피 끓는 청춘, 돌도 씹어 삼킬 듯 세상에 도전장을 내밀어야 할 시기에 어떻게 허무함에 상처받고 내 삶을 회피하려고 생각할 수 있는 것인지 책 읽은 내내 불편했다. 그리고 20년이 지나 하루키가 그 책을 썼던 그 나이가 되어 다시 읽게 되었다.

가물가물한 기억으로 시작했지만, 페이지를 넘기자 나는 금세 20년 전으로 돌아갈 수 있었다. 그리고 그때와는 전혀 다른 새로운 한편의『상실의 시대』를 읽었다.

마흔이 넘어 읽어본 이 책은 스무살의 나를 되돌아보는 시간이었다.

하루키는 당시 마흔의 나이에 20대의 와타나베를 묘사했었다. 이제는 마흔이 된 내가 다시 본 스무 살 와타나베는 예전처럼 도무지 이해하지 못할 주인공이 아니었다. 하루키가 이 책을 썼던 그 심정을 조금 이해할 수 있을 것 같았다. 이런 생각의 변화는 그동안 내가 살면서 경험한 수많은 방황과 결정들이 하나둘 모여 만들어진 것이겠지. 그때는 부러질 것 같았고 부숴버리고 싶었던 것들을 이제는 살며시 감싸 안고 다독여 줄 수 있을 만큼 내가 넓고 깊어졌다. 이 책을 다시 읽고 "어느 하나 내 피와 살이 되지 않은 것이 없다."라는 것을 깨달았다는 글을 블로그에 남겼다. 진짜다. 스무 살, 격정적인 감정의 동요 속에 읽었던 책을 다시 읽어보니 내 변화를 뚜렷하게 느낄 수 있었다.

비단 이 책뿐만이 아니다. 과거에 읽었던 책을 다시 뽑아 들면서 나는 생각의 변화와 성장을 확실히 느끼고 있다. 줄 그어놓은 문장과 메모해

둔 글을 읽으며 그때의 생각을 떠올린다. 예전에 좋았던 문장 중 지금은 별 감흥이 없는 것들도 많다. 물론 계속 좋은 것도 많고, 새롭게 눈에 띄는 문장들도 있다. 특히 내가 다시 선택해서 읽게 되는 책은 좋은 기억으로 남아있는 책이기 때문에 몰입이 잘된다. 재독을 해보면 책에 밑줄을 그어놓은 것이 얼마나 의미 있는 행동이었는지를 깨닫게 된다. 책 여백에 써놓거나 끼워놓은 메모들은 까맣게 잊고 지냈던 친구를 길에서 우연히 만나게 되는 것처럼 어색하지만 무척 반갑다.

이 장의 서두에서 말했듯 우리의 새로운 내일은 오늘 아침에 시작된다. 다시 말해 새로운 오늘은 어제 시작되었다. 즉, 과거의 내 행적을 돌아보면 현재의 내가 보이고, 현재의 내가 충실하게 하루를 보내면 새로운 내일은 문 앞에서 나를 맞이하게 된다. 나는 독서 관점에서 다시 읽기를 통해 과거를 돌아보는 게 어떠냐고 제안한다. 비단 독서뿐만 아니라 그동안 자신이 받아온 많은 칭찬과 비난, 여행, 공부, 체험 등 모든 것들이 내 성장에 좋은 밑거름이 되었다고 믿길 바란다. 여러분 스스로가 자신의 살아온 시간을 쓸모없었다고 규정하지만 않는다면, 여러분은 그 시간을 돌아보면서 분명히 많은 변화를 발견하게 될 것이고, 또 다른 변화를 준비하게 될 것이다. 여러분이 누군가의 책과 이야기에 공감하며 새로운 결심을 하듯, 다른 누군가도 여러분의 이야기에 공감하고 변화를 동경하게 될 것이다.

사람이 누군가를 동경하는 것은 그가 잘났기 때문이 아니다. 그의 삶이 만들어 낸 이야기가 공감대를 형성했기 때문에 그를 동경하는 것이다. 당신 스스로 자신의 삶에 밑줄을 그을 수 있게 된다면, 누군가는 당신의 삶을 동경하고 당신의 생각에 밑줄을 긋게 될 것이다. 바로 지금, 여러분 자신의 이야기를 시작하자. 시작은 아주 작고 사소하겠지만 시간과 노력이 만나면 눈덩이처럼 불어나게 될 것이다. 여러분 각자의 이야기가 여러분의 삶에 좋은 밑거름이 되기를 두 손 모아 응원한다.

05

어제의 나와 경쟁하라

나는 회사원이면서 글을 쓰는 작가다. 회사원이 자의 반 타의 반으로 시작한 것이라면 작가는 오롯이 내가 결정하고 시작했다. 새롭게 무언가를 시작하는 것은 항상 시행착오가 따른다. 나의 작가되기 프로젝트도 진행 과정에서 아내의 이해가 필요한 부분이 생길 거라 예상했었다. 예상은 빗나가는 법이 없듯 아내가 내게 하소연을 하던 날 밤, 나는 앞으로 우리 가족이 맞이하게 될 미래의 청사진을 통해 아내에게 공감을 얻었다. 그리고 7개월의 휴식 없는 도전으로 책 한 권을 썼다.

나는 퇴근 후 개인적인 여가를 활용해 책을 읽고 글을 쓰는 삶을 살고 싶었다. 독서는 그 시간을 지킬 수 있었지만, 글은 쓰다 보면 매번 시간이 모자랐다. 그래서 출근 전 시간과 회사에서의 짬도 책을 읽고 글을 쓰는 삶에 보탰다. 작가라는 명함은 아직 내게 경제적인 도움을 주지는 않는다. 언젠가 이 명함을 통해 이익을 만들어야겠지만 아직은 그러고 싶지 않다. 책 몇 권 써서 금세 인지도를 얻고 내 주머니를 채운다면 나는 분명 자만할 것이기 때문이다. 쉽고 편한 일은 빨리 싫증나게 마련이다. 어렵고 힘에 부칠수록 포기를 떠올리겠지만, 그 단계를 넘길 수만 있다면 남들이 쉽게 접근하지 못하는 곳으로 오르게 된다. 글을 쓴다는 것은 아주 주관적인 행위라서 정답이 없다. 항상 고민되고 어렵지만 글쓰기는 나를 가장 가슴 뛰게 만든다. 그래서 나는 작가라는 직업이 참 좋다.

내 소유의 회사가 아니기에 언젠가 회사를 떠날 수밖에 없다. 그래서 나는 회사에서 일하는 중에 퇴직 후 일의 단절이 가져올 불안감을 해소해야 했다. 논어에 나오는 유명한 문구인 "배움에 있어 잘 아는 사람은 좋아하는 사람을 따라갈 수 없고, 좋아하는 사람은 그것을 즐기는 사람을 따라갈 수 없다(知之者不如好之者, 好之者不如樂之者)."처럼, 나의 두 번째 일은 진정 내가 즐길 수 있기를 바랐다. 그래서 나는 지금 내가 가장 만족하고 있는 책 읽고 글 쓰는 것을 두 번째 직업으로 갖기로 했다. 그 결과로 지난 1년 반 동안 두 권의 공저와 한 권의 개인 저서를 출간했다.

공저를 출간할 때는 느끼지 못했는데, 개인 저서를 출간해보니 책이 가져다주는 무게감은 컸다. 이 사건은 대학생이 되어 부모님을 떠나 서울 행 기차를 타던 날, 머리를 깎고 입대를 하던 날, 결혼하던 날 만큼이나 내 삶에 큰 변화를 가져다주었다. 무엇보다 특별한 건 바로 "평생 할 일"이 생겼다는 것이다. 이제 나는 타인의 의도에 기대지 않고, 내 의지대로 내가 결정하고 행동하는, 내가 주인이 될 수 있는 일을 갖게 된 것이다. 나는 작가라는 직업을 이렇게 정의하기로 했다.

"작가는 생각을 사상으로 바꾸는 일을 하는 사람이다. 또, 자신의 행동에 차별화된 의미를 부여할 줄 아는 사람이다."

작가라는 직업은 단순히 여백을 채우기 위한 글을 쓰는 사람이 아닌, 매 순간 머릿속에서 일어나는 생각을 붙잡아 의미로 치환해내는 일을 하는 사람인 것이다. 누가 먼저라는 속도의 경쟁이 아닌, 생각의 깊이와 이해의 정도를 경쟁하는 놀이터에서 즐겁게 놀며 일할 수 있는 직업인 것이다. 내가 오랫동안 꿈꾸던 일을 정말 제대로 잘 찾았다고 생각한다.

작가라는 명함은 나에게 책을 더 많이 그리고 더 깊이 읽어야 한다고 독려한다. 사실 책을 읽는 습관은 꽤 오래전부터 내 몸에 각인되어있었다. 하지만 이제는 책을 읽어서 느끼고 감동하고 비판하는 독서가를 넘어, 작가의 생각을 되짚어보며 서로의 생각과 느낌을 글로 표현하고 질문하는 독서가가 되었다. 또 이런 경험들이 하나둘씩 모여 내 글의 소재가 된다. 책을 읽고 정리해둔 습작들이 쌓이다 보니 할 말도 많아지고 쓰고 싶은 분야의 글도 많아졌다. 점점 내 글에 간이 배고 있음을 느낀다.

사실, 우리는 신춘문예나 공모전에 입상한 사람들을 작가라고 부른다. 그리고 작가는 보통 소설을 쓰는 사람이라고 생각한다. 나 역시 그렇게 생각하고 있었기 때문에 앞에서 언급했던 것처럼 작가라는 명함이 어색했다. 마치 갓 태어난 아이의 이름을 부를 때의 어색함이라고 할까? 이름이 없던 아이에게 이름을 지어 부르다 보면, 어느 날 아이는 그 이름에 익숙해진 사람이 된다. 작가라는 명칭도 주위 사람들이 나를 그렇게 불러주다 보니 어느 날 귀에 익숙해졌다. 또한, 사람들이 나를 "작가님"이라고 부르기 시작하면서 나는 그에 걸맞은 사람이 되고자 노력하게 되었다. 덕분에 나는 어제의 나보다 성장하고자 노력하는 삶을 살고 있다. 다시 말해, 매일 책을 읽고 글을 쓰고 있는 이유가 작가라는 명함의 무게 때문이다.

나도 사람이기 때문에 가끔 느슨해지고 싶을 때가 있다. 매일 같은 시간에 일어나 글 쓰고 책을 읽지만, 가끔은 하기 싫은 날이 있다. 자기계발을 오래 하다 보니 가끔 겪게 되는 슬럼프 같은 것이다. 그럴 때면 보통 며칠씩 내리 쉬었다. 하지만 습관이라는 것이 만드는 건 어려워도 버리기는 참 쉽다. 실천하는 하루는 길지만 잊어버리는 하루는 총알처럼 빨리 지나간다. 중간고사 기간은 길지만, 시험이 끝난 후 다가오는 기말시험 기간은 눈 깜짝할 새인 것처럼 말이다.

이럴 때 처음에는 며칠 쉬고 다시 시작하기를 반복했는데, 다시 시작할 때마다 시간의 소비가 심했다. 휴식 이전의 궤도로 돌아가기까지 내 정신은 많은 시간을 요구했다. 그래서 멈추지 않고 느슨함을 극복해 낼 트리거 포인트가 필요했다. 그때 내 눈에 들어온 것이 바로 세상을 바꾸는 시간 15분(이하 세바시) 강연이었다.

나는 매일 아침 출근길에 세바시 강연을 한편 들었다. 새로운 강연이 업데이트되면 새 강연을 듣고 그렇지 않으면 들었던 강연 중에 울림이 컸던 강연을 다시 들었다. 수많은 강연 중 나를 일깨운 강연은 단연 실패에 관한 이야기였다. 특히, OGQ의 신철호 대표가 진행한 〈작은 실패가 삶의 실패가 되지 않도록〉 강연은 느슨했던 나를 다시 제자리로 돌려놓기에 충분했다. 나는 이 강연을 100번도 넘게 들었다. 그리고 신철호 대표가 말하는 문장 한 줄 한 줄을 모두 받아 적었다. 그의 실패에 대한 에피소드와 성공을 향한 노력을 완벽하게 이해한다고 말할 수는 없지만, 15분의 강연이 전해주는 노력의 밀도와 현재의 중요성에 대한 조언은 나를 다시 제자리로 돌아갈 수 있게 만들었다. 그래서 나는 나 자신이 느슨해질 때마다 이 강연을 다시 듣는다. 강연을 듣고 있으면 열정이 샘솟고, 나는 아직도 절실하지 않다는 생각을 하게 된다. 여러분도 꼭 한번 들어보시길 바란다.

나는 이제 남들과 경쟁하지 않기로 했다. 타인과의 경쟁을 통해 성공과 실패를 정량적으로 가늠해 볼 수 있을지는 몰라도 너무 소모적이라는 생각이 들었다. 오르고 올라도 끝이 없는 사다리처럼 언제 어디서나 나보다 잘나고 똑똑한 놈은 존재한다. 내가 신의 아들이 아니고서는 경쟁에서 결국 실패와 자격지심을 느낄 수밖에 없다. 오랫동안 성적이라는 하나의 잣대로 평가받던 삶을 겪다 보니 우리는 모두 성적이나 대학 간판, 직업, 돈의 많고 적음에 따라 행복과 불행을 가늠하고 있다. 세상에서 가장 부유한 나라가 가장 행복한 나라가 아니듯 위에서 열거한 것들이 우리에게 행복을 가져다주는 필요조건이 되지는 못한다. 늦었지만 나는 책을 통해 그걸 깨닫게 되었고 그런 이유로 이런 소모적인 경쟁을 관뒀다.

세상은 경쟁을 부추긴다. 아니 세상은 경쟁을 통해 사람을 움직인다. 남을 이겨야, 남보다 선점해야 내게 이익이 돌아온다. 하지만 수년 전 블루오션이라는 새로운 패러다임이 생겼던 것처럼 경쟁보다는 나만의 특별한 무기가 경쟁력이 되는 세상이 존재한다. 상호 비교 우위가 아닌 only one 전략이 바로 그것이다. 나는 나다움에 내 인생을 한 번 걸어보기로 했다. 내 경쟁상대는 어제의 나다. 어제의 나보다 좀 더 노력하고, 좀 더 발전하고, 좀 더 성장하는 내가 되는 것이 목표다. 생각의 변화는 행동의 변화를 이끈다는 말이 있다. 경쟁에 관한 생각의 변화는 더는 나를 남의 행동에 움찔하지 않게 만들었다. 틀려도 상관없다고 실패해도 괜찮다고 나를 다독인다. 여러분들은 지금 누구와 경쟁을 하고 있는가? 그게 과연 올바른 경쟁인지 고민해봐야하지 않을까?

06

성장판은 아직 닫히지 않았다

"여러분은 지금 자신의 모습에 만족하고 있습니까?"

이 질문에 대해 잠시 고민해보기 바란다. 지금 내 모습은 몇 년 전 읽었던 이 한 줄의 문장으로 시작되었기 때문이다. 자기계발서에 흔히 나오는 문장인데 그날따라 목구멍에 생선 가시가 걸리듯 탁 하고 이 문장이 걸렸다. 이유는 잘 모르겠다. 당시 나는 열심히 회사생활 중이었고, 아내와 함께 행복한 가정을 꾸리고 있었다. 회사의 근무 여건상 정신적인 스트레스보다는 육체적인 피곤함이 큰 시기였지만 때가 되면 통장에 입금되는 월급과 보너스는 내 삶을 유지하는 데 부족함이 없었다.

뛰면 걷고 싶고, 걸으면 앉고 싶고, 앉으면 눕고 싶은 게 사람의 마음이다. 아마도 그때 나는 현재의 자리에 앉고 싶었던 것 같다. 대학 시절부터 꿈꿔왔던 삶과는 많이 달랐다. 하지만 만족이라는 단어는 상대적이다. 나는 아내의 웃는 얼굴과 아이를 생각하며 지금 이곳에 앉아서 뿌리를 내리고 싶었다. 이런 생각이 지배적이었던 시기에 이 문장이 내 눈에 걸린 것이다.

그때 나는 생각했다. '지금 나는 내가 하고 싶었던 일을 하고 있지도 않고, 꿈꿔왔던 삶과는 전혀 다른 삶을 살고있는데도 지금이 만족스럽게 느껴지는 이유는 무얼까?' 잠이 달아나버린 새벽, 책상에 흰 종이 한 장을 펴 놓고 이 질문에 대해 답을 해보려고 애썼다. 한참 동안 종이에 아무것도 쓰지 못했다. 몇 시간을 고민한 뒤 종이에 한 단어를 적었다.

"유학"

사실 나는 공부에 취미가 없었다. 고등학교까지는 버텼지만, 대학교는 나를 더는 책상 앞에 앉게 하지 못했고, 나는 보란 듯이 교실을 걷어차고 밖으로 나돌았다. 그런데 졸업이 다가오자 결국 나는 다시 책상에 앉게 되었고, 책과 씨름하며 학점을 쌓고 스펙을 올리는 학생이 되었다. 그때 나는 유학을 생각했다. 사실 좀 더 오랫동안 자유로운 학생의 시간을 원했다는 것이 더 솔직한 속내다. 그래서 나는 어학연수를 핑계로 시간을 벌었다. 연수 기간 미국 학교에 지원하여 보란 듯이 편입을 해보겠다고 생각했다. 미국에서 공부하는 동안 영어성적은 준비가 되었지만 나는 부모님께 말을 꺼내지 못했고 결국 새 학기가 시작되려는 2월 중반에 귀국해서 다니던 대학을 졸업했다. 이 사실은 계속 내 마음속에 앙금으로 남아있었다. 그래서 나는 여전히 유학을 꿈꾸고 있었다.

입사 동기 녀석 중 같은 사업부에서 일하는 친구가 있다. 가끔 서로의 소식을 듣고, 식당에서 마주치면 "밥 한번 먹어야지."라며 다음을 기약하는 사이였다. 어느 날 녀석에게 연락할 일이 있었는데, 메일을 보내려고 보니 회사에서 제공되고 있는 학술연수 중이었다. 동기 중에서 눈에 띄게 똑똑했고, 영어 실력이 출중했기에 더 크게 성장할 것이라고 기대했던 녀석이었다. 그 녀석이 아이비리그로 MBA를 떠났다는 소식을 접하고서 나는 잠시 잊고 지냈던 "유학"이라는 내 꿈을 다시 꺼냈다.

나는 입사 후 10년이 넘도록 유학에 대한 마음만 가지고 있었고, 실천 없이 현재 상황에 대한 핑계만 대고 있었다. 동기 녀석의 미국 대학 이메일 주소를 보고 있자니 속이 쓰렸다. 부러움보다 그 오랜 시간 동안 하나도 준비하지 않았던 나 자신을 질책했다. 그리고 더는 지체하지 않아야겠다는 생각을 했다. 그래서 나는 유학을 떠날 방법을 찾기 시작했다. 유학원과 어학원을 찾아 자료를 모으기 시작했고, 필요한 공부와 서류 등을 챙기기 시작했다.

그리고 3년이 지난 지금, 나는 아직도 유학을 준비하고 있다. 사실 유학이라는 목표보다 작가라는 목표를 먼저 이루고 싶어서 유학은 잠시 미뤄둔 상태다. 하지만 반드시 유학을 가보려고 한다. 꼭 한번 공부로 나를 이겨보고 싶기 때문이다.

몇 년 전 읽었던 김수영 작가의 『멈추지 마, 다시 꿈부터 써봐』라는 책

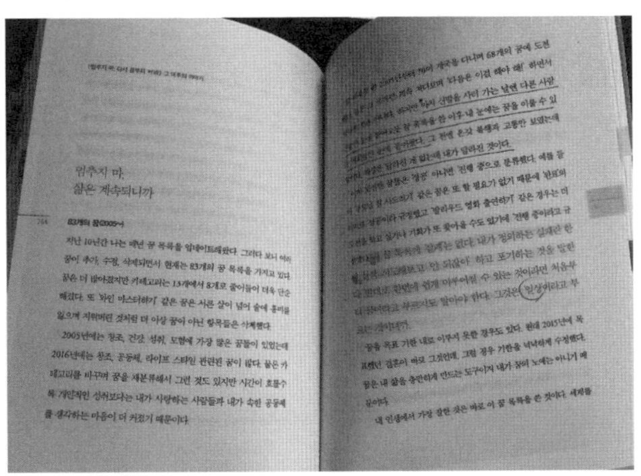

멈추지 마,
삶은 계속되니까

264

83개의 꿈(2005~)

지난 10년간 나는 매년 꿈 목록을 업데이트해왔다. 그러다 보니 여러 꿈이 추가, 수정, 삭제되면서 현재는 83개의 꿈 목록을 가지고 있다. 꿈은 더 많아졌지만 카테고리는 13개에서 8개로 줄어들어 더욱 단순해졌다. 또 '와인 마스터하기' 같은 꿈은 서른 살이 넘어 술에 흥미를 잃으며 지워버린 것처럼 더 이상 꿈이 아닌 항목들은 삭제했다.

2005년에는 창조, 건강, 성취, 모험에 가장 많은 꿈들이 있었는데 2016년에는 창조, 공동체, 라이프 스타일 관련된 꿈이 많다. 꿈은 카테고리를 바꾸며 꿈을 재분류해서 그런 것도 있지만 시간이 흐를수록 개인적인 성취보다는 내가 사랑하는 사람들과 내가 속한 공동체를 생각하는 마음이 더 커졌기 때문이다.

이 생각났다. 서점에 들렀다가 새로운 편집으로 재출간 된 것을 보고 다시 사서 읽었다. 그녀의 책을 읽어봤다면 알겠지만, 그녀의 책은 에너지 덩어리다. 그녀의 도전과 좌절 그리고 눈물 나는 극복기를 읽으면 마냥 부러워 보이는 무용담 속에 숨겨져 있는 아픔과 두려움이 보인다. 처음 읽었던 그때의 내 눈에는 영국 취업, 골드만삭스, 세계여행 같은 키워드가 보였는데, 지금은 실패에 임하는 자세와 노력의 아름다움이 보였다. 그녀의 작은 도전들이 나에게는 절박함이라는 단어로 치환되어 다가왔다. 사실 책 내용은 변한 게 없고 책 표지만 바뀌었는데 나는 완전 새 책을 읽는 것처럼 그녀의 이야기에 다시 취했고, 한참 동안 유학이라는 잊지 말아야 할 도전과제를 생각해볼 수 있는 시간을 가졌다.

책을 덮고서 나는 첫 책을 준비하면서 써두었던 100개의 버킷리스트를 다시 꺼내 보았다. 그중 10개는 벌써 이루었고 현재 진행 중인 것도 많았다. 내가 자신 있게 말할 수 있는 것은 스스로 기록으로 남겨두고,

그 기록을 잊지 않고 있다면 그 꿈들은 반드시 이루어진다는 것이다. 버킷리스트는 내가 하고 싶은 것을 쓴 것이지만 사실 내가 어떤 삶을 살고 싶은지가 고스란히 담겨있다. 버킷리스트를 잊지 않기 위해 책상이나 다이어리에 붙여두는 정성을 가진 사람이라면 그들은 자신의 버킷 전부를 이룰 수 있을 것이다. 버킷리스트는 성장판이다. 내 성장이 시작되는 지점이며 내 성장을 확인할 수 있는 체크 시트다.

스스로 한계를 긋지 말기 바란다. 김수영 작가는 그녀의 책에서 "바닥의 깊이를 가늠하는 유일한 방법은 바닥을 쳐다보는 것이다."라고 말했다. 자신의 바닥을 제대로 확인해보지 않고서 자신이 나아갈 수 있는 끝을 설정하는 오류를 범하지 말자. 그녀의 말처럼 나는 내 바닥의 깊이를 제대로 가늠해보고자 한다. 그리고 내가 얼마나 더 성장할 수 있는지 내 눈과 다리로 걸어가서 확인해볼 것이다. 내 성장의 끝은 내 꿈이 닿게 될 그 점일 것이다.

내 공부의 바닥과 높이를 가늠해보기 위해 해외에서 공부해볼 것이다. 내 독서의 바닥을 경험해보기 위해 매년 150권의 책을 읽을 것이다. 내 생각의 깊이를 가늠해보기 위해 매년 한 권의 책을 쓸 것이다. 내 성장의 끝을 확인하기 위해 나는 항상 건강하게 살 수 있도록 열심히 운동할 것이다. 여러분들도 자신의 바닥을 제대로 가늠해볼 기회를 자신에게 주도록 하자. 이건 정말 잃을 것 없고, 덤으로 화수분까지 얻을 수 있는 도전이다. 생각의 뼈대를 튼튼하게 세울 수만 있다면 반드시 자신의 가능성을 발견하게 될 것이다. 반드시 그렇게 될 것이다.

07

매일매일
가슴 뛰는 삶을 위하여

"내가 여행을 하는 이유는 뭘까?"

얼마 전 김영하 작가의 책 『여행의 이유』를 읽었다. 읽는 내내 나는 그의 여행과 내 여행을 비교하느라 시간을 잊은 채 몰입했다. 그의 오랜 여행 경험에서 비롯된 여행의 이유는 나의 여행에 관한 생각과 여러 면에서 맞닿아 있었다. 그 책을 읽은 후 나는 "내 여행의 이유"를 정리해보았다.

나에게 여행은 "필연을 통해 우연을 기대하는 행동"이었다. 내 여행에는 항상 이유가 있었다. 이유는 목적의 다른 표현으로 나는 목적을 가지고 여행을 하고 있었다. 무거운 캐리어를 끌고 다니든, 가벼운 배낭을 메고 떠나든 간에 "휴식을 위해", 또 한 번은 "정리를 위해"와 같이 나는 여행에 목적을 붙여 이 여행은 꼭 가야 한다며 당위성을 설명하곤 했다. 그 이유는 지출의 크기나 여행 빈도에 대한 문제일 수도 있고, 가족과 함께 때로는 혼자 떠나는 것에 대한 당위성을 애써 변명하고 싶은 심리였는지도 모르겠다.

알랭 드 보통은 그의 책 『여행의 기술』에서 실제 해외여행을 떠나는 것보다 집에 눌러앉아 항공사 비행기 시간표를 넘기며 상상력의 자극을 받는 것이 더 낫다고 표현했다. 내가 그의 글에 깊이 공감하는 이유는 "집 나가면 개고생"이라는 촌철살인 같은 광고 문구에 고개가 저절로 끄덕여지기 때문이다. 그런데도 여행을 다녀오면서 곧바로 다음 여행을 계획하는 나를 보고 있으면, 분명 나는 여행이 건네는 낯선 곳의 불안감과 불완전함을 신선함으로 오해해서 받아들일 줄 아는 배짱이 있는 것 같다.

지금 내 마음이 불안하듯, 세상도 불안하다. 이런 불안한 세상 속에 어느 날 덩그러니 나를 내던진다. 그리고는 나를 움직여 계획했던 것들과 때로는 즉흥적인 것들로 하나씩 퍼즐을 맞춰간다. 여행지에서 하루를 지낸 다음 날 아침, 동네를 걸어보면 알게 된다. 어제는 그렇게 낯설었던 곳이 오늘은 전혀 낯설지 않다는 것 말이다. 시간과 경험이 새로운 곳과 나를 서서히 동화시키는 것이다. 그러면서 나는 이 여행이 완전해질 수 있다고 점점 더 믿게 된다.

내가 여행을 좋아하는 이유는 리셋(Reset)을 갈망하기 때문이다. 컴퓨터를 오래 사용하다 보면 여러 프로그램이 엉켜 속도가 느려지고 오류가 발생한다. 그럴 때 우리는 전원을 껐다가 켜면 다시 정상적으로 작동한다는 것을 경험적으로 알고 있다. 삶도 마찬가지다. 매일매일 비슷한 일상을 계절을 넘기며 열심히 달리다 보면 심신이 지치고 머리가 복잡해지면서 생각이 멈추고 행동이 느려질 때가 있다. 뫼비우스의 띠같이 끝없이 반복되는 일상은 지겨움을 만들고 지겨움은 나태함을 키운다. 그럴 때마다 우리는 이런 반복의 고리를 끊어줄 필요가 있다.

이럴 때 나는 내 몸에 있는 리셋 단추를 누른다. 아이러니하게도 내게는 그 단추가 바로 여행이다. 상식적으로 생각해보면 잠을 늘여 체력을 보충하거나 휴식을 통해 머리를 비우는 것과 같이 쉬는 것이 맞다. 그런데 나는 머리를 싸매가며 여행을 계획한다. 신기한 것은 여행을 계획하는 것이 휴식보다 훨씬 더 내 가슴을 뛰게 한다는 것이다.

여행을 계획하는 것은 기대의 출발선에 나를 세우는 일이다. 꽉 짜인 일상의 틈을 비집고 여행을 계획하면서 나는 새로운 리셋 버튼의 설계자가 된다. 장소를 선정하고 날짜를 맞추고 교통편을 예약하는 그 순간 내 머리는 콜라 한 잔을 단숨에 들이켠 것처럼 청량감에 젖는다. 메모장을 펼쳐 준비물을 적고 동선을 계획한 뒤 지도를 펼쳐 길을 살피고 있는 나는 이미 여행을 시작한 것이다.

여행은 기대가 전부인 활동이다. 출발하는 그 순간부터 계획과 달리 삐걱대는 이벤트들은 나에게 걱정과 불안과 인내를 요구한다. 이런 예상치 못한 사건들이 여행의 고통이기도 하지만 동시에 여행의 목적이기도 하다. 레디메이드 인생에서 불쑥 옆길로 새어버린 듯, 어쩌면 당황스럽고 어쩌면 짜증을 유발하는 이런 일들은 나의 기대를 좌절로 변질시키려는 악마의 장난 같다. 하지만 위기를 견뎌내고 목적지에 도착해서 뒤돌아보면 결국 남는 것은 목표를 이룬 성취감보다 중간에 겪었던 고된 경험들이다. 이런 경험들이 만들어 내는 자극 덕분에 오랫동안 기억에 남게 되는 것이 바로 여행이다.

매일 여행하듯 살 수만 있다면 분명 우리는 이제껏 경험해보지 못한 커다란 성장의 지점에 다다르게 될 것이다. 매일 봐오던 것을 낯설게 볼 줄 아는 시선, 매일 하던 일을 마치 처음 경험해보는 일처럼 몰입할 수 있다면 우리는 반드시 자신이 꿈꿔온 이상적인 삶에 도달할 것이다. 지금 자신의 주변에 그런 농밀한 삶을 사는 사람을 찾아보자. 그런 사람을 발견하는 과정에서 여러분은 깊이있는 삶을 이해하고 자신의 삶을 그 방향으로 편입시켜보고자 노력하게 될 것이다.

대학원 시절, 번역가 이미도 씨의 강연을 들은 적이 있다. 우리나라에서 가장 유명한 외화 번역가 중 한 명인 이미도 씨를 눈앞에서 보게 되는 것만으로 기대감에 잔뜩 부풀었다. 『똑똑한 식스팩』이라는 책을 출간한 직후였고 창조적 상상력을 주제로 자신의 삶을 풀어낸 멋진 강연이었다. 수많은 외화를 번역한 작가답게 자유자재로 언어를 구사하며 비유와 상징으로 청중을 사로잡았다. 그날 내가 주목한 것은 그의 말이 아닌 눈이었다. 2시간 동안 나는 그의 눈만 쳐다보았다. 이미도 작가는 어린아이같이 호기심이 뚝뚝 묻어나는 눈을 가지고 있었다. 입보다 그의 눈이 하는 말을 통해 나는 그의 생각을 깨닫게 되었다. 그는 매일 여행하듯

사는 사람이었다.

이미도 작가는 하나의 번역 작업이 끝나면 여행을 떠난다고 했다. 그의 여행은 관광지를 다니는 것이 아닌 서점을 찾아 떠나는 것이라고 했다. 외국의 한적한 서점에서 온종일 책을 읽는다고 했다. 우리나라에 번역되어 출간되지 않은 보석 같은 책을 찾는 재미와 더불어 서점에서 책을 읽는 것은 그에게는 쉼이자 비움이고 또한 채움이었다.

나도 그처럼 휴식을 즐기고 싶었다. 외국은 아니지만, 동네서점에 들러 서가에 꽂혀있는 책을 둘러보다가 내 눈이 콕 찍은 책을 한 권 뽑아 들고 볕이 좋은 창가에 기대앉아 책을 펼친다. 제목을 읽고 목차를 훑으면서 작가의 생각을 짐작해보고 관심 가는 꼭지를 찾아 몇 페이지 읽어본다. 어느 순간 나는 그의 생각에 동화되고 페이지는 이미 수십 장을 넘겨버린 뒤다. 이런 상상만으로도 가슴이 뛰는 건 나에게도 독서는 휴식이자 채움이기 때문이다. 그날 보았던 이미도 작가의 눈처럼 나도 맑은 눈을 갖고 싶다. 초점을 잃지 않고 힘이 아닌 동경의 에너지가 뿜어 나오는 눈, 그 눈을 가지게 되는 그날을 위해 내 심장은 매일 뛰고 있다.

가슴 뛰는 삶이란 내일이 기대되는 삶이다. 내일이 기대되는 삶이란 오늘이 충실한 삶이다. 오늘이 충실한 삶은 현재가 즐거운 삶이다. 즉, 지금 이 순간 즐거움으로 세상을 바라볼 때 우리는 가슴이 뛴다. 지금 가슴에 손을 얹어보자. 심장이 뛰는 느낌을 손바닥을 통해 받아들여 보자. 어떤가? 당신의 심장은 크게 뛰고 있는가? 그 심장 박동을 느끼는 감정은 어떠한가? 심장박동에 맞춰 내 마음이 움찔움찔 떨려오는가? 가슴이 뛰고 숨소리가 느껴지고 머리가 조금씩 뜨거워진다면 여러분은 충분히 준비된 것이다. 이제 한 발만 더 내디디면 된다. 그 걸음은 누가 대신 걸어주지 않는다. 내 심장은 내가 뛰게 하고, 내 걸음은 내가 걷게 하는 것임을 꼭 명심하길 바란다. 여러분의 가슴 뛰는 삶을 기대한다.

08

한 번 더 일 년만 닥치고 독서

드디어 마지막 장이다. 처음 독서라는 주제로 책을 쓰겠다고 결심했을 때 나는 총 3권을 쓰겠다고 결심했었다. 첫 권은 기초 편, 두 번째 책은 실전 편, 세 번째 책은 심화 편으로 구성을 잡았다. 독서로 기획한 두 번째 책이니 이 책은 독서를 습관화하는 실전에 관한 내용으로 채워야 했다. 그런데 쓰다 보니 처음의 기획 의도와는 달리 자꾸 내 이야기를 풀어내고 있는 나를 발견했다.

2018년 12월부터 이 책을 준비했고 습작을 시작했지만 2개월이 지난 시점에 나는 더 이상 진도를 나갈 수 없었다. 번아웃 현상이 온 것이다. 열심히 시간을 쪼개어 글을 쓰고 있었는데 갑자기 아무것도 쓸 수가 없었다. 내가 쓰고 있는 글이 모두 어딘가에서 본 듯한 내용이고 누군가의 이야기처럼 보였다. 그래서 나는 쓰기를 중단했다. 그리고 4개월간 책을 읽었다. 문학 작품들을 읽으면서 머릿속 가득했던 두 번째 책에 관한 생각을 비워냈다. 그리고 자기계발서를 읽으면서 조금씩 다시 채우기 시작했다. 효과가 있었다. 손에 쥔 책마다 주옥같은 문장들을 발견하게 되었고, 그것을 메모하고 다시 노트에 정성스레 옮기며 내 생각과 내 문장으로 만들어갔다.

봄이 지나 여름이 왔을 때 나는 다시 책을 쓰기 시작했다. 처음 기획했던 독서의 기술에 대한 실전보다는, 독서에 대한 내 생각과 책에 대한 내 관찰과 사유를 많이 담았다. 슬럼프가 길었던 만큼 글은 더 충실해지고 있었다. 그리고 다시 수개월을 넘겨 지금 마지막 장을 쓰고 있다.

대체 이놈의 독서가 무엇이기에 나는 300페이지가 넘는 종이에 책을 읽어야 한다는 문구들을 표현을 바꿔가며 쓰고 있는 것일까? 내 아이들조차도 독서를 별로 좋아하지 않고 내가 강제하지도 못하는데, 남들에게 주야장천 독서의 의미와 효과에 대해 말한다고 그들의 마음이 움직이고 행동을 유발할 수 있을까? 매번 글을 쓸 때마다 또 강연할 때마다 쓸데없는 노력을 하고 있는 것은 아닌가 하는 생각이 들지만 그래도 나는 이 주장을 계속해보기로 했다. 왜냐하면, 독서는 분명 가장 효과적인 자기계발의 수단이자 관문이기 때문이다.

지금껏 살아오면서 책을 읽지 않고 자기계발을 한다는 사람을 본 적이 없다. 물론 책을 많이 읽을 필요 없다고 주장하는 분은 보았다. 어떤 분들은 자신이 지정한 책만 읽으면 된다고도 했다. 수많은 독서가가 각자의 방법으로 자신의 독서법을 피력한다. 내가 추구하는 독서의 방법 역시 이런 방법의 하나다. 독자는 자신에게 맞는 방법을 취사선택하면 된다. 핵심은 자신에게 맞는 방법을 찾기 위해서는 여러 방법을 다양하게 알아야 한다는 것과 직접 해봐야 한다는 것이다. 즉, 실천 없이는 자신에게 맞는 독서법을 찾을 수 없다.

자기계발도 마찬가지다. 수많은 자기계발서의 뻔한 말이지만 직접 실천해보지 않고 생각만으로는 절대 자기계발을 할 수 없다. 독서든 자기계발이든 무조건 행동이 함께해야만 결과물이 나온다. 인풋 없이 아웃풋을 기대하는 것, 오늘 무언가를 하지 않으면서 내일의 특별함을 기대하는 것은 밤새 자신의 꿈에 돌아가신 조상이 나타나 로또 번호를 알려주기를 바라는 것과 같다. 단언컨대, 그런 일은 없다.

독서는 결국 행동이라고 다시 한 번 더 주장한다. 책을 구매하고, 책을 대출하고, 책을 읽고, 생각하고, 생각을 정리하고, 글을 쓰고, 생각을 다시 행동으로 치환한다. 이것이 독서다. 이런 루틴 속에서 재미를 발견하기 위해 우리는 권수를 늘려가면서 책을 읽는 것이다. 지난 책에서도 언급했지만, 여러분이 독서습관을 갖추게 된다면 결국 "정독"하는 자신을 만나게 될 것이다. 속독, 통독, 발췌독과 같이 수많은 독서법이 존재하지만 목적지는 한 곳이다. 바로 정독이다. 어느 한 곳에 엉덩이를 대고 앉아서 처음부터 끝까지 천천히 책을 읽는 것이 독서 기술의 종착역이라고 감히 주장한다. 다른 여러 독서법은 곁가지일 뿐이다. 수많은 공부법이

개발되어왔지만 결국은 매일 꾸준히 예습과 복습을 반복하는 사람이 좋은 성적을 받는 것과 같다. 그래서 독서습관을 가지고 싶다면 시간이 걸리더라도 가장 빠른 방법인 정독을 권한다. 빨리 읽고, 필요한 부분만 읽으면 뭐할 건가. 결국 "몇 권을 읽었는가?"의 경쟁이 아니다. "책을 읽고 어떤 생각을 갖게 되었는가? 그래서 무엇이 변했는가?"라는 주관적인 자신의 잣대에 만족할 수 있는 독서를 해야 한다.

그리고 혼자 읽고 만족해하지 않기를 바란다. 내가 고생해서 읽은 책 남에게 알려줄 수 없다며 혼자 꽁꽁 감추는 것은 하나를 배워서 하나만 깨우치는 방법이다. 하나를 배워 열을 알지는 못하더라도 둘 셋을 알게 되는 쉬운 길이 있다면 그 방법을 써야 하지 않겠는가? 함께 읽고 의견을 남기고 토론에 적극적으로 참여해보기를 바란다. 오프라인에서의 만남은 시간과 노력과 비용이 들지만 들인 노력 대비 얻는 것이 훨씬 많다고 자신 있게 말할 수 있다. 내 생각을 이야기하는 게 부끄러울지도 모르겠다. 하지만 누구도 당신에게 핀잔을 주는 사람은 없다. 오로지 나 스스로 나를 부끄러워할 뿐이다. 그러니 걱정하지 말고 문을 두드려보기 바란다. 행동은 분명한 결과물을 만들어 낸다. 가장 바보 같은 짓이 씨도 뿌리지 않고 거두길 원하는 것임을 명심하자.

한 가지 더, 글을 써보자. 누구에게 보여주는 글이 아니라도 상관없다. 자기 생각과 느낌을 자신만의 언어로 표현해보는 연습은 필요하다. 여러분도 글 잘 쓰는 사람을 보면 부러워하지 않는가. 그들 역시 태어날 때부터 글을 잘 쓰지는 않았다. 부단한 노력의 산물이다. 나와 함께 매일 글을 쓰자고 말하고 싶지만, 부담으로 느낄 것 같아 조심스럽다. 한 권의 책을 읽었다면 단 몇 줄이라도 책을 요약해보고 생각을 남겨보자. 새 노트 한 권을 준비해서 책 한 권을 읽을 때마다 책 제목과 함께 몇 줄씩 남기다 보면, 어느 날 제법 채워진 페이지와 함께 뿌듯함이 밀려오게 될 것이다. 그리고 처음 썼던 자신의 글과 지금 쓰고 있는 글이 얼마나 달라졌는지도 알게 될 것이다. 이런 발견의 재미가 결국 자기계발의 질을 높인다. 『마케터의 일』의 장인성 작가는 "이메일 쓰는 것만 봐도 그 사람이 일을 잘하는지 알 수 있다."라고 말했다. 여러분이 직장에서 매일 수도 없이 쓰는 이메일과 보고서가 여러분의 이름이고 간판임을 잊지 말자. 결국, 여러분의 생각의 결과물인 말과 글이 여러분의 수준을 말해준다. 지금부터 시작하면 몇 개월이면 정돈되고 깔끔한 생각을 글로 적을 수 있다. 꼭 실천해보길 바란다.

마지막이다. 내가 이 책을 쓴 이유는 지금 이 책을 읽고 있는 여러분들이 독서에 관심을 가지고 책을 통해 자신을 좀 더 가치 있고 능력 있는 인간으로 깨워내기를 바라기 때문이다. 거울은 먼저 웃지 않는다는 말이 있다. 책도 여러분에게 다가와 스스로 읽히지 않는다. 여러분이 먼저 관심을 가지고 애정을 쏟을 때 책이 여러분에게 말을 건넨다. 책에 관한 관심과 애정이 자꾸 식더라도 은은하게 유지될 수 있도록 멈추지는 않기를 바란다. 다시 한번 마음을 부여잡고 일 년만 더 닥치고 독서하자. 분명 세상이 달라질 것이다.

[2019년 독서 실적]

6월 12권

2분기 41권

상반기 66권

권수 보다는 실천력이 중요합니다!

- 작가 김경태 -

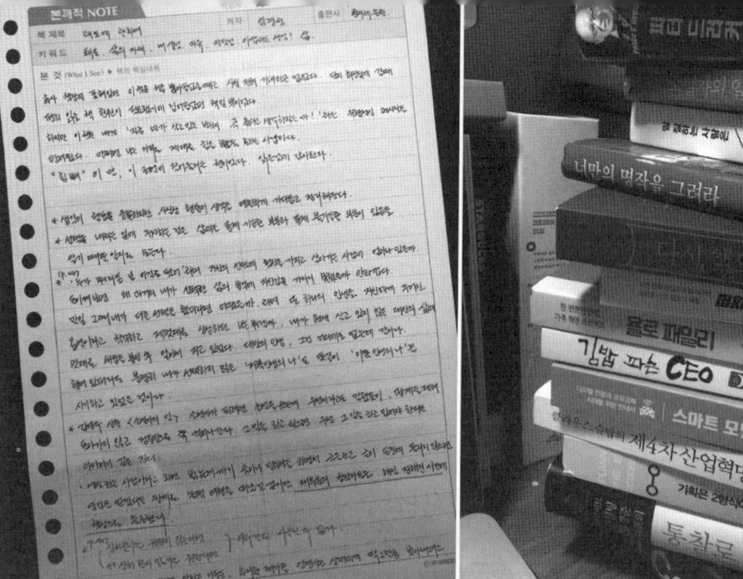
본깨적 NOTE
책 제목
키워드
저자
출판사
본 것 (What I See) ▶ 책의 핵심내용
너만의 명작을 그려라
욜로 패밀리
김밥 파는 CEO
김승호 지음
스마트 모빌리티 사회
클라우스 슈밥의 제4차산업혁명
THE FOURTH INDUSTRIAL REVOLU
기획은 2형식이다
통찰로 경영하라

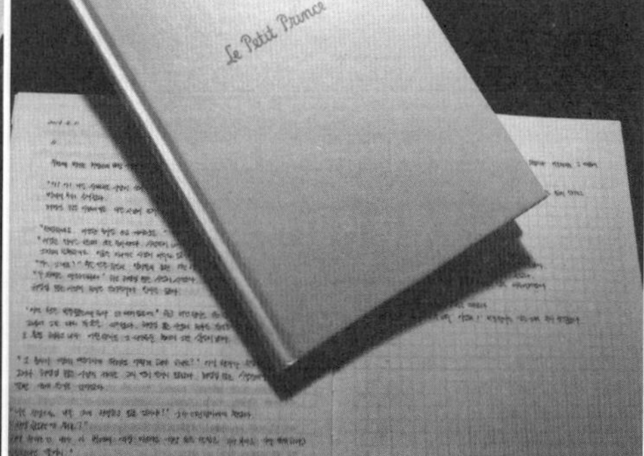
Le Petit Prince

알려줄게
잊고지낸
"너의 꿈"

에필로그

또 한 번의 도전을 정리하면서….

3개월 만에 끝내겠다고 시작했던 작업을 1년 3개월이나 끌었다. 초고를 완성하는 데 10개월 걸렸고, 퇴고에 5개월을 더 썼다. 때론 힘이 빠지기도 했고, 회사 업무 때문에 뒷순위로 밀리기도 했다. 그래도 지금 이렇게 마지막 페이지를 쓸 수 있었던 것은 주변 사람들이 나의 두 번째 책을 기다리고 있다는 기대 섞인 인사 때문이었다.

첫 책 『일년만 닥치고 독서』가 출간된 후 많은 분들에게 넘치는 축하 인사를 받았다. 가장 많이 들었던 말이 "대단하다."와 "나도 책을 읽어야겠다."였다. 내 책을 읽어준 것만으로도 고맙지만 내 책을 읽고 영향을 받아 독서를 시작하게 된 그들의 변화를 보면서 책의 영향력에 소름이 돋았다. 책 덕분에 새로운 사람들을 많이 만나게 되었고, 여러 새로운 모임에 가입했다. 그중 몇 군데는 꾸준히 활동을 이어가며 관계를 넓혀가고 있다. 또, 책으로 인해 여러 곳에서 강연도 진행했고, 독서습관과 관련된 칼럼을 쓰게 되었고, 대학생들에게 독서 멘토 활동을 진행해보는 영광도 누렸다. 새로운 사람을 만나도 책을 건네면서 자연스럽게 독서를 주제로 대화를 이어갈 수 있었고, 책을 읽고 연락해 온 분들과 함께 어떡하면 더 효율적으로 책을 읽고 생각을 정리하고 표현할 수 있을지 고민했다. 이 모든 활동이 오롯이 나에게 큰 성장의 추진력이 되었다.

비록 첫 책이 많은 사람에게 읽히지는 못했지만, 처녀작이라고 생각했을 때는 나름대로 만족할만한 성과였다. 책이 출간된 후 1년 반이라는 시간 동안 나는 예전보다 훨씬 더 크고 깊은 깨달음을 얻었다. 그 깨달음은 바로 "사람의 힘"이다. 새롭게 만난 사람들의 생각과 말과 행동을 보고 듣고 이해하면서 그들이 가진 가능성의 힘을 조금씩 느낄 수 있게 되었다.

출발이 빨랐던 사람이나 늦은 사람이나 목표지점이 같다면 결국 한 곳에서 만나게 되어있다. 다소 시간 차이는 있겠지만 우리의 인생은 짧지 않다. 결국, 빨리 출발한 사람보다 꾸준한 사람이 먼저 도착하게 되어있다.

책을 통해 만났던 분 중 20%는 꾸준한 사람이었다. 그들은 무슨 책을 어떻게 읽어야 하는지 그 첫 단추를 끼우는 데 실패한 경우가 많았다. 나는 그들을 가르치려 하거나 독려하려고 나서지 않았다. 그들은 책을 읽고 내게 연락을 하고 시도해 보려는 실행력을 갖고 있었다. 나는 그들에게 간단한 목표를 제시하거나, 내가 해본 몇 가지 방법을 일러줬다. 그들은 내가 건넨 방법을 따라 해보면서 자신만의 방법을 찾아갔다. 그 결과 대부분 지금까지 꾸준히 책을 읽고 있다.

물론 실패한 예도 더러 있다. 하지만 실패는 과정에서 생기는 작은 결과일 뿐이라는 것을 그들도 깨우치게 되었다. 덕분에 독서습관을 넘어 꾸준히 글을 쓰는 사람도 있고 책을 출간한 사람도 생겼다. 그들을 보면서 오히려 내가 자극을 받았고, 그 자극은 나에게 두 번째 책을 기획하도록 부추겼다. 두 번째 책은 누구의 도움도 없이 내 손으로 모든 걸 시작부터 마무리까지 진행해보고 싶었다. 그리고 지금 쓰고 있는 이 글이 그 도전을 정리하는 마무리 글이다.

독서는 참으로 행복한 활동이다. 한 사람이 오랜 시간 고민을 거듭하며 수십 번 쓰고 고친 원고를 저렴한 가격에 내 경험으로 만드는 가성비 최고의 투자다. 물론 시간을 내어 책을 읽는 것 자체가 힘겨운 일거리로 느끼는 사람들이 많다는 걸 안다. 하지만 그들도 학창시절 자신의 노력으로 글을 배웠고, 그 덕분에 지금껏 읽고 쓰는 것이 자연스러울 수 있게 된 것 아닌가. 특히, 읽기는 인생을 살아가는데 가장 많은 생각을 하게 만드는 활동으로 인간의 창조력은 읽기로 시작되었다고 해도 과언이 아니다. 그러므로 지금 이 글을 읽는 여러분은 이 행복한 창조적 활동에 적극적으로 동참해주기를 바란다. 그래서 여러분도 독서의 참맛을 알아차리기를 응원한다. 파이팅!!!

“

짧지 않은 기간 동안 글을 쓴다는 핑계로 가정에 소홀했는데 사랑으로 너그럽게 이해하고 지지해준 아내에게 감사의 인사를 전합니다. 또, 아빠가 글 쓰는 것을 자랑스러워하고 응원해준 아들 민제와 딸 시연에게도 사랑한다는 말을 남깁니다. 누구보다 책 쓰는 것을 적극적으로 지지해주고 격려해주시는 양가 부모님과 가족들, 그리고 친구와 동료들에게 지면으로나마 고맙다는 인사를 전합니다. 정말 감사합니다.

독서의 맛

초판 인쇄 2020년 4월 3일
초판 발행 2020년 4월 10일

지은이 김경태
발행인 조현수
펴낸곳 도서출판 프로방스
마케팅 이동호
편집 조용재
디자인 호기심고양이

주소 경기도 고양시 일산동구 백석2동 1301-2
넥스빌오피스텔 704호
전화 031-925-5366~7
팩스 031-925-5368
이메일 provence70@naver.com
등록번호 제2016-000126호
등록 2016년 6월 23일

정가 15,000원
ISBN 979-11-6480-045-2 03810

파본은 구입처나 본사에서 교환해드립니다.